FVA

Bet, eigentlich Elisabetta, hat ein Credo: „Wenn du etwas zu sagen hast, dann sag es. Und wenn du dabei schreien musst, heißt das, dass sich die Mühe lohnt." Die Siebzehnjährige mit dem Charakter einer jungen Apachin und dem Herz am rechten Fleck steht mit der Welt auf Kriegsfuß – mit ihrer Mutter, den Schwachköpfen aus der Schule, und auch mit sich selbst. Zum Glück ist da ihre Freundin Viola. Und auch Andrea, ihr engagierter Schulfreund. Als ihrer Mutter die Kündigung droht, unterstützt er sie bei einer Streikaktion. Doch als diese gewaltsam aufgelöst wird, spürt Bet Enttäuschung und Frustration. Und noch mehr: Sie ist empört! Über die herrschende Ungerechtigkeit, die Chancenungleichheit und Perspektivlosigkeit von jungen Menschen. Während im ganzen Land Studenten und Arbeiter zu Großdemonstrationen zusammenfinden, um gegen die Zustände zu protestieren, entschließt sich Bet zu einer Tat, die ungeahnte Folgen hat ...

Christian Frascella, 1973 geboren in Turin, hatte verschiedene Jobs, u.a. als Ingenieur, Fabrikarbeiter und Telefonist.
2012 erschien in der FVA sein mehrfach ausgezeichneter erster Roman *Meine Schwester ist eine Mönchsrobbe*, der in Deutschland auf der Shortlist des Jugendliteraturpreises stand. 2013 folgte sein Roman *Sieben kleine Verdächtige*. Christian Frascella lebt als freier Schriftsteller in Turin.

Christian Frascella

BET EMPÖRT SICH

Roman

Aus dem Italienischen von Annette Kopetzki

FRANKFURTER VERLAGSANSTALT

Titel der Originalausgabe
LA SFURIATA DI BET

Questo libro è stato tradotto grazie a un contributo alla traduzione assegnato dal Ministero degli Affari Esteri Italiano.

Die Übersetzung wurde gefördert durch das italienische Außenministerium

FSC
MIX
Papier
FSC® C014496

Deutsche Erstausgabe

Herstellung und Schutzumschlaggestaltung: Laura J Gerlach
unter Verwendung eines Motives von © Dhuss/istockphotos
Satz: psb, Berlin
Druck und Bindung: GGP Media GmbH, Pößneck
Printed in Germany
ISBN 978-3-627-00212-1

Ich heiße Bet. Eigentlich Elisabetta, aber Bet ist besser. Ist mir lieber. Bloß nicht Betta. Betta ist zum Kotzen. Betta heißen dumme Tussis. Ich will eine ganze Menge, aber auf keinen Fall als dumme Tussi enden.
Es ist ein Uhr nachts, ich sitze in einem Imbiss in Barriera di Milano. Obwohl wir hier in Turin sind. Keine Ahnung, warum ein Viertel in Turin *Barriera di Milano* heißt. Vielleicht gab es mal eine Barriere zwischen hier und da. Was Geschichtliches. Irgendwann werde ich das rauskriegen. Ich gehe in die Bibliothek und krieg es raus.
Erst einmal frage ich Matteo, ob er es weiß. – Matty, warum heißt Barriera di Milano so?
– Gute Frage. Er stützt sich auf die Theke, sieht mich an. Aber er sieht mich nicht so an, wie Männer mich normalerweise ansehen. Ihr wisst schon, welchen Blick ich meine. Den Blick, der abschätzt, wie leicht du klarzumachen bist, und ob es sich überhaupt lohnt. Also, ich sag's gleich, diese Art Blick zieht bei mir nicht. Ich kenne ihn gut, und er funktioniert nicht bei mir. – Stell dir vor, Bet, ich weiß es nicht.

– Ich weiß es auch nicht. Darum hab ich ja gefragt.
Er lächelt schwach, ein bisschen traurig. Traurige Männer sind merkwürdig. Männer bestimmen selbst über ihren ganzen Kram und schaffen es obendrein auch noch, traurig zu sein. Und wir? Was sollen wir denn dann sagen?
– Hast du morgen keine Schule?, fragt er. Er hat blaue, aufmerksame Augen.
– Ich steh trotzdem auf. Ich stehe immer auf. Fast immer.
Ich lächle. Er erwidert mein Lächeln.
– In welche Klasse gehst du jetzt auf dem Gymnasium?
– Wieder in die dritte. Ich bin sitzengeblieben.
Er hebt die Augenbrauen. – Schade. Hast du's verdient?
– Die meisten Dinge, die mir passieren, habe ich wahrscheinlich nicht verdient.
Er nickt, als wüsste er, wovon ich spreche. Vielleicht weiß er es auch. Er säubert die Theke, wischt sich mit dem Unterarm den Schweiß von der Stirn. *Bright Bar* heißt dieses Lokal. Mein Vater ging hierhin. Obwohl die damalige Besitzerin eine mürrische alte Frau war.
– Was ist eigentlich aus der Alten geworden, der die Bar früher gehörte?
– Sie hat mir die Geschäftsführung überlassen. Er zuckt mit den Achseln, als wäre er schon immer dazu verdammt gewesen, die *Bright Bar* zu bewirtschaften. Eine andere Wahl hatte er nicht.
Das Türglöckchen bimmelt, und noch bevor ich mich umdrehe, weiß ich, wer reingekommen ist: Claudio Morino und Alberto Calvarese. Sie müssen immer ein wahnsinniges Rambazamba machen.
– Ciao, Matty!, ruft Alberto grinsend und haut mit der Faust auf die Theke.

– He, Matty, was geht ab?, fragt Claudio mit heiserer Stimme und braungebrannt wie immer. Mindestens dreimal in der Woche geht er zu *Cocco Sun*, um da eine Sonnendusche zu nehmen. Sonnendusche ist ein total bescheuertes Wort. Für bescheuerte Typen.
Matteo beachtet sie kaum, ich auch nicht. Für mich die leichteste Übung.
– Na, sieh mal einer an, macht Claudio und kommt auf meinen Tisch zu. Er wendet sich an seinen Freund: – Hast du gesehen, wer da ist?
Jetzt entdeckt mich auch Alberto. – Ah, die Nachtschwärmerin.
Claudio will sich auf den leeren Stuhl neben mir setzen. Ich schiebe den Stuhl mit einem Fuß an den Tisch heran.
Er runzelt die Stirn. Sein Blick ist leer, er hat was geraucht.
– Soll das heißen, du willst nicht, dass ich mich neben dich setze, Bet?
– Genau das soll es heißen.
Alberto stellt sich neben ihn. Seine langen, schwarzen Haare fallen ihm bis auf die Schultern. Er scheint einen klareren Kopf zu haben. Scheint. Beide tragen schwarze Lederjacken, Jeans und Stiefel. Bevor ich was sagen kann, fragt Matteo hinter ihrem Rücken: – Was trinkt ihr, Leute?
Alberto betrachtet mein Glas. – Was trinkt sie?
– Ein Rostschutzmittel, antworte ich. – Bei Typen, die sich nicht um ihren eigenen Scheiß kümmern, setze ich Rost an.
Sie wechseln einen verblüfften Blick.
– Lasst Bet in Ruhe, greift Matteo ein. – Nun sagt schon, was möchtet ihr?

Aber Claudio lässt nicht locker. – Warum bist du bloß immer so pissig, Süße?
– Pissig und Süße kannst du zu deiner Schwester sagen, erwidere ich. – Die hört so was öfter.
Das steckt er schlecht weg.
Alberto legt ihm eine Hand auf die Schulter. – Hey, vergiss die doch ...
– Ja, vergiss mich.
Claudio schwingt einen Finger in dem leeren Raum zwischen uns. Das soll wohl eine Warnung sein oder etwas Ähnliches.
Ich stehe auf und lege Matteo das Geld neben die Kasse.
– Du gehst, Bet?
– Ich gehe, ciao.
Claudio wirft mir einen Blick unter halbgeschlossenen Lidern zu, das hat er wahrscheinlich aus den *Sopranos*.
Ich zünde mir eine Zigarette an, schnaube in seine Richtung und gehe raus.

Nachts kann die Stadt dir wie eine warme Höhle vorkommen oder wie eine kalte Mauer, an der du abprallst. Es hängt davon ab, wie du sie lebst und was du darin unternimmst. Die Nächte, in denen du etwas unternimmst, sind vielleicht nicht mal die besten. Aber wenigstens bleibst du in Bewegung.
Ich bleibe in Bewegung, und ich unternehme, was ich will. Damit das klar ist, ich bin nicht in der Welt rumgekommen und könnte euch nicht sagen, ob es hier besser ist als in Moskau und schlechter als in Paris. Diese Städte kenne ich nur aus Filmen. Früher habe ich mir immer vorgestellt, mit dem Rucksack loszuziehen, um per Anhalter durch

Europa und dann durch die Welt zu fahren. Aber was kriegst du schon in einen Rucksack rein? Und wie kommst du an Geld? Mädchen, die ohne Ziel aufbrechen, sind meiner Meinung nach nicht ganz dicht. Irgendjemand, garantiert ein Mann, wird sie benutzen, ihnen wehtun. Und dann kommen sie mit richtig fetten Narben nach Hause zurück, die sie sich hätten ersparen können. Außerdem kann ich keine Sprachen. Mein Englisch ist beschissen. Ich habe meine frühe Jugend nicht damit verbracht, Englisch zu lernen, indem ich tonnenweise idiotische Songs übersetze, vielleicht sogar Sachen von den Doors – wenn es in der Geschichte dieses Planeten einen überschätzten Schwachkopf gibt, dann ist das eindeutig Jim Morrison. Von Leuten, die in T-Shirts mit Zitaten oder Bildern von Jim Morrison rumlaufen, kriege ich Magengeschwüre.

Nicht dass ich die Songs und die Visage von jemandem wie Gigi D'Alessio besser fände. In meiner Klasse ist eine, Carmela heißt sie, die kann dir sogar das Datum sagen, an dem der Scheiß von diesem Typen aufgenommen wurde. Manchmal setzt sie sich Kopfhörer auf, vor allem in der Mathestunde bei diesem zerstreuten Crivelli, der nichts mitkriegt oder nichts mitkriegen will. Herz, Schmerz, Tränen, Sehnen. Würg, Kotz. Irgendwo habe ich gelesen, dass Gigi D'Alessio damit angibt, dass er es ganz allein nach oben geschafft hat. Da frage ich mich: Wie bitte, man hätte dir sogar noch helfen sollen?

Es ist Dezember, aber ich trage nur einen Pulli und eine leichte Jacke. Und meine herrlich unmodernen gelben Doc-Martens-Stiefel. Mir ist kalt, und um mich abzulenken, denke ich an einen schwülen Abend, als ich sieben Jahre alt war. Mit einem Trick hatte ich meinen Vater in der Abstellkammer eingeschlossen, weil er nicht wollte, dass ich eine Sendung über das Bombenattentat im Bahnhof von Bologna gucke. Es war am zweiten August, der zigste Jahrestag des Blutbads. Mein Vater meinte, ich hätte es nicht verdient, erfahren zu müssen, wie viel Mist in diesem Land passiert ist, ohne dass irgendjemand auch nur einen Finger gerührt hat, um ein Körnchen Wahrheit darüber herauszufinden.

Das Haus, in dem ich wohne, ist gesichtslos. Sechs Stockwerke mit jeweils zwei Wohnungen. Insgesamt - mit dem ausgebauten Dachgeschoss - macht das vierzehn Familien. Viele sind weggegangen, dafür sind andere gekommen. Wir haben es nicht geschafft wegzugehen, vielleicht sind wir nicht mal auf den Gedanken gekommen. Ohnehin giert der Markt nicht gerade nach unseren zwei Schlafzimmern, Wohnzimmer und Küche. Ausländer sind gekommen. Rumänen und Nordafrikaner. Manche sind laut - aber welche Familie macht keinen Krach? Eine sehr traurige vielleicht.

Mein Credo ist: Wenn du etwas zu sagen hast, dann sag es. Wenn du es schreiend sagen musst, soll das bedeuten, dass sich die Mühe lohnt. Nur Gewalt darf man nicht anwenden. Mir machen die Ausländer keine Angst, obwohl ich sie oft nicht kapiere. Die algerische Familie, die über uns wohnt, besteht aus zwei männlichen und drei weiblichen Mitgliedern. Die Frauen stehen am Herd, putzen andauernd die Wohnung, gehen im Supermarkt einkaufen, laufen verschleiert herum. Eine ist alt und hat schwarze Zähne, wahrscheinlich die Großmutter. Dann gibt es die Mutter, sie hat von allen in der Familie die dunkelste Haut. Die

Tochter, um die zwanzig, ist ein stummes, wehrloses Geschöpf, einer von den Schmetterlingen, die dir im Sommer durchs Fenster ins Haus fliegen. Den Vater höre ich mehr, als dass ich ihn sehe. Er guckt griesgrämig, lacht aber oft. Er lacht mit seinem Sohn, der irgendwas wie Rashid heißt. Massig wie der Vater, aber noch ein Junge, vielleicht zwölf, dreizehn Jahre alt. Die Schwester steht unter seinem strengen Regiment. Ich habe die beiden ein Dutzend Mal im Treppenhaus gesehen. Von oben bis unten eingehüllt, das Gesicht hinter dem Schleier verborgen, ging sie dicht hinter ihm. Er stieg mit grimmigem Gesicht die Treppe runter und trat mit den Füßen so fest auf die Stufen, als würde er mit jedem Schritt seinen Raum markieren und als könnte dieser Raum niemand anderem gehören als ihm. Er redete mit ihr in ihrer Sprache und schrie fast. Sie wiederholte andauernd eine Art »Ja, in Ordnung«, es klang wie ein Singsang.

Dieses Mädchen würde ich gerne mal an den Schultern packen und ordentlich schütteln. Ihr sagen: »Du bist doch kein Maultier, lass dich wenigstens mit einem winzigen Bisschen Respekt behandeln!« Vielleicht würde sie mir sagen, ich soll mich um meine eigenen Angelegenheiten kümmern, und genau das habe ich vor. Lasst mich einfach nur in Ruhe, okay? Dann verschwende ich keinen Gedanken an euch.

Außerdem sind da die Rumänen. Zwei Familien. Sie trinken, machen Lärm, geben sich mit einem primitiven Italienisch zufrieden, und im Gegensatz zu den Algeriern grüßen sie. Von Zeit zu Zeit versammeln sie sich an sonnigen Tagen zum Grillen im Hof. Die Männer streiten ein bisschen, schubsen sich auch hin und wieder, dann schließen sie Frieden. Den Frieden unter Gleichen in der Fremde. Eine raue Solidarität.

Und da ist er, am Fenster der Wohnung im Hochparterre. Da, hinter der Gardine, ein fahles Licht im Rücken. Wie immer, wenn ich nach Hause komme, wartet er auf mich.
Wer das ist?
Das ist der Spanner.
Ich weiß nicht mal, wie er aussieht. Vielleicht ist er querschnittsgelähmt und sitzt die ganze Zeit am Fenster, weil er nichts anderes tun kann. Doch ich glaube, wenn er krank wäre, hätte ich das gemerkt. Er könnte nicht allein leben, zum Beispiel, aber ich bin fast sicher, dass er allein lebt.
Ich weiß gar nichts von ihm. Dass er ein Mann ist, habe ich an der ungeschickten Bewegung erkannt, mit der er die Gardinen zuzieht, immer wenn ich ankomme. Gardinen sind ein zu komplizierter Mechanismus für Männer, sie reißen am Stoff, statt die Gardinen zusammenzuschieben. Aber vor allem habe ich es daran erkannt, wie seine Augen über mich wandern, obwohl unsere Blicke sich nie gekreuzt haben. So etwas weiß eine Frau. Ein beharrlicher männlicher Blick greift fester zu als eine Hand. Du stehst zum Beispiel im Supermarkt und überprüfst den Preis der Milch im untersten Regal. Du blickst dich um, da ist niemand. Denn um die Zahlen lesen zu können, musst du dich bücken. Und im selben Moment spürst du ein paar Finger, die dir auf den Hintern klopfen. Mit einem Ruck drehst du dich um, und da ist er: der Macker, plötzlich hinter einem Kilo Arborioreis hervorgekommen oder gerade rechtzeitig von der Decke heruntergesprungen, um

deinen Arsch anzustarren, während du vornübergebeugt stehst. Mit dem instinktiven Gespür für den richtigen Zeitpunkt, das nur sie haben, als hätten sie jede ihrer Bewegungen mit der Stoppuhr gemessen, vom Aufwachen bis zum heimlichen Glotzen. Sie verbringen ihr ganzes Leben damit, den perfekten Augenblick sekundengenau anzupeilen. Zum Schreien komisch, wenn es nicht auch so traurig wäre.

Wie der Spanner.

Als ich klein war, lebte ein glückliches junges Paar in seiner Wohnung, das dann zwei Kinder bekam, aber etwas ging schief, wahrscheinlich haben sie einander irgendwann gehasst und gegenseitig betrogen und beschimpft, bis ich ihn vor ein paar Jahren mit einem Kind im Auto wegfahren sah und sie im Taxi mit dem anderen. Eilig und in entgegengesetzte Richtungen. Zwischen ihnen der Lastwagen der Umzugsfirma.

Wenn ein Mann und eine Frau heiraten, kommt mir das so vor, als gingen sie mit einem Schirm, der für zwei Leute zu klein ist, bei Gewitter aus dem Haus. Dabei müssten sie bloß versuchen, irgendwie miteinander auszukommen.

Ich stecke den Schlüssel ins Schloss. Wird er durch den Spion beobachten, wie ich vorübergehe? Ich trete in den Hausflur, sehe seine Tür und hebe den Mittelfinger in seine Richtung. Fick dich, Spanner, ich habe keine Angst vor dir!

Ich habe die Haustür noch nicht ganz aufgemacht, da kommt meine Mutter schon aus dem Schlafzimmer gerannt.

Sie ist im Schlafanzug, ihre Füße auf den Fliesen sind nackt.

– Weißt du eigentlich, wie viel Uhr es ist, Bet?, flüstert sie wütend. Die übliche nervige Leier.
– Ich war allein in der Bar an der Ecke.
Ich ziehe mir die Jacke aus, hänge sie auf. Wie immer.
– Hatte ich dir nicht gesagt, dass du da nicht mehr hingehen sollst?
– Ja.
– Na, also?
– Also was? Ich gehe, wohin ich will.
– Diese Bar gefällt mir nicht. Sie dreht sich zum Schlafzimmer um. Mit ihren großen braunen Augen – genau wie meine – kontrolliert sie, ob er noch schläft.
– Den wecken doch nicht mal die Trompeten des Jüngsten Gerichts auf, sei unbesorgt.
Ich gehe in mein Zimmer und weiß jetzt schon, dass sie hinterherkommen wird. Natürlich.
– Sprich leise. Und sieh mich an.
Ich setze mich aufs Bett. Sehe sie an. – Was willst du, Ma? Geh schlafen!
– Hast du getrunken?
Sie glaubt, dass ich Alkohol trinke, Joints rauche, mich durch das Viertel vögele und Läden anzünde. An diesem schiefen Bild von mir sind gewisse Fernsehprogramme schuld.
– Geh schlafen.
Sie knipst die Nachttischlampe an und mustert mich. Von unten betrachtet, wirkt sie noch älter. Dabei ist sie erst vierzig, Scheiße. Ich habe ein so strahlendes Bild von ihr in Erinnerung: Wir sind im Park, ich laufe ihr entgegen, es ist Sommer, ich bin ungefähr fünf Jahre alt; sie trägt ein geblümtes Kleid, ist schlank, hat volle Lippen. Sie bückt

sich, um mich in ihren Armen zu empfangen, und ich vergehe in ihrer Umarmung.
– Du kannst dich nicht immer so benehmen, als wäre dir alles erlaubt.
– Was ist mir denn erlaubt worden, lass mal hören.
– Du kannst nicht alles tun, was du willst! Ihre Stimme bricht, es klingt fast wie ein Röcheln. Sie knurrt: – Wenigstens nicht, bis du volljährig wirst!
– Was soll das heißen, wenn ich achtzehn bin, darf ich mir ein Gewehr zulegen?
Wie üblich folgt der Moment, in dem man merkt, dass sie versucht, sich zu beherrschen, damit sie mich nicht ohrfeigt oder mir vielleicht einen Fausthieb verpasst. – Bet!, zischt sie.
– Lass mich in Ruhe, Ma.
Mein Zimmer ist aseptisch. Abgesehen von ein paar Fotos meines Vaters (am Meer, als er jung war; auf seinem ersten Motorrad; mit mir im Haus der Großeltern) gibt es nichts, was besonders viel mit mir zu tun hat.
– Ich möchte nur wissen, mit wem du deine ganze Zeit verbringst, fängt sie wieder an. Sie hat die Hände in die Seiten gestützt wie ein Unteroffizier, der die undisziplinierte Rekrutin mustert und überlegt, was er tun wird. – Und wie du sie verbringst.
– Mal sehen, was ist heute, Montag? Montags beschmiere ich Kirchen, raube Passanten aus und teile mir die Parkbank mit lüsternen Obdachlosen.
Gierig zieht sie Luft durch die Nasenlöcher ein, reckt sich und durchbohrt mich mit einem vernichtenden Blick.
– Lass diese dummen Sprüche, Bet! Jetzt hat sie geschrien. Man hört das Quietschen eines metallenen Bettrosts,

einen leisen Fluch, wieder Quietschen, Schritte auf dem Flur. Leonardos Gestalt zeichnet sich an der Tür zu meinem Zimmer ab. Er hat sich die Brille aufgesetzt, doch seine Lider sind voller Schlafsand. Auch er trägt einen Pyjama, und der hat das gleiche Muster wie ihrer, theoretisch soll er aber männlicher wirken.

Er betrachtet uns forschend.

Dicklicher Typ, der Bart quillt ihm fast bis in die Nasenlöcher, die Schultern hängen.

– Die Kavallerie ist angekommen, sage ich.

– Was ist hier los?, fragt er mit belegter Stimme.

– Bring sie ins Bett zurück, schlage ich vor, auf meine Mutter zeigend.

– Wie spät ist es denn?

Sie geht auf ihn zu. – Bitte entschuldige, sagt sie.

Er nickt, lässt den Blick durch mein Zimmer schweifen. Dann sagt er zu mir: – Du bist wieder spät heimgekommen.

– Und?, frage ich herausfordernd.

– Du solltest aufhören, ihr solche Sorgen zu bereiten. Sein Ton ist immer ebenso bedächtig wie sein Verhalten ungeschickt.

– Sie selbst setzt sich die Dornenkrone auf, sobald es elf geschlagen hat. Ich kann nichts dafür.

Stirnrunzeln, er versteht fast nie, was ich meine.

Meine Mutter macht einen Schritt in meine Richtung. Er hält sie zurück. – Komm schon, Elena.

– Ja, Elena, sage ich, geh schlafen, Elena.

– Ich kann es nicht erwarten, dass du endlich erwachsen wirst!, stößt sie hervor. – Und dass du dir eine Arbeit suchst! Und weggehst!

Ich stehe auf. – Ich auch nicht! Sobald ich kann, suche ich mir eine Arbeit und gehe weg. Denn ich *bin* schon erwachsen, falls du es noch nicht gemerkt haben solltest!
– Hört doch auf ...
– Erwachsen? Du wirst nie erwachsen, du nicht!
– Sei still!
– Und dieses Jahr wirst du wieder sitzenbleiben!
– Wen kümmert das?
– Du bist genau wie dein Vater!
– Ja, zum Glück!
– Aber er ist nicht da, warum wohl?
Das war ein Tiefschlag gegen mich, und sie weiß es. Also bin ich an der Reihe: – Weil ich kleine Mädchen umbringe, darum will keiner von euch mich um sich haben!
Sie wird stocksteif. – Bet, du ..., flüstert sie und legt sich eine Hand aufs Herz. Ihre Unterlippe zittert. – Bet, ich ...
Ich dachte, ich hätte ihr wehgetan, aber für mich ist es noch schmerzhafter. Einen Augenblick lang stockt mir der Atem. Ich möchte um Entschuldigung bitten. Ich möchte im Erdboden versinken.
– Lasst uns alle schlafen gehen, bitte, flüstert Leonardo beim Betrachten seiner Füße.
Meine Mutter setzt zum Sprechen an. Doch dann dreht sie sich um und geht niedergeschlagen aus dem Zimmer. Mit kleinen, orientierungslosen Schritten.
Leonardo fährt sich mit der Hand durch den Bart. – Gute Nacht, sagt er und schließt leise die Tür.
Ich mache das Licht aus und setze mich mitten im Zimmer auf den Fußboden.

Etwa eine halbe Stunde vergeht, während der ich mich nicht vom Fleck rühre. Ich habe mich bescheuert verhalten, ich war wieder einmal gemein.
Darum bin ich fast sicher, dass sie heute Abend nicht kommen werden.
Ich habe bemerkt, dass sie entweder gar nicht oder erst sehr viel später auftauchen, wenn ich etwas tue, was für mich und für andere falsch war, oder wenn ich jemanden verletze. Und ich kann nicht einschlafen oder schlafe sehr schlecht, wenn ich sie nicht sehe.
Ich weiß nicht, wie ich es erklären soll, darum habe ich es auch noch keinem erzählt. Denn man würde denken, ich sei reif für die Klapsmühle mit allem Drum und Dran, Zwangsjacke und Gummizelle. Natürlich nur, wenn die anderen sie nicht sehen könnten. Ich war schon oft versucht, sie jemandem zu zeigen. Meiner Mutter zum Beispiel. Aber hier ist Magie im Spiel, eine Magie, die verschwinden wird, wenn ich mir klarmache, dass die leuchtenden Kugeln nur eine Halluzination von mir sind.
Warum es angefangen hat, weiß ich nicht. Eines Nachts, ich war zwölf, saß ich auf meinem Bett. Ich konnte nicht schlafen, wahrscheinlich weinte ich sogar. Da spürte ich einen starken Schauder im Rücken und meine Hände juckten. Ein sehr angenehmes Jucken. Im Dunkeln habe ich versucht, meine Handflächen zu erkennen, die nicht aufhören wollten, zu jucken, ein Gefühl wie feine Regentropfen auf der Haut. Ich weiß nicht, welchem Impuls ich folgte, aber ich habe die Handflächen aneinander gerieben. Und wieder lief mir ein Schauder über den Rücken.
Als ich die Hände voneinander löste, entstand plötzlich

aus dem Nichts, ja, ich kann es wirklich nicht anders sagen ... aus dem Nichts, eine leuchtende Kugel!
Klein, nur wenige Zentimeter im Durchmesser, fluoreszierend, warm, weich: So löste sie sich von meiner Hand und schwebte, sich um sich selbst drehend und ohne ein Geräusch zu machen, zur Zimmerdecke hinauf. Ein paar Sekunden lang blieb sie vor meinen Augen stehen, als wollte sie sich bewundern lassen.
Ich wusste nicht, ob ich schreien oder lachen sollte, ich wusste nicht, was das war, ich hatte keine Ahnung, wie ich mich verhalten sollte. Und noch heute, fünf Jahre nach der ersten *Erscheinung*, weiß ich nicht, ob ich schreien oder lachen soll oder was zum Henker dieses seltsame Phänomen bedeutet. Ich habe in Büchern, im Internet gesucht. Nichts. Bloß Fälle von Bauern aus dem Piemont, die morgens auf dem Weg zur Arbeit von leuchtenden Kügelchen begleitet wurden – allerdings meistens nach einer durchzechten Nacht. Oder Astronauten, die behaupten, sie hätten welche im Weltall gesehen, doch die waren sehr viel größer und vielleicht Folgen elektrischer Entladungen in der Erdatmosphäre wie zum Beispiel das Elmsfeuer. Mit den Kugeln hat das nichts zu tun, aber während meiner Recherchen habe ich gelesen, dass ein Typ in Neuseeland nachts Waschbären sieht, die an Babyfläschchen nuckeln, überall sieht er Waschbären und Babyfläschchen, dann schreit und lacht er so lange, bis man ihn ruhigstellt! Es ist mir egal, ob ich so verrückt bin wie er, Hauptsache, die Kugeln kommen wieder.
Ich sage Kugeln, nicht Kugel, weil sich damals, kaum war die erste aus meinem Blickfeld verschwunden, um zur Decke aufzusteigen, schon die nächste bildete, genauso

groß und in derselben Farbe wie die erste. Auch diese hielt ein paar Zentimeter vor meiner Nasenspitze an und schwebte dann weiter in die Höhe. Um wer weiß wo zu verschwinden, wie die andere … während schon eine dritte zwischen meinen Händen entstand, das Wunder wiederholte und ihren Vorgängerinnen folgte.
Dutzende leuchtender Kugeln.
Die ganze Nacht lang und in vielen weiteren Nächten nach dieser ersten.
Tagsüber nie. Nie in Gegenwart anderer Menschen. Und nie an einem anderen Ort als in meinem Zimmer. Wenn ich, was selten vorkommt, woanders schlafe, spüre ich keinen Schauder, kein Jucken: Sie kommen nicht.
Und sie erscheinen nicht – das habe ich erst im Lauf der Zeit gelernt –, wenn ich während des Tages etwas gesagt oder getan habe, was mit Martina zu tun hat.
Tatsächlich, heute Nacht warte ich vergebens. Es passiert absolut nichts. Und da wird mir ganz klar, dass es ein richtiger Scheißtag gewesen ist.

Der Wecker klingelt. Es ist schon sieben, ich habe in meinen Sachen geschlafen. Ganz schwach erinnere ich mich, dass ich die Doc Martens ausgezogen und mich aufs Bett geworfen habe.
Jeden Morgen, wenn der Wecker klingelt, denke ich an die Revolution.
Ich denke, dass in irgendeinem Teil der Stadt der Aufstand tobt. Jugendliche, Kurzarbeiter, Ausgebeutete, alle, die es einfach nicht mehr ertragen, sind auf die Straße gegangen. Unsere ganze Epoche erhebt sich gegen das, was falsch läuft in der Schule, der Fabrik, in den Zeitungen, überall. Ich stelle mir vor, dass ich aus dem Fenster schaue und die Revolte ganzer Generationen erlebe. Rennende Menschen, Sprechchöre und Transparente, jemand, der grundsätzliche, wahre Dinge durch ein Megaphon schreit. Ein vernünftiges Konzept vom gesellschaftlichen Wandel. Zögernd, staunend legen Polizisten und Carabinieri ihre Waffen nieder und lassen Tausende, Abertausende Aufständische vorüberziehen. Und so marschieren alle, die sich ihre gerechten Forderungen reiflich überlegt haben,

stolz und mit der richtigen Dosis Wut im Bauch an den wehrlosen Polizeikräften vorbei. Die Luft ist erfüllt von Musik, durch die Gassen hallen die Schritte der Revolution, die Institutionen wanken ...
Aber dann stehe ich auf, ziehe die Vorhänge auf, und alles ist wie gestern. Autos, Motorräder, Weihnachtsdekoration, Gespräche in der Bar, die Sportzeitung, Frauen, die ihre Wohnungen lüften. Und eine endlose, ernüchternde Minute lang beherrscht mich eine durchdringende Angst. Dann wird es schon Zeit, etwas Normales zu tun.

Eine schnelle Dusche, mit Schminken verliere ich keine Zeit, ich ziehe die Leggins, einen dunklen Pullover und die unechten Adidas an, die ich mag, gerade weil sie gefaked sind. Ein flüchtiger Blick in den Spiegel: Wie gut, dass ich kurze Haare habe, sonst wäre ich noch nicht mal halb so weit. Dann verlasse ich das Bad, jetzt muss ich in die Küche gehen.
Leonardo sitzt am Tisch und tunkt einen Keks in die Milch. Ein Tropfen färbt ihm den Bart weiß, um gleich darauf im Borstengestrüpp zu verschwinden. Im nächsten Frühling wird er wieder auftauchen, wenn die Zeit zum Abholzen kommt.
Er trägt einen seiner drei grauen Bankangestelltenanzüge, die Krawatte ist eine grüne Schlange, die aus dem Wald am Kinn kriecht, in das Tal des Magens rutscht und orientierungslos am Bauchhang emporklettert.
Auch meine Mutter hat sich in ihre Dienstuniform der Büroangestellten gezwängt: helle Bluse, dunkler Pulli mit V-Ausschnitt, Strumpfhose, wadenlanger schwarzer Rock, niedrige Absätze. Sie beobachtet die Espressomaschine.

– Hallo, sage ich.
Sie blicken zu mir auf. Angespannte Stille.
– Guten Morgen, sagt er schließlich.
Meine Mutter spricht nicht, stellt noch eine Tasse neben ihre auf den Tisch.
Leonardo rutscht einen Stuhl weiter, fragt: – Welche Fächer hast du heute? Er versucht ein Lächeln.
Ich bleibe stehen, nenne ihm die erstbesten Fächer, die mir einfallen, Mathe und Englisch, der Kaffee brüllt in der Maschine.
Sie gießt sich ein bisschen Kaffee ein und etwas mehr für mich.
Ich mag ihn kochend heiß und bitter, darum leere ich die Tasse in einem Schluck, blicke beim Trinken zu Boden.
Meine Mutter setzt sich auf den Platz, den er für mich freigemacht hat, nimmt ihre Tasse, schaut aus dem Fenster.
– Es ist neblig, haucht sie.

Auf der Treppe treffe ich Rashid und seine Schwester.
Sein Gesicht ist verquollen, er sieht verschlafen aus.
– Wie geht's?, frage ich das Mädchen.
– Schlecht, antwortet er. Es ist kalt und ich bin müde.
Das Mädchen nickt hinter ihrem Schleier.
– Ich weiß gar nicht, wie du heißt, gestehe ich ihr.
– Das ist egal!, erklärt Rashid, seine Jungenstimme bemüht sich um einen männlichen, strengen Ton.
– Mir ist es nicht egal, insistiere ich. Dieses kleine Arschloch!
Wir sind kurz vor der Haustür.
Sie scheint den Wortwechsel zwischen mir und ihrem Bruder nicht mal verstanden zu haben.

– Sie braucht keine italienischen Freundinnen, sagt er und stößt die Haustür auf. – Ja, sie braucht überhaupt keine Freundinnen. Natürlich geht er zuerst nach draußen. Er flucht, die Vokale verschluckend: – Scheißkälte!, ruft er in meine Richtung, als sollte ich übersetzen oder als wäre das Wetter meine Schuld: – Kacknebel!

– Und woher weißt du, dass sie keine Freundinnen braucht?

– Sie hat ihre Mutter. Sie hat ihre Großmutter. Sie braucht niemanden, okay?

Wieder möchte ich das Mädchen schütteln: »Wach auf, du bist ein freier Mensch!« Aber ihre Passivität macht mich nervös und hemmt mich.

Also sage ich zu Rashid: – Wenn ich mit deiner Schwester spreche, spreche ich mit deiner Schwester. Nicht mit dir, nicht mit deiner Großmutter, nicht mit deiner Mutter.

Rashid scheint einen Moment darüber nachzudenken, eifrig treffen seine buschigen Augenbrauen über dem nachdenklichen Blick zusammen. – Ich denke, du solltest dich um deinen eigenen Scheiß kümmern, entscheidet er schließlich. Er brüllt dem Mädchen etwas zu. Sie folgt ihm. Erst jetzt bemerke ich, dass sie den Rucksack ihres Bruders in der Hand hält, sie trägt ihm seine Schulsachen, als wäre sie sein Kamel.

– Und ich denke, dass du mich mal am Arsch lecken kannst, sage ich zu Rashid.

Was er mir antwortet, kann nichts anderes als eine Beleidigung in seiner Sprache sein. Er macht seiner Schwester ein Zeichen, sie gehorcht, aber nicht sofort, es sieht aus, als zögere sie einen Augenblick. Dann folgt sie ihm.

Wenn das Ganze ein Film wäre, würde man jetzt das hier

erwarten: Das Mädchen aus dem Westen entreißt die moslemische Freundin, das Opfer männlicher Gewalt, ihrem Schicksal, nimmt ihr den Schleier ab, schminkt sie, schenkt ihr die eigenen Jeans und falschen Adidas, das Moslemmädchen verlässt ihr Zuhause, findet eine Arbeit, wird vielleicht Verkäuferin in einer Boutique, fällt einem Fotografen wegen ihrer hinreißenden exotischen Schönheit auf, wird von dem Westmädchen zu einem Shooting bei dem Fotografen begleitet, schon bald landet die Moslemin in allen Modezeitschriften, beginnt als Fotomodell zu arbeiten, wird ein Topmodel, verlobt sich mit dem Fotografen, und am Ende des Films, als sie auf der Bühne steht, um als bestes Model aller Zeiten einen Preis entgegenzunehmen, bedankt sie sich bei ihrer Freundin aus dem Westen, bittet sie auf die Bühne, und unter den Blitzlichtern der Fotografen umarmen sich die beiden weinend vor Glück.
Es folgt der Abspann eines Films, der, wenn es nach mir geht, niemals gedreht werden wird.
Ich möchte nur, dass dieses Mädchen es etwas besser hat. Aber vielleicht geht es ihr ja super.

Wir schwimmen im Nebel. Ich fühle mich von den Leuten erdrückt, die im Bus drängeln und schubsen. Ein halbes Dutzend Schüler aus meiner Schule sind darunter. Die Luft stinkt nach nassen Rucksäcken. An einer roten Ampel, die er im dichten Nebel für schockrosa gehalten haben muss, bremst der Fahrer scharf, ich werde wie ein widerspenstiges Haarbüschel von einer Seite zur anderen geworfen, trete auf einen Fuß und werde von einem Fuß getreten, aber auf der Höhe des Gelenks, schon sehe ich

mich mit Gips im Krankenhaus, während Leonardo wohlerzogen vor dem Kundenbüro der Städtischen Verkehrsbetriebe Schlange steht, um sich zu informieren, gegen wen und wie er eine Unfallanzeige erstatten kann, da hält, bevor ich auf den Fahrkartenentwertungsautomaten fallen kann, eine männliche Hand meinen Sturz auf, indem sie mich am Ellenbogen packt. Einen Augenblick lang denke ich, dass es schön ist, sich lebendig und von einem übermächtigen männlichen Griff gerettet zu fühlen, doch dann fällt mir ein, dass ich niemanden zu meinem Schutz brauche, schon gar nicht einen Vertreter des anderen Geschlechts, der jetzt erwarten wird, dass ich a) ihm danke, b) ihn für einen tollen Hecht halte, c) seine Geistesgegenwart und die elegante Gestik seines phänomenalen Eingreifens bewundere.
Ich will mich gerade umdrehen und mir verbieten, diesem Menschen irgendeine Art von Genugtuung zu verschaffen, als eine helle weibliche Stimme mir zuruft: – Hab dich!, und lacht, während sich der Griff um meinen Ellenbogen lockert.
Verblüfft drehe ich mich um und wundere mich noch mehr, als ich sehe, dass ein winziges Wesen von einem Meter fünfzig mit einem besorgniserregend mageren Gesicht vor mir steht, das ein bisschen verlegen mit den Lidern flattert und fragt: – Alles okay, Süße?
Ich brauche eine Weile, um antworten zu können, ein Teil von mir ist enttäuscht, weil ich nicht zum Angriff übergehen musste. – Ja, danke.
– Keine Ursache, Süße.
Daraufhin betrachte ich sie genauer und bemerke, dass die Knöpfe ihres schweren Wintermantels über dem

Bauch spannen. Schwanger, im sechsten oder siebten Monat.
Mit diesem Riesenbauch, doch ohne auf Hindernisse zu stoßen, schafft sie es, sich mit dem Zucken einer Augenbraue von mir zu verabschieden, dem Gedränge auszuweichen und als Erste an der nächsten Haltestelle auszusteigen, all das in wenigen Sekunden. Ich schaue ihr durchs beschlagene Fenster nach. Die schwangere junge Frau ist nur noch eine Silhouette im fahlen Grau aller Dinge, ich würde ihr gerne zulächeln. Ich hebe den Arm, doch der Bus ist schon weitergefahren.

Ich steige mit den anderen Schülern aus, die ich keines Blickes würdige. Mich selbst weiß ich beobachtet: hasserfüllt die Blicke der Mädchen, Anmache die der Jungen. Dabei bin ich wirklich nicht schön. Sagen wir, ich bin ein Typ. Mein Vater behauptet, ich hätte die Züge einer Apachenkriegerin. Aber er hat mich schon eine Zeitlang nicht mehr gesehen. Ob ich mich in seinen Augen verändert habe, werde ich am Samstag erfahren, wenn ich ihn in Rom besuche, wo wir gemeinsam seinen vierzigsten Geburtstag feiern wollen.
Ich gehe über den Schulhof, die Glocke schellt, die anderen beeilen sich, ich nicht. Ich werde als Letzte reinkommen, wie immer. Kurz vor der Lehrerin.
Das Wort »Lehrerin« bringt mich auf ein nicht geringes Problem: Ich habe die Bücher und Hefte im Rucksack nicht gewechselt, er enthält noch die Sachen von gestern. Heute ist Dienstag. Der endgültige Stundenplan steht schon seit einer Weile fest, aber ich habe ihn mir noch nicht gemerkt.

Im Flur, auf dem mein Klassenraum liegt, holt mich unsere Englischlehrerin Sangueti ein. – Zu spät dran, Corvino?, legt sie los, die Worte riechen nach Rauch.
– Wie Sie.
– Aber ich darf.
Wir bleiben einen Moment vor der offenen Tür des Klassenzimmers stehen. Meine Klassenkameraden, diese Ansammlung von Arschkriechern, sitzen alle schon mucksmäuschenstill auf ihren Plätzen. Kaum taucht irgendwo ein Lehrer auf, redet keiner mehr vom Ficken oder Fußball oder dem Fernsehprogramm oder grünem Nagellack.
Die Sangueti ist groß und trägt lächerliche bauschige Kleidchen mit Puffärmeln, vielleicht um ihren Speck zu verstecken, ihr Doppelkinn sieht immer so aus, als würde es gleich ein drittes gebären. Ich kann absolut nicht glauben, dass alle Lehrer der Welt so aufgeblasen, altmodisch und plump sind wie meine. Allerdings sind die Chancen, in meiner Schule auf einen Lehrer wie Mr. Keating aus *Der Club der toten Dichter* zu stoßen, äußerst gering.
– Außerdem ist dir vielleicht nicht klar, dass ich eine Lehrerin bin und du eine Schülerin.
– Erhellend, Signora Sangueti, wirklich erhellend.
Ein Kichern kommt aus dem Klassenzimmer, die Sangueti hört es und erkennt, dass sie es sich nicht leisten kann, in dieser Auseinandersetzung über die Rollenverteilung zu unterliegen. Nervöses Atmen durch die Nase, ihre Nasenflügel ziehen sich zusammen.
Ich will sie stehenlassen, aber sie zischt: – Du bleibst draußen, Corvino, bis ich dich holen lasse.
Scheißziege. – Das trifft sich gut, ich habe noch ein biss-

chen Kleingeld für einen Kaffee. Wünsche guten Unterricht.
– Trink einen doppelten, und langsam.
Logisch, dass wir noch eine ganze Weile so weitermachen könnten, aber wozu?
Ich wende mich ab und gehe.

Den Becher in der Hand, drehe ich der Kaffeemaschine den Rücken zu, gehe zum Ausgang, stoße die Tür mit der Schulter auf und trete nach draußen. Wenn sie denkt, dass ich schön brav vor der Klassentür stehenbleibe und nur auf ihren Wink warte, bis ich reindarf, hat sie sich geschnitten. Ich trinke einen Schluck und zünde mir eine Zigarette an.
Wir sind von Anfang an nicht miteinander ausgekommen, diese Frau und ich. In der ersten Schulstunde im ersten Jahr hat sie die Namen aufgerufen, und als sie meinen Namen rief, versuchte ich gerade noch, mir klarzumachen, wo ich hier gelandet war, indem ich meine Banknachbarin in Augenschein nahm. Ich wollte herausfinden, ob wir kompatibel sein würden (wir würden es nicht sein).
Irgendwann hörte ich die genervte Stimme der Sangueti fragen: »Ist Corvino Elisabetta anwesend oder nicht?«
»Ja, hier.«
»Dreimal habe ich deinen Namen gerufen. Ich wiederhole mich nicht gerne.«
»Entschuldigen Sie bitte.«
Wir blickten uns an, sie gefiel mir nicht. Und ich gefiel ihr und ihrem schwangeren Doppelkinn nicht.
»Ich hasse es, mich wiederholen zu müssen, Corvino.«
»Ich habe verstanden.«

»Das ist etwas, was ich absolut nicht ertrage.«
»Jetzt haben Sie es oft genug wiederholt, oder?« Die anderen sind in Gelächter ausgebrochen. Von da an lief es mit ihr immer schlechter. Und mit der Schule auch. Obwohl ich in den ersten beiden Jahren dann doch noch heil davongekommen bin. Letztes Jahr aber sind meine Leistungen rasend schnell den Bach runtergegangen, und trotz ein paar guter Noten haben sie mich kleben lassen.

– Ciao, Bet.
Ich drehe mich um, sehe Andrea Reale und Livio Di Somma, der Stotterer genannt, auf der Eingangstreppe.
Früher waren wir in derselben Klasse.
– Ciao.
– Wie geht's, Bet?
Andrea Reale finde ich gar nicht so übel. Sagen wir, er spielt sich weniger auf als der Durchschnitt der annehmbaren Jungen in der Schule. Wie er lächelt und dieser gerade Blick, der die Augen sucht, nicht die Titten, das kommt ganz gut bei mir an. Er sitzt im Schulrat, ist immer sehr auf die Anliegen seiner Mitschüler bedacht, macht oft gute Vorschläge, handelt uneigennützig. Er organisiert Streiks und Selbstverwaltungsgruppen und Aktionen außerhalb der Schule. In seiner Stimme ist so was, ich weiß nicht, von einem, der Autorität hat, und einem, der bloß abhängen will, beides gleichzeitig. Falls er sich nicht demnächst als Arschloch entpuppt, könnte er im Leben was Vernünftiges erreichen.
Der andere, Livio, der beim Sprechen über seine Zunge stolpert, ist sein Schatten, obwohl er versucht, in Andreas Licht selbst ein bisschen zu strahlen. Seine Augen wären

ganz okay, wenn sein Blick nicht immer ausweichen oder an eindeutigen Stellen festkleben würde, wie jetzt. Seinem Boss gehorcht er blind: Wenn er das nicht bald in den Griff kriegt, wird sein Leben die Hölle des Kriechers sein.

– Der übliche Scheiß, sage ich und ziehe eine Grimasse. – Und ihr?

– Bei uns fällt eine Stu-stunde aus, der Physiklehrer fehlt. Livio grinst. – Darum warten wir, dass d-der La-laden mit den Farben aufmacht. Wi-wir müssen ein bisschen Rot k-kaufen, um die Wände zu beschmieren. Er zeigt auf die Wände der Schule.

– Wann?

– S-so bald wie mö-möglich.

– Warum denn?

Livio will antworten, dann blickt er erstaunt zu seinem Freund hinüber.

– Neulich habe ich an dich gedacht, sagt Andrea, doch ohne zu viel Betonung hineinzulegen, als wäre das eine ganz alltägliche Mitteilung zwischen Personen, die vertrauten Umgang haben.

Ich spüre, wie meine Wangen warm werden. Wahrscheinlich der Wechsel zwischen der stickigen Heizungswärme innen und dieser stechenden Kälte draußen. – Und was war der Anlass?

– Ich habe mir einen Film angeschaut, sagt Andrea unter dem wachsamen Blick seines Freundes, und da war diese Frau um die Fünfzig ... nimm's mir nicht übel, es geht natürlich nicht ums Alter ... da war diese Schauspielerin, schon ein bisschen angejahrt, aber immer noch unglaublich attraktiv ...

Meine Lippen brennen. Werden trocken. Aber ich bleibe bei einem weder besonders interessierten noch gelangweilten Blick, etwa so, als würden alle, die ich kenne, an mich denken, wenn sie einen Film sehen.
Andreas Stimme verrät keinerlei Verlegenheit: – ... sehr entschlossen, unabhängig, ernst, aber keine Betschwester ... ein tougher Typ halt. Mit Idealen. Ich hab überlegt: An wen erinnert die mich? Dann hat sie plötzlich so einen besonderen Ausdruck, lächelt, ohne dass man es ihr ansieht, und da kapiere ich, an wen sie mich erinnert: Bet Corvino! sage ich mir, genau das ist sie! Die beiden blicken mich an, ich halte ihrem Blick stand, aber innerlich bebe ich. Manchmal hasse ich es, aus Fleisch und Blut zu sein.
Andrea späht auf seine Armbanduhr. – Du fehlst uns, Bet. Ein Blick zu Livio, damit er das bestätigt, Livio nickt. – Du nimmst nicht mehr an Versammlungen teil, lässt dich nicht mehr auf Demonstrationen blicken ... du wirst deine Gründe haben, aber du fehlst uns.
Sie gehen die Treppe hinunter. Livio dreht sich um und wirft mir einen Blick zu, bevor sie aus dem Schultor treten, Andrea nicht.
Ich versuche, den Rauch einzuatmen, aber die Zigarette ist schon lange ein erloschener Stummel. Also zähle ich bis zwanzig. Seufze. Was war daran schon Besonderes! Bloß einer, der an einem faden Dezembermorgen nette Dinge über mich gesagt hat. Stopp.

Doch durch Andreas Worte ist eine Leere in meinem Inneren entstanden, und eine allesdurchdringende Traurigkeit steigt in mir auf, die ich nicht unter Kontrolle kriege. Ich gehe in den Park, wo welke Blätter liegen und vereiste

Baumstämme am Nebel kratzen, wische hastig über eine Bank, hole mein Englischbuch aus dem Rucksack und setze mich darauf.

Resignation und ein schwindelerregendes Gefühl von Unzulänglichkeit überwältigen mich. Andrea hält mich für stark, idealistisch und zupackend, während ich mich fühle, als hätte ich ein Spatzenherz und den nutzlosen Schwung einer Brieftaube, die keine Botschaften abzuliefern hat. Was zum Teufel bedeutet es, toughe zu sein, wenn ich nicht weiß, wozu es nützt? Wenn ich mich als Sitzenbleiberin in einer Schule durchschlage, die ich verachte, wenn die Beziehung zu meiner Familie - oder dem, was davon bleibt - beschissen ist und Konformismus mich genauso erschreckt wie Nonkonformismus?

Die Wahrheit ist, dass ich nichts Besonderes bin, sondern wie alle anderen, ich bin passiv und warte darauf, dass die Welt in Scherben fällt, habe aber nicht mal den Mut, ihr einen leichten Stoß zu versetzen.

Gerade will ich mir die nächste Zigarette anzünden, da sehe ich ein flackerndes blaues Licht auf dem freien Platz am Ende des Parks. Ich nehme meinen Rucksack und gehe nachsehen, was da los ist, vielleicht sind ja Ufos angekommen, könnte doch sein.

Es ist das blinkende Blaulicht auf dem Dach eines Einsatzwagens der Carabinieri. Der Wagen steht vor einem Wohnhaus. Erst höre ich Stimmengewirr, dann sehe ich einen Carabiniere in Uniform, der erregt mit zwei Personen spricht, die viel kleiner sind als er, so dass er sich zu ihnen hinunterbeugen muss. Eine der beiden ist eine alte Frau. Die andere ist das Mädchen, das mich heute früh vor dem gefährlichen Sturz im Autobus gerettet hat.

Ein Typ ohne Uniform, aber mit der Ausstrahlung eines Beamten, steht ein wenig abseits, blättert in einem Notizblock. Er kritzelt etwas hinein.
Als ich näher komme, sehe ich, dass im Auto noch ein Carabiniere sitzt, der die Szene gähnend beobachtet.
Sein Kollege redet mit den beiden Frauen: – ... tut mir ja leid, aber durch das Räumungsurteil ist die Zwangsvollstreckung angeordnet, die Signora muss ihre Wohnung noch heute Vormittag verlassen ...
– Wo soll sie denn hin?, fragt das schwangere Mädchen, dessen Stimmchen jetzt nicht mehr sanft klingt, sondern vor Wut bricht. – In irgendein mieses Altenheim?
– Ich kann für mich selbst sorgen, protestiert die alte Dame neben ihr.
Der Beamte in Zivil macht einen Schritt auf die Gruppe zu, mischt sich ein. – Leider zahlen Sie den Eigentümern aber seit über einem Jahr keine Miete mehr, Signora Cleri, sagt er und zeigt eines seiner Papiere.
– Sie kann die Miete nicht zahlen, sagt das Mädchen. Man hat ihr die Hinterbliebenenrente ihres Mannes gestrichen. Sie hat nur noch die Mindestrente.
– So ist es, gibt die Frau bekümmert zu.
Ihre Haare sind grau und mehr schlecht als recht geschnitten, wahrscheinlich macht sie das selbst vor dem Spiegel. Unter den Augen die dunklen Schatten schlechter Ernährung und unruhiger Nächte.
Der Carabiniere scheint das Mädchen zum ersten Mal genauer zu betrachten. – Wer sind Sie eigentlich? Die Enkelin, eine Verwandte?
– Ich bin eine Freundin.
– Sie heißt Viola, erklärt die Frau.

– Wir können hier nicht den ganzen Tag stehen, drängelt der Beamte. – Die Eigentümer haben Sie schon vor Monaten von der Räumungsklage unterrichtet.
Viola zischt: – Eigentum ist Diebstahl! Das klingt nach den revolutionären Achtundsechzigern. Kaum hat sie das gesagt, greift sie mit derselben Wendigkeit, die ich heute Morgen im Bus erleben konnte, nach den Papieren des Beamten, reißt sie ihm aus der Hand und wirft sie auf den Boden. – Und du bist genauso ein erbärmlicher, verblödeter Mitläufer wie diese beiden Bullen, die du bei dir hast.
– Hände weg, junge Frau!, schreit der Carabiniere und versetzt Viola einen viel zu heftigen Stoß. – Und mäßige deine Ausdrucksweise, denn ich kann euch beide ruckzuck auf die Wache mitnehmen! Damit das klar ist!
Viola schwankt, ist kurz davor, zu fallen und klammert sich an Signora Cleri, die sie festhält. – Seht ihr denn nicht, dass die Frau schwanger ist?, stößt die Alte hervor.
Der Beamte bückt sich, um die Papiere einzusammeln. Eins ist ganz in meiner Nähe gelandet. Gereizt rafft er die Blätter an sich, er scheint sich sogar davor zu ekeln. – Jetzt hab ich aber wirklich genug ...
Er will das Papier neben mir aufheben, aber ich setze rasch einen Fuß drauf.
Das Ganze geht mich nichts an. Die Situation jedoch ist mir ziemlich klar. Klar genug.
– He, Sie da, nehmen Sie den Fuß von dem Blatt Papier ...
– Schick mir doch eine Räumungsklage.
Jetzt haben alle mich bemerkt.
Viola erkennt mich sofort wieder. – Hallo, Süße.
Vor dem knienden Typen drehe ich meinen Schuh auf dem Blatt hin und her, als würde ich mir Hundescheiße

von der Sohle kratzen. Das Papier zerknittert und reißt in Fetzen wie Schneeflocken.
– Verflucht, was machen Sie denn da? Der Beamte würde mich abstechen, wenn er könnte.
Ich weiche ihm aus und geselle mich zu den beiden Frauen. Zu dem schreckensstarren Carabiniere sage ich: – Ich habe gesehen, dass Sie Gewalt gegenüber einer schwangeren Frau angewandt haben. Das kann ich bezeugen. Ich weiß nicht, worum es hier geht, aber ich werde aussagen, was ich gesehen habe.
Der Carabiniere wirft seinem Kameraden im Auto einen Blick zu. Der kapiert, dass er an der Reihe ist, öffnet die Wagentür und steigt aus. Seine Gesichtszüge unter der Uniformmütze sind hart, die Augenbrauen buschig. Er ist jünger als sein Kollege, aber man erkennt sofort, dass er in dem Spielchen guter Cop/böser Cop die Rolle des Bösen hat. Er stützt einen Ellenbogen auf das Dach des Einsatzwagens. – Was ist los?, fragt er. Kräftiges Kaugummikauen und ein stechender, kalter Blick sollen seine Rolle unterstreichen.
– Sie hat ein wichtiges Dokument zerstört, jammert der Beamte, auf mich zeigend.
Keiner beachtet ihn.
– Ja, was ist los?, frage ich den Miami Vice der Alpen zurück. – Erwarten Sie etwa, dass ich auf Ihre Show abfahre? Dass Sie mich damit erschrecken können?
– Zuallererst, hebt er an, stößt sich vom Auto ab und nähert sich mit einstudierten Schritten, zuallererst wollen wir mal klären, wer hier was ist. Er zeigt auf den Kollegen: – Carabiniere. Er zeigt auf sich: – Carabiniere. Dann wandert der Finger zwischen beiden hin und her: – Staats-

gewalt. Die man zu respektieren hat. Er lässt den Kaugummi unter seiner Zunge knallen: – So weit die Grundbegriffe.
Ich sage: – Das mit dem Kaugummi hab ich schon in der Grundschule gemacht.
Viola lacht schallend.
Damit hätte ich nicht gerechnet, ein so explosives Gelächter, ausgerechnet jetzt. Ein ansteckendes Lachen. Darum stimme ich ein – nicht so lauthals wie sie, klar. Und so stehen wir zum zweiten Mal an diesem Vormittag einander gegenüber und sehen uns an.
Doch – und auch das ist klar – der böse Carabiniere lacht nicht. Auch sein Kollege nicht. Stattdessen nimmt er mit der dürftigen Fantasie, über die er verfügt, die Situation in die Hand: – Sie beide zeigen jetzt Ihre Ausweise vor.
Signora Cleri schaut uns erschrocken an.
Viola schüttelt den Kopf, als wollte sie die Signora beruhigen. – Aha, jetzt machen sie einen auf Grenzbeamte, sagt sie mit dem Turiner Akzent aus den Arbeitervierteln, einem Tonfall aus lauter gedehnten nasalen Vokalen, mit dem wir hier unsere Mitmenschen verarschen und bei dem Nicht-Turiner sich fragen, ob sie wörtlich nehmen sollen, was wir sagen, oder lieber nicht.
Der gute Carabiniere scheint einer von denen zu sein, denn er wird ärgerlich und befiehlt: – Rückt die Ausweise raus, hab ich gesagt!
Verstohlen beobachte ich Viola: Ihr mageres Gesicht mit all diesen Knochen und Kanten gefällt mir. Sie zuckt die Achseln, dann zieht sie aus einer winzigen Handtasche ihren Personalausweis hervor und reicht ihn dem Carabiniere, der sie vorhin geschubst hat. Ich wühle im Ruck-

sack, finde das Portemonnaie und übergebe Miami Vice meinen Ausweis.
- Viola A-v... liest sein Kollege, doch dann stockt er.
- Avril, sagt sie. Es wird von links nach rechts gelesen.
- Elisabetta Corvino, macht der Kaugummikauer.
- Bet, sage ich mechanisch.
- Hä?
- Ich heiße Bet.
Sein Kollege gibt Viola den Ausweis zurück, ist kurz davor, mich anzuschreien, doch Miami macht eine gebieterische Geste mit dem Arm, und der andere verstummt.
- Jetzt gehen wir folgendermaßen vor, verkündet der Kauende mit gedämpfter Stimme. - Signora Cleri bleibt vorerst in ihrer Wohnung. Die junge Frau, er bedenkt Viola mit einem fast verächtlichen Blick, wird in Anbetracht ihres Zustands in Ruhe gelassen. Er zeigt auf mich: - Aber du kommst mit uns aufs Revier.
Ein paar Sekunden lang bin ich wie versteinert.
- Kommt gar nicht in Frage, sagt Viola. - Sie hat nichts damit zu tun!
- Also bin ich verhaftet?, frage ich fassungslos.
- Nein, so dramatisch nun auch wieder nicht. Er wirft seinem grinsenden Kollegen einen Blick zu. - Wir nehmen dich für weitere Ermittlungen mit aufs Revier.
Der Staatsdiener blättert durch seine Papiere und nickt lächelnd. - Gut gemacht. Um die Signora kümmere ich mich später. Signora Cleri zieht die Schultern ein, als wollte sie sich unsichtbar machen. - Und ihr beide, fährt er, auf uns zeigend, fort, lernt, das Gesetz zu achten.
Einen Augenblick später hat Viola ihm schon ins Gesicht gespuckt.

Scheiße, jetzt überstürzen sich die Ereignisse wirklich: Der Beamte wischt sich mit der Hand über die Wange, wird feuerrot, macht einen Schritt auf Viola zu, Viola weicht zurück, ich hebe den Fuß, der Beamte stolpert - innerhalb weniger Minuten macht er zum zweiten Mal Bekanntschaft mit meinem Fuß - und stürzt, bevor der gute Carabiniere (mittlerweile müsste er wohl eher der vertrottelte Carabiniere heißen) ihn am Arm festhalten kann.
Er fällt mit dem Gesicht nach vorn, der Staatsbeamte, und bevor seine Nase den Boden erreicht, ruft er etwas aus, was nur der Asphalt hören kann.
Nachdem der vertrottelte Carabiniere ins Leere gegriffen hat, packt er jetzt Viola am Arm. - Bist du vollkommen übergeschnappt?! Dank ihrer animalischen Gelenkigkeit entwindet sie sich im Bruchteil einer Sekunde.
- O Gott, ruft Signora Cleri aus.
Miami hilft dem Vollstreckungsbeamten auf die Füße.
- Alles in Ordnung?
- Diese verfluchte ..., sagt er, seine Nase ist schmutzig und aufgeschürft. Er geht in die Knie, als müsste er wieder zu Atem kommen.
Ich hätte nicht übel Lust, ihm einen Tritt auf die schon eingeschlagene Nase zu versetzen (diese dritte Begegnung mit meinem Fuß wäre dann der entscheidende Schlusspunkt), aber da fällt mir ein, dass ich mich vor Gewalt ekle, und ich rühre mich nicht.
- Jetzt reicht's aber!, donnert Miami, dem der Mut für geflüsterte Drohungen und Einschüchterungen vergangen ist.
- Steig ins Auto, sagt er zu mir. - Steig ins Auto und keinen Mucks mehr, sonst nimmt das hier ein böses Ende.

Der vertrottelte Carabiniere schiebt mich zum Polizeiauto.
- Sie hat nichts damit zu tun!, schreit Viola noch einmal.
- Wir entscheiden, wer was damit zu tun hat ...
- Dann müsst ihr uns beide verhaften!
- Wir bringen deine Freundin nur aufs Revier, sagt Miami noch einmal. - Aber das nächste Mal, Baby hin oder her, kommst du auch mit Karussellfahren, versprochen.
Er drückt meinen Kopf mit der flachen Hand nach unten und stößt mich gewaltsam ins Auto, obwohl ich keinen Widerstand leiste. Ich weiß nicht, was ich denken soll, die Angst kommt und geht, wie wenn du auf stürmischem Meer bist, die nächste Sturzwelle erwartest und dich fragst, ob du nicht lieber ans Ufer zurückkehren solltest.
Der vertrottelte Carabiniere setzt sich ans Steuer, Miami zu mir nach hinten.
Viola stürzt sich auf uns, schlägt gegen das Autofenster.
- Lasst sie gehen, hab ich gesagt!
Doch der Fahrer legt den Gang ein, ich kann sie nicht mal mehr mit einem Wort oder einem Lächeln beruhigen.
Unfreiwillig rutscht mir heraus: - Ich müsste in der Schule sein.
- In der Schule? Aha, dann sind die Anklagepunkte: Widerstand gegen die Staatsgewalt und Fernbleiben vom Unterricht ohne Rechtfertigungsgründe, höhnt Miami.
- Gut gemacht, Elisabetta.
Sein Kumpan am Steuer lacht.
- Bet, sage ich.

Natürlich werde ich nicht wie ein chilenischer Dissident in Pinochets Regime behandelt, aber auch auf der Wache kann Miami es nicht lassen, mich mit seinen Cop-Methoden zu drangsalieren. Wir gehen durch einen langen Flur, meine Gefängniswärter begrüßen ihre Kollegen, der Vertrottelte nimmt meinen Ausweis mit und zieht ab, um eine Anzeige gegen mich aufzusetzen. – Da stehst du dann lebenslang in der Kartei. Der andere fasst mich dauernd an den Arm und die Schulter. – Sieh dich gut um, sagt er, mach dich schon mal mit dem Ort vertraut, denn bei deinem aufbrausenden Charakter wirst du wahrscheinlich dein ganzes Leben lang in Polizeikommissariaten und Carabinieriwachen ein- und ausgehen.

Wir kommen in einen Saal, groß wie die Turnhalle meiner Schule, wo es kalt ist und ein chaotisches Gewimmel von Menschen herrscht, wie ich es bisher nur auf dem Wochenmarkt gesehen habe. An der Wand hängt ein Pissoir, jemand pinkelt. Es sind alles Männer, vor allem Nordafrikaner und Roma, aber auch ein paar Asiaten. Die klagenden oder zornigen Stimmen verschmelzen zu einem hässlichen, ohrenbetäubenden Chor, arabische, französische, englische und Gott weiß welche Satzfetzen zerreißen mir fast das Trommelfell. Ein paar Carabinieri halten all diese Menschen in Schach, indem sie Gummiknüppel schwingen und schreiend nach rechts und links Beschimpfungen austeilen.

Ich möchte weglaufen und blicke in Richtung Ausgang.

Miami bemerkt den Ausdruck des gefangenen Tiers auf meinem Gesicht und bringt wieder einen seiner blöden Sprüche: – Das hier ist ein Fünf-Sterne-Hotel im Vergleich zu dem Loch, in das ich irre Kommunistinnen wie dich werfen würde.

– Ich bin keine Kommunistin. Meine Beine zittern.

– Was bist du dann?

– Was ich will.
Zum Glück zittert meine Stimme nicht auch. Ich atme tief ein und mache Anstalten, mich in das Menschengewühl zu begeben.
– Diesmal noch nicht. Der Kaugummikauer lacht, fasst mich an die Schulter und zeigt auf eine einsame Bank am Ende des Flurs: – Setz dich da hinten hin.
– Und was mache ich da?
– Du wartest.
– Worauf?
– Dass sich jemand an dich erinnert, Betta.
Leck mich, denke ich.
Dann gehe ich mich auf die Bank setzen.

Warum hab ich mich bloß in diese beschissene Lage gebracht? Das frage ich mich wieder und wieder, während die Stunden vergehen und ich nichts tun kann als auf dieser feuchten Bank zu sitzen. Neben der Bank ist ein Fenster, das ich von Zeit zu Zeit aufmache, um rauszugucken. Ich entdecke die Toilette, gehe hinein und rauche ein paar Zigaretten, die mich müde machen.
Miami lässt sich nicht mehr blicken, auch der Vertrottelte nicht, mindestens zweieinhalb Stunden lang kommt niemand, um mich irgendwas zu fragen. Ich versuche mich zu erinnern, in welchem Unterricht ich jetzt gerade sitzen und aufpassen müsste, aber es will mir ums Verrecken nicht einfallen. Was Viola wohl macht. Ob sie bei Signora Cleri geblieben ist?
Ich höre Geräusche aus dem großen Saal. Einen Knall und einen Schrei.
Ich hasse diese erzwungene Bewegungslosigkeit.

Nach der Tragödie, der Beerdigung und allem, kam mein Vater eines Nachmittags zu mir ins Wohnzimmer, während ich dort auf dem Sofa saß und ich weiß nicht mehr was guckte. Die Wohnung stank nach geschlossenen Räumen, abgestandener Luft. Meine Mutter war im Schlafzimmer, seit Tagen kam sie da nicht mehr heraus. Nachts hörte ich sie weinen. Er hatte sich um alles gekümmert, auch um mich. Er hatte mir zu essen gemacht, meine Sachen gewaschen. Aber diesen Geruch und diese Nächte hatte er nicht weggekriegt.
Als er durch die Tür trat, bemerkte ich den Koffer.
»Meine Kleine«, sagte er, setzte sich neben mich. Aber ich hatte schon kapiert, alle Kälte der Welt war vom Boden bis in meinen Kopf aufgestiegen. »Ich gehe eine Zeitlang weg.«
Ich sah ihn an. »Wie lang ist eine Zeitlang?«
»Das weiß ich nicht.« Er streichelte mein Ohr.
»Und Mama?«
Seit dem Tag der Beerdigung hatte ich die beiden fast nicht mehr miteinander sprechen gehört. »Mama bleibt hier. Sie muss sich erholen. Wieder zur Arbeit gehen.«
»Und du?«
»Ich habe gekündigt, Bet. Ich gehe für ein paar Wochen zu Onkel und Tante nach Rom. Ich ... richte mich da ein bisschen ein.« Onkel und Tante in Rom. Denis war gar nicht wirklich mein Onkel, aber er und mein Vater waren zusammen aufgewachsen. Dann hatte Denis während seines Militärdienstes in Rom Viviana kennengelernt. Wir hatten mehrere Sommer zusammen verbracht. Was dann passiert ist, habe ich nie verstanden – irgendjemand konnte jemand anderen nicht leiden. Bis zur Beerdigung hatte ich sie nicht mehr gesehen.

»Danach kommst du zurück, ja?«
Ich erinnere mich an das Ticken der Wanduhr, das Lächeln meines Vaters – ein um Entschuldigung bittendes Lächeln.
»Natürlich komme ich zurück. Oder du kommst zu mir. Und wir bleiben für immer zusammen.« Er und ich. Kein Wort von meiner Mutter. Man brauchte nicht wer weiß wie viel Lebenserfahrung, um zu verstehen, was da abging. Ein Kuss auf beide Wangen, tick tack, tick tack. »Ich ruf dich an, mein Liebes.«
Zwei Minuten später war er schon nicht mehr da.
Ich stand auf. Ging in das Schlafzimmer meiner Eltern, öffnete die Tür. Umgeben von Dunkelheit lag sie auf dem Rücken und starrte ins Leere. »Papa ist weggegangen«, flüsterte ich.
»Ja.« Ein eisiges Ja. Das vierzehnte Wort – ich hatte sie gezählt –, das sie seit der Beerdigung mit mir sprach. »Besser so.« Sechzehn.
Was ich danach tat, weiß ich nicht mehr, ich erinnere mich nur, dass ich ihm nicht die Schuld gab. Ich glaube, das hätte ich auch dann nicht getan, wenn ich Grund dazu gehabt hätte.

Schritte am Ende des Flurs wecken meine Aufmerksamkeit, ich sehe meine Mutter. Sie läuft, sie ist klein und geschockt. Dann entdeckt sie mich. Sofort ändert sich ihr Gesichtsausdruck, sie verscheucht die Sorge und setzt wieder ihre Muttermaske auf, nicht die der Mama. Aber ich merke, dass sie erleichtert ist. Sie wird langsamer. Bleibt einen Moment stehen.
Ich erhebe mich.

Ich will ihr gerade entgegengehen, da kommt Leonardo mit seinem unkoordinierten Schritt an, die Krawatte hüpft im Takt auf dem Bauch. Neben ihm Miami.
- Bet, sagt meine Mutter.
- Bet, sagt Leonardo.
- Diesmal lassen wir dich noch gehen, sagt Miami und gibt mir mit seinem widerlichen Grinsen meinen Ausweis zurück. Dann wendet er sich an Leonardo: - Sperren Sie Ihre Tochter eine Weile ein. Sie hat das Zeug, in üble Situationen zu geraten. Sie können jetzt gehen.

Ich sitze auf der Rückbank von Leonardos Kleinwagen. Er hat ihn vor anderthalb Jahren gekauft, die Sitze riechen noch neu.
Meine Mutter blickt starr vor sich hin. - Weißt du wenigstens, was du angerichtet hast?, fragt sie, mich fragt sie das.
Die Sicht auf den Bürgersteigen ist klar, aber wenn ich die Augen hebe, sehe ich ihn noch auf den Dächern wie ein milchiges Laken, den Nebel.
- Es ist alles so schnell passiert, versuche ich mich zu rechtfertigen.
Einen Moment lang herrscht Stille. Doch der Moment vergeht, und meine Mutter schlägt mit der Faust aufs Armaturenbrett. - Was soll ich mit dir machen, verdammt noch mal, was soll ich bloß mit dir machen?, schreit sie, stocksteif auf dem Vordersitz aufgerichtet, ohne sich anzulehnen.
- Elena ...
- Scheiß auf Elena, Leo! Sie hat sich verhaften lassen!
- Nun übertreib mal nicht.

– Fang du nicht auch noch an, sie zu verteidigen!, sie blickt mich an. – Ich habe deinen Vater angerufen, ihm gesagt, dass du bei den Carabinieri bist ..., sie lacht nervös, und weißt du, was er gesagt hat? »So wie ich meine Tochter kenne, hat sie es für eine gute Sache getan.« Das hat er wirklich gesagt!
– Naja, wenn du mir die Zeit gibst, dir genauer zu erklären, worum es ging, wirst du vielleicht erkennen, dass Papa nicht ganz ...
– Da kriegt man ja das Kotzen! Sie äfft ihren Exmann nach: – »So wie ich meine Tochter kenne ...« Zur Hölle mit ihm! Er lässt es sich in Rom gutgehen, kümmert sich nur um seinen Kram, und ich hab hier die pubertierende Jugendliche am Hals, die mit der Welt auf Kriegsfuß steht! Sie versetzt dem Handschuhfach einen hysterischen Tritt.
– Elena, jetzt reicht's!
– Sprich nicht so von Papa ... Auch du bist schuld, dass er weggegangen ist! Ich trete gegen ihren Sitz.
– Wie bitte? Ihr Gesicht erstarrt zu Marmor, nur die Augen bleiben lebendig und versprühen ihre Wut gegen mich.
– Meine Schuld? Sie streckt einen Arm nach meinem Kopf aus, aber ich kann schnell wegrücken, bevor sie mir die Haare ausreißt.
– Das ist wahr!
Sie zwängt sich zwischen den Vordersitzen nach hinten durch, versucht sich auf mich zu stürzen.
Leonardo fährt an den Straßenrand, was ihm wildes Hupen aus nächster Nähe einträgt. Er packt meine Mutter an den Hüften, sie versucht, sich zu entwinden, es gelingt ihr, sich der Länge nach auszustrecken und mich zweimal zu ohrfeigen. – Ich hab deinen Vater geliebt, verfluchtes Mist-

stück! Ihr Schrei ist heiser. Leonardo kann ihren Arm festhalten, aber er muss sie gewaltsam nach vorne ziehen, um sie auf ihren Platz zurückzubringen.
Meine Wangen brennen. Ich möchte aussteigen, aber dieser beschissene Kleinwagen hat nur zwei Türen, ich sitze in der Falle. Es ist Mittag, ich bin siebzehn Jahre alt und sitze in der Falle. Mit beiden Händen umfasse ich meinen Kopf. - Lasst mich raus, ich will aussteigen ... Eine Träne tropft mir auf den Schuh.
Ich höre, dass auch sie weint.
Soll das hier etwa das Leben sein? Ist so das Leben? Ist so das Leben?
Alle vier Blinker ticken, und Leonardo muss versehentlich auch die Scheibenwischer eingeschaltet haben, jetzt wischen sie mit quietschendem Gummi über die blanke Windschutzscheibe, wir atmen den sauberen Geruch der Sitze und den stechenden Geruch unserer verschwitzten Körper. Hier sitzen wir nun: Wageninneres, Straße, Turin, Italien, Welt, und das Ganze ist ein beschissenes Durcheinander.
- Elena, wir müssen zurück zur Arbeit.
- Und ich will aussteigen ...
Meine Mutter öffnet grimmig die Autotür, springt heraus, klappt den Sitz um. - Los, dann steig aus!, ruft sie erbittert.
Ich rühre mich nicht.
- Steig aus! Und geh nach Hause. Ach, geh doch, wohin du willst, verflucht!
Ich nehme den Rucksack, steige aus, und wir stehen uns direkt gegenüber. Um ihre Augen klebt verschmierte Wimperntusche.

Ich bin kurz davor, sie um Entschuldigung zu bitten.
Ich sage nichts.
Ich wende mich zum Gehen.
– Du bist zu Hause, wenn ich zurückkomme, sagt sie, bevor sie wieder ins Auto steigt.
Leonardo beugt sich vor, um mich anzusehen.
Sie: – Nein, stopp, du gehst jetzt sofort nach Hause. Und heute Abend bleibst du in deinem Zimmer!
– Wir können sie nach Hause fahren ..., versucht er.
– Nein. Sie setzt sich, knallt die Wagentür zu. Ein letzter zorniger, vernichtender Blick auf mich.

Barriera di Milano jedenfalls heißt so, weil hier, wo ich wohne, im neunzehnten Jahrhundert Grenzmauern für die Zollkontrolle verliefen, *Barrieren* also, und Reisende Zoll für die Waren bezahlen mussten, Waren, die fast immer für Mailand bestimmt waren.
Das finde ich in der Biblioteca Marchesa heraus, unserer Stadtteilbibliothek, wo ich an einem Tisch sitze und ein paar Bücher zur Stadtgeschichte überfliege.
Um mich herum etwa zwanzig Studenten, die lernen und tuscheln, vielleicht lernen sie ja gar nicht, reden nur miteinander, flirten, schicken sich fortwährend SMS und lachen.
Vier alte Männer blättern in Tageszeitungen, ziehen ungeheure Mengen Rotz hoch, spucken ihn von Zeit zu Zeit in Stofftaschentücher und lesen dann weiter tendenziöse Nachrichten über das Vaterland.
Ich schalte mein Mobiltelefon ein, eine SMS von meinem Vater ist gekommen: »Ruf mich an, sobald du kannst.«
Jetzt habe ich keine Lust.

Mit meinem Vater halte ich übers Mobiltelefon Kontakt. Manchmal ruft er mich zu Hause auf dem Festnetz an, streitet ein bisschen mit meiner Mutter, wenn sie rangeht, oder erkundigt sich höflich nach Leonardos Gesundheit, und Leonardo erkundigt sich höflich nach seiner, wenn er rangeht. Dann holen sie mich ans Telefon.

Als der Internetplatz frei wird, lege ich meinen Ausweis auf den Schreibtisch der Bibliothekarin, die in ein mitreißendes Kreuzworträtsel vertieft ist, das sie schon zur Hälfte gelöst hat. Sie nickt, ohne mich anzusehen, ich setze mich vor den verstaubten Computer, immer derselbe, seit ich hierher komme. Mein Computer zu Hause ist schon ziemlich lange kaputt. An einem Tag funktionierte er noch problemlos, am nächsten Tag war er mausetot, nicht mal ein flackerndes Lämpchen als Abschiedsgruß. Ich habe ihn zur Reparatur gebracht, aber in dem Laden sagten sie, die Garantie sei abgelaufen und ihn reparieren zu lassen, würde mich mehr kosten als ein neuer.

Ich gehe auf Gmail, lese meine Post. Meine Adresse kennt fast niemand. Einige meiner Schulkameraden liefen schon als Vierzehnjährige mit Visitenkarten rum, auf die in Künstlerschreibschrift Name, Nachname, Handynummer und E-Mail-Adresse gedruckt waren. Vielleicht auch noch irgendein idiotisches Zitat aus dem idiotischsten Roman aller Zeiten, *Siddhartha*. Wenn du dieses Buch auf den Boden wirfst, versinkt es in dem Dünnschiss, den es erzählt und den du vom Lesen kriegst.

Der Fluss des Werdens.

Buddha Gotama.

Govinda.

Kamala.

Mann, leck mich doch!
Eine Mail von Nokia kündigt große weihnachtliche Werbeaktionen an. In den Papierkorb damit.
Eine Mail von lastminutereisen.com. In den Papierkorb.
Eine andere Mail bietet mir Viagra zu supergünstigen Preisen an. Achten die denn nicht auf die Adressaten? Natürlich nicht, sie schmeißen alles planlos ins Netz, irgendjemand wird schon drauf reinfallen. Diese Mail kennzeichne ich als Spam. Doch ich weiß schon jetzt, dass sie über andere Wege wieder auftauchen wird.
Außerdem gibt es eine Mail von einem gewissen Ichsuchedichüberall@gmail.com. Ich will sie gerade auch in den Spamordner schieben, als mein Blick auf den Betreff fällt: HOFFENTLICH ERREICHT DICH DAS, BET.
Wer zum Teufel ist das denn?
Ich klicke drauf, die Mail wird geöffnet.

Liebe Bet,
ich hoffe, dass diese Mail dich irgendwie erreicht und dass du sie liest. Seit einiger Zeit schon suche ich dich im Netz, aber ich kann dich nicht finden. Auf Facebook bist du nicht. Also habe ich Mut gefasst und beschlossen, diese Mail aufs Geratewohl loszuschicken. Als Adresse setze ich auf betcorvino oder bet.corvino, weil ich weiß, dass du es hasst, bei deinem vollständigen Namen genannt zu werden.
Ich habe es mit so ziemlich allen Mailanbietern probiert, einschließlich diesem, über den du mir hoffentlich antworten wirst ... Allein schon wegen der Mühe und all den Fehlermeldungen, die meinen Briefkasten verstopfen werden, verdiene ich wenigstens, dass du meine Nachricht mit einem Lächeln zu lesen beginnst ...
Warum ich dir schreibe?

Weil du mir gefällst und ich es dir nicht persönlich sagen kann, also habe ich mir diesen ungewöhnlichen, aber neutralen Weg ausgedacht, um dir die Sache mitzuteilen.
Ich habe dich oft beobachtet und würde sagen, was du von dir zeigst, gefällt mir, und was du verbirgst, macht mich neugierig.
Ich mag es, wie du gehst, den Kopf immer ein bisschen zur Seite geneigt, und wie präzise deine Schritte in den Adidas schwingen.
Ich mag deine Stimme. Es ist die Stimme von einer, die schon so manches durchgemacht hat und keine Zeit mehr zu verlieren hat.
Keiner kann mit dir mithalten.
Ich mag es, wie du rauchst, wie du die Camel im rechten Mundwinkel festhältst; ich mag deine blaue Wildlederjacke und dass du ohne Schirm rausgehst, wenn es regnet (auch bei einem Platzregen) ...

Wenn du bis hierhin gelesen hast, bist du wahrscheinlich schon nervös geworden und guckst dich ein bisschen besorgt um. Sei ganz ruhig.
Mein Vorschlag lautet wie folgt: Hast du Lust, so was wie eine Brieffreundschaft anzufangen, wie es früher Brauch war, also ohne uns zu treffen, aber so, dass wir uns voneinander erzählen?
Natürlich nur, wenn du nicht vorher die polizeiliche E-Mail-Überwachung auf mich ansetzt.
In dem Fall schick mir Feigen, keine Apfelsinen ins Gefängnis.
Lächeln, Bet.
Und denk drüber nach.
Voller Zuneigung
Ichsuchedichüberall
P.S.: Ich werde alles leugnen!

Weristdieserkrankewichser?
Ich weiß nicht, wie ich mich fühlen soll. Aber ich bin auf jeden Fall viel eher stinksauer als geschmeichelt. Die Mail habe ich gelesen, ohne einmal Luft zu holen, sogar hochgradig besorgt. Und Scheiße, es stimmt: Ich habe mich umgeguckt, als säße der Schreiber versteckt hinter dem Regal für Psychologie (was übrigens der geeignete Platz für so einen wäre).
Ich fühle mich nicht nur ausspioniert, sondern auch angegriffen. Noch einmal überfliege ich die Mail. Er weiß, dass ich Bet heiße, aber das herauszufinden ist nicht sonderlich schwer. Er weiß, wie ich mich kleide, und das Gesülze über meine Angewohnheiten beweist eine gewisse Übung im Beobachten meiner Wenigkeit. Viele Einzelheiten, zu viele. Er weiß, welche Zigaretten ich rauche!
Ruhig, Bet. Ganz ruhig.
Atme tief ein.
Einen Moment lang zittert die Hand, mit der ich die Maus halte, der Pfeil wandert ziellos über die rechte Seite des Bildschirms.
Ruhig.
Einatmen.
Es gibt nichts, wovor du Angst haben müsstest.
So ist es gut. Sei gelassen.
Okay, analysieren wir das Ganze. Versuchen wir, sachlich zu bleiben.
Ein lautes Niesen lässt mich zusammenzucken, ich drehe mich ruckartig um: Einer der Nichtstuer hat auf das Buch gerotzt, das er vor der Nase hat.
– Wie wär's mit der Hand vorm Mund?, frage ich, und auch meine Stimme zittert.

Der Typ blickt zu seinem Freund rüber. Der Freund ist ein bisschen überrascht, dann lacht er. Der Nieser weiß nicht, was er entgegnen soll.
Also: Eine Analyse muss her.
Nie ist die Rede von einem Ort, wenn er mich beschreibt. Er sagt nicht: Ich habe dich, was weiß ich, in der Via Porpora vor dem Schaufenster dieses Geschäfts gesehen, wo du eine Camel geraucht hast ... Er sagt nicht: Wenn du zur Schule gehst, trägst du immer die blaue Lederjacke ... Nein. Aber dieser Paranoiker, der sich Ichsuchedichüberall nennt, weiß einiges über mich. Zu viel.
Wie macht er das?
Ich springe auf, der Stuhl fällt krachend hinter mir um.
– Ähm, macht der Nieser. Ruhe bi...
– Klappe, Arschgeige! Ich logge mich aus, höre den Freund wieder lachen und verlasse mit schnellen Schritten die Bibliothek.

Gute fünf Sekunden lang halte ich den Klingelknopf gedrückt.
– Wer ist da?, fragt eine Männerstimme.
– Hör zu, du Scheißspanner, dies war das erste und letzte Mal, dass ich dir erlaubt habe, mit so einem Dreck, wie du ihn mir per E-Mail geschickt hast, in mein Privatleben einzudringen, habe ich mich klar genug ausgedrückt, du beschissener, widerlicher Sabbergreis?
– Wer ist da?, wiederholt die metallische Stimme, diesmal mit einem besorgten Unterton.
Es ist die Gegensprechanlage meines Hauses.
Die Stimme ist die des Spanners.
– Du weißt ganz genau, wer ich bin, ich bin Bet, Bet Cor-

vino, bet-punkt-corvino-at-gmail-punkt-com, das bin ich, Wichser. Und du bist dieser spackige, abartige Spion von Ichsuchedichüberall-at-fickdich-gmail-punkt-com!
– Wo ... wovon redest du denn?, stottert er.
– Du weißt, wovon ich rede, du weißt es sogar sehr gut, knurre ich. – Ich sage dir jetzt nur ein paar Dinge: Mit solchen beschissenen Methoden kannst du mich nicht ködern, und du würdest es nicht mal schaffen, wenn du dir dafür einen einzigartigen, hochanständigen, geilen Klassetypen ausdenken würdest, von dem noch niemand was gehört hat. Noch eins: Hör auf, mich auszuspionieren, oder ich lasse dich wirklich verhaften, hör auf, mich jedes Mal anzuglotzen, wenn ich durch die Haustür rein- oder rauskomme, jedes einzelne verfickte Mal, wenn ich vor dem Guckloch an deiner Scheißtür vorbeigehe.
– Aber ...
– Denn du tust mir damit Gewalt an, dass du's weißt! Das bürgerliche Gesetzbuch sieht dafür keine Strafe vor, meins aber schon. Darum lass das!
– Hör mal ...
– Nein, ich höre ganz bestimmt nicht, halt's Maul. Was hast du dir bloß dabei gedacht? Dass ich bei deinem Gelaber ins Schmachten gerate? Mieser, perverser Spanner, so frustriert bin ich nicht, dass ich Geheimnisse und große Gefühle in einem elektronischen Postfach oder auf einem Zettel suche, den mir jemand heimlich in den Briefkasten geworfen hat, als wären wir noch in der Grundschule, und auch dann nicht, wenn du dich mit einer Gitarre unter meinen Balkon stellst und irgendeine idiotische Serenade spielst, nicht mit mir. Ich erlaube dir auch nicht, dir Vorstellungen von mir zu machen, wegen dem, was ich anzie-

he und was ich rauche und wie ich mich bewege, denn ich ziehe mich nur für mich an, ich rauche, weil ich Lust dazu habe, und ich bewege mich so, wie ich mich bewegen muss. Wenn du aber so einsam, notgeil und depressiv bist, dass du versuchst, eine Unbekannte anzumachen ...
- Aber wie ...
- Lass mich ausreden! Ich schlage gegen die Hauswand, wie gerne würde ich sie aufbrechen, diesem Spacken Auge in Auge gegenüberstehen und ihm einen Ziegelstein an den Kopf werfen. - Ich sagte, wenn du so depressiv bist, dass du versuchst, dich an eine völlig Unbekannte ranzuschleimen, dann kann ich dir die Telefonnummern von ein paar Schulkameradinnen nennen, die dein abartiges Geseiere in einem Zug schlucken würden.
Ich denke an diese kindische Carmela mit ihrem Arsch Gigi D'Alessio. Mir fällt ein halbes Dutzend hirnamputierter Tussis ein, die ich leider kenne. - Das ist alles, Spanner, ich hab schon viel zu viel geredet. Klare Absprachen, keine lange Freundschaft. Kapiert? Und lass dich ärztlich behandeln!
Das Schwein scheint aufgelegt zu haben.
Ich will gerade noch mal klingeln - oder schmeiße ich ihm das Fenster mit Steinen ein? -, als ich merke, dass jemand neben mir steht.
Es ist das Moslemmädchen.
Sie schaut mich mit Riesenaugen an, entsetzt.
- Seit wann ... hm ... seit wann bist du hier?, frage ich.
Sie antwortet nicht.
Ich stelle mir vor, wie sie mich das alles in die Sprechanlage schreien hört. Eine leichte Verlegenheit erfasst mich, aber rot werde ich nicht.

Ich hole die Schlüssel raus. – Jedenfalls hast du jetzt mal erlebt, wie man mit den Männern umgeht.
Ich schließe die Tür auf und stürze ins Haus.
Zwei Stufen, dann bin ich auf dem Treppenabsatz, wo der Spanner wohnt. In einer Ecke des Treppenhauses steht eine Kübelpflanze. Ich greife mir zwei Handvoll Erde und schmeiße sie gegen seine Tür.

Den Rucksack schleudere ich in mein Zimmer, dann lasse ich mich erschöpft aufs Sofa im Wohnzimmer fallen. Unfassbar, da muss ich mir an einem verfluchten Tag wie diesem, der sowieso schon nicht gerade unter günstigen Vorzeichen angefangen hat, auch noch dieses Internet-Stalking von einem Psycho gefallen lassen, der es obendrein wagen würde – und das gibt mir den Rest, da könnte ich fast explodieren –, alles zu leugnen, wenn ich ihm die Gelegenheit dazu gäbe! Ich mache den Fernseher an, das Nachrichtenmagazin von Rai Uno läuft, und das erste Gesicht, das ich sehe, ist das eines Journalisten mit Krawatte und einer kastanienbraunen Toupetwelle, die ihm über die Stirn rollt. Nun denke ich zwar auch, dass ein Nachrichtensprecher im Fernsehen ein gleichmütiges Verhalten zeigen sollte, doch den hier hat man bei seiner Geburt in Wäschesteife gebadet. Während ich rase vor Wut, verzieht dieser Typ keine Miene, verhaspelt sich nie, bewegt unmerklich den Kopf, wenn die Einstellung wechselt, als würden sie ihn mit einer Fernbedienung manövrieren.
Die Ohrfeigen meiner Mutter brennen mir noch im Gesicht, noch immer widert der Perverse im Erdgeschoss mich an, beim Gedanken an den Knall des Kaugummis unter der Zunge von Miami wird mir übel. Ich stehe auf,

gehe in die Küche, öffne den Vorratsschrank und finde Dosenfleisch. Das stapelt sich hier in Großmarktmengen, denn inzwischen weiß meine Mutter, dass ich mittags nichts anderes esse. Ich klatsche den Inhalt einer Dose auf einen Teller, daneben ein bisschen Salat, den ich im Kühlschrank gefunden habe, und esse im Stehen neben der Spüle, während ich mit dem Ellenbogen das Licht anmache. Dann sehe ich mein Spiegelbild in den Türen des Küchenschranks und möchte am liebsten heulen.
Ich setze einen Kaffee auf und gehe rüber ins Wohnzimmer, ich habe keinen Hunger mehr und bin nicht satt, was bezeichnend für meinen Normalzustand ist.
Jetzt redet der Journalist vom »nahezu endgültigen Bruch zwischen der Gewerkschaft CGIL und Fiat« und verzieht einen Augenblick den Mund, ihm klappen fast die Lider zu, wahrscheinlich wirft er Codein ein, dann geht der Bericht einer Kollegin mit Piemonteser Akzent los, und das Bild füllt sich mit dem Pullover von Sergio Marchionne. Vor diesem Menschen ist man in keinem Programm sicher. Ich habe ihn sogar schon neben Obama gesehen, der ihm eine Hand auf die Schulter legte. Soviel ich verstanden habe, besteht das Produktionsmodell dieses Mannes darin, in Italien Arbeiter zu entlassen und die Herstellung ins Ausland zu verlagern. Und das soll so schwierig sein? Braucht man dafür wirklich einen Master? Keine Ahnung, woher er das Geld genommen hat, um Chrysler zu kaufen – vielleicht hat Chrysler ja ihn gekauft –, jedenfalls ist er jetzt eine Art mythischer Gott der Wirtschaft. Allerdings habe ich auch gelesen, dass Mirafiori vielleicht schließt und die Arbeiter stempeln gehen können. Das leuchtet mir nicht so ganz ein. Man entlässt hier und

kauft in Amerika? Samstag werde ich meinen Vater um Aufklärung bitten. Als er Arbeiter in derselben Maschinenbaufabrik war, wo meine Mutter angestellt ist (und wo sie sich kennengelernt haben ...), war er auch eine Zeitlang Gewerkschaftsvertreter. Dann hat er das hingeschmissen, weil er, so seine Worte, seinen Kollegen nicht mehr in die Augen sehen konnte, nachdem er mit den Bossen verhandelt und meistens verloren hatte. Ich kann mir vorstellen, dass es nicht leicht ist, mit leeren Händen zu den anderen zurückzukommen ... seine Ohnmacht und ihr ungerechtfertigter Groll auf ihn.
Und so habe ich auch daraus gelernt, dass du im Leben allein zurechtkommen musst, basta.

Ich stelle das Telefon wieder an. Ein paar SMS-Nachrichten unterbrechen die Stille. Ich lese sie nicht. Seine Nummer ist eine der wenigen im Adressbuch.
Es klingelt dreimal, dann antwortet er besorgt. – Bet! Endlich! Ich wollte mit dir sprechen!
– Ich hab geschlafen.
Im Hintergrund höre ich die Geräusche in dem Lager, wo er arbeitet, Maschinenlärm, ein Quietschen. – Was ist passiert?, fragt er.
Ich erkläre es ihm in groben Zügen.
– Hm, macht er, nachdem ich die Ereignisse zusammengefasst habe. – Deine Mutter war stinksauer ...
– Ja.
Schweigen. Ich spüre eine gewisse Verlegenheit. Vielleicht möchte auch er mich zusammenfalten, hoffentlich tut er's nicht, bitte nicht er: Sein Urteil ist das einzige, aus dem ich mir wirklich was mache.

Er enttäuscht mich nicht: – Bis Samstag bist du brav, schaffst du das? Hier kannst du dich dann austoben.
Ich muss lachen. – Ja, ok.
Wieder eine Pause. Dann, seine Stimme ist ein Hauch, sagt er: – Okay. Ich erwarte dich, klar?
– Weiß ich, Pa. Bis Samstag.
Wir beenden das Gespräch.
Ich stelle MTV an und während ich dem leise gestellten hektischen Gerede des Videojockeys zuhöre, schlafe ich ein.

Ich gleite in einen verschwommenen Traum ohne klare Formen und ohne Stimmen außer meiner und der von Martina. Wo wir sind, weiß ich nicht, und ich kann sie nicht genau sehen. Alles ist Schatten und Kälte, ein aus Angst und Schwermut gemischtes Gefühl breitet sich ringsumher aus, es ist eine Art endlose, graue Abenddämmerung.
Martina sagt: »Siehst du?«
Und ich will, ich muss ihr antworten, aber kein Laut kommt aus meinem Mund. Als hätte ich einen Maulkorb um, als wäre ich ein Hund und sie mein Frauchen. Dabei weiß ich, dass ich ein sauschlechter Wachhund bin. Ich versuche, mit ihr zu sprechen, stoße aber nur Spucke zwischen meinen Zähnen hindurch. Dieser Augenblick erstarrt klar umrissen, eine Momentaufnahme, deren Konturen gleich darauf verschwimmen. Sie geht. Und ich weiß, dass sie nicht zurückkommen wird.
Ich will schreien: NEIN.
Ich schaffe es nicht rechtzeitig.
Sie verschwindet.
Dann totale Dunkelheit.

Vor nicht mal einer Viertelstunde bin ich aufgewacht, noch immer mühevoll atmend: ein Gewicht auf den Lungen, das mir die Luft abdrückt, dann springt es plötzlich weg, und mir stockt zu lange der Atem. Ich zähle bis fünf. Versuche, einzuatmen. Wieder dieser Mühlstein.

– Scheiße, sage ich. Scheiße!

– Genug, sage ich. Genug.

Ich höre den Fahrstuhl auf unserem Stockwerk ankommen.

Als die Tür geöffnet wird, springe ich auf.

Ich nehme eine hellwache Haltung ein, gerade Schultern, reibe mir die Augen.

Sie hängt ihre Jacke auf. Ich mache den Fernseher aus. Es gibt ein Flimmern, bevor der Bildschirm schwarz wird.

Sie kommt ins Wohnzimmer. Ihre Gesichtszüge sind angespannt. Sie will etwas sagen.

– Ich hab einen Fehler gemacht, fange ich an, und mein Atem normalisiert sich. – Tut mir leid.

Sie betrachtet mich, und vielleicht bemerkt sie, dass ich eben erst aufgewacht bin. Dann schüttelt sie ihre gläserne Maske ab, der Zorn verraucht, und mir zeigt sich nur noch das Gesicht einer erschöpften Frau, die von zu vielen Ängsten heimgesucht wird. – Aber heute Abend gehst du nicht raus, sagt sie schließlich.

– Okay, Mama.

– Hast du mit deinem Vater gesprochen?

Ich nicke. Vielleicht möchte sie mich fragen, was wir besprochen haben. Aber sie sagt: – Hilf mir, den Einkauf auszupacken, komm.

Beim Abendessen bittet mich Leonardo, ihm genau zu erklären, was heute Morgen passiert ist. Während des Berichts verfliegt der Zorn meiner Mutter. Natürlich beschönige ich mein Verhalten nicht, wenn ich an etwas schuld bin, übernehme ich immer die Verantwortung. Zugegeben, das Detail, dass ich dem Beamten ein Bein gestellt habe, lasse ich aus.

Als ich fertig bin, hebt Leonardo eine Augenbraue und wirft meiner Mutter einen raschen Blick zu.

Sie sagt nur: – Trotzdem, nie wieder.

Obwohl sie ein bisschen Verständnis für mich hat, will sie entschlossen wirken.

Ich spiele mit den Brotkrümeln, wie um eine kindliche Kapitulation zu demonstrieren, die vielleicht noch funktioniert, vielleicht aber auch nicht.

– Deine Mutter macht eine schwierige Zeit durch, sagt Leonardo.

Ich lasse die Krümel liegen. – Warum?

Jetzt senkt sie den Blick auf das Tischtuch. – Es gibt Einsparungen im Betrieb. Vielleicht schicken sie mich nach Hause.

– Wann hast du das erfahren?

– Vor ein paar Wochen.

– Und du konntest es mir nicht sagen?

– Was hätte das geändert?

Ich verkrampfe mich. – Es hätte geändert, dass ich wenigstens weiß, was los ist! Ich lebe mit dir zusammen!

– Noch steht nicht fest, dass du deine Arbeit verlierst, Elena.

– Natürlich nicht, antwortet sie. Ihre Augen glänzen, ich spüre, wie meine Füße unter dem Tisch in entgegenge-

setzte Richtungen weggleiten. – Aber ich stehe auf der Liste.
In ihrem Büro sind sie vier Sekretärinnen. Sie ist nicht die Jüngste, aber sie hat weniger Dienstjahre als die anderen.
– Warum gibt es diese Einsparungen?, frage ich.
Sie schiebt ihren Teller weg. – Ach, Bet. Du guckst doch Nachrichtensendungen, oder? Wir stecken mitten in der Krise.
– Aber der Minister sagt, es gibt einen Aufschwung.
– So sind die Märkte, erklärt Leonardo. Da geht es schnell runter, Aufwärtsentwicklungen sind dagegen ziemlich ... verworren.
– Jaja, verworren, na bravo, sagt sie mit leichtem Groll in der Stimme. – Unterdessen sind wir bei der Ameca siebendreißig Arbeiter und Angestellte, deren Entlassungspapiere nur noch abgestempelt werden müssen.
Politisch steht Leonardo eher rechts als links. Aber er entgegnet nichts. Ich verstehe ihn, was sehr selten vorkommt.
– Was wollt ihr tun?, frage ich.
Sie steht auf. – Wir warten. Wir warten auf ein Wunder.
– Und die Gewerkschaften?
– Die arrangieren sich.
– Aber das dürften sie nicht, Ma.
– Dein Vater war in dem Betrieb Gewerkschaftsvertreter. Erinnerst du dich?
– Ja ...
– In zwei Jahren mit vielen »Kämpfen«, wie er es nannte, hat er gerade mal durchgesetzt, dass die Urinale im Männerklo ersetzt wurden.
Ich hasse es, wenn sie so über ihn spricht.
– Könntet ihr nicht irgendwas machen, was weiß ich, strei-

ken?, schlage ich vor. – Protestieren jedenfalls. Naja, statt einfach abzuwarten, bis sie euch … fertigmachen.
Sie bringt mich mit einem Blick zum Verstummen. – Es ist noch Salat da, sagt sie zu Leonardo. Möchtest du welchen?
Auch ich stehe auf. – Nein, so nicht!, platze ich los. – Was hat der Salat damit zu tun? Ihr solltet euch organisieren und mobilisieren, Ma!
Sie stößt einen verzweifelten Seufzer aus, schaut zur Decke. – Manchmal frage ich mich, ob du in der Lage bist, dein Gehirn als Filter für die richtigen Worte zu benutzen, Bet.
Ich will etwas erwidern.
– Ja, ich möchte Salat, erklärt er.
Ich setze mich, bin wütend. – Ich nicht!, schreie ich fast.

Der Tag endet damit, dass ich mitten in meinem Zimmer auf dem Boden sitze, im Dunkeln, nicht rausgehen kann, aber sowieso keine Lust dazu habe, und über das nachgrüble, was heute passiert ist.
Ein Tag, an dem pausenlos Dinge geschehen sind, über die ich keine Kontrolle hatte. Und bei den meisten habe ich nicht gut reagiert. Nein, sehr schlecht sogar.
Darum hat es wahrscheinlich keinen Zweck, auf die Kugeln zu warten. Doch ich kann nicht anders, ich muss hier sitzen und hoffen.
Ich konzentriere mich auf meine guten Taten. Nun, ich habe versucht, das abgestorbene Selbstbewusstsein von Rashids Schwester zum Leben zu erwecken. Und in gewisser Weise habe ich eine Räumungsvollstreckung verhindert, durch die eine bedürftige alte Dame obdachlos geworden wäre. Eins ist allerdings klar: Sowohl das Mos-

lemmädchen als auch die alte Dame müssen gedacht haben, dass ich verrückt bin.
Ach bitte, bitte: Ihr Lichter, leuchtende Kugeln, kommt doch bitte und leistet mir wenigstens einen Moment lang Gesellschaft.
Eine genügt mir ja schon.
Ich öffne die Hand.
Nichts.
Ich reibe sie an der anderen Handfläche.
Nada.
Mann, ich hab meine Mutter doch sofort um Entschuldigung gebeten, als sie nach Hause kam!
Kommt schon, ich hab diesen Scheißperversen nicht wegen Stalking angezeigt!
Stellt euch nicht so an, bei den Carabinieri hatte ich sogar wirklich Schiss.
Los doch, ich habe fast geweint und musste im Traum Martinas Stimme hören!
Nun kommt endlich.
Ich verschränke die Arme. Okay. Na gut, ich gebe auf.
Aber lasst euch sagen, Kugeln, es ist verdammt noch mal nicht leicht, immer alles richtig zu machen, um euch zu verdienen. – Ich möchte euch mal an meiner Stelle sehen!
Ich rede mit mir selbst. Enttäuscht und unruhig werfe ich mich aufs Bett, bleibe sehr lange wach und kann absolut nichts tun. Mir fehlt eine innere Mitte.

Anfangs stützte mein Vater sich in Rom auf Denis und Viviana. Denis lebte von Gelegenheitsjobs, während er in Wirtschafts- und Handelswissenschaften promovierte, dann war er Steuerberater mit eigenem Büro und Partnern

geworden und hatte meinem Vater geholfen, Arbeit als Gabelstaplerfahrer im Lager eines Röhrenfabrikanten zu bekommen, für den er die Buchführung erledigte. Nach einiger Zeit fand mein Vater eine kleine Wohnung im Viertel San Lorenzo. Als er mich zum ersten Mal zu sich einlud, steckte er gerade mitten in diesem bescheidenen Umzug – er besaß praktisch nichts außer seiner Kleidung, ein paar Dutzend Fotos, DVDs und Büchern.
Seit jenem schlimmen Nachmittag, als er weggegangen war, hatte ich ihn nicht mehr gesehen. Meine Mutter hatte sich aufgerappelt und wieder zu arbeiten begonnen, obwohl sie immer noch kaum sprach, obwohl ihre Traurigkeit und eine deutliche Tendenz zur Abschottung andauerten. Beides riss natürlich auch mich in einen Abgrund aus Wehmut und Apathie. Leonardo sollte in ihrem Leben erst ein Jahr später auftauchen, und die Zeit bis dahin war nicht gerade die aufregendste Phase meines bisherigen Lebens. Ich versuche, sie so gut wie möglich aus meinem Gedächtnis zu verbannen. Die einzigen schönen Momente waren die Anrufe meines Vaters. Ich klammerte mich ans Telefon in unserer Wohnung und an seine Stimme wie ein Schiffbrüchiger im offenen Meer an sein gekentertes Boot. Er erzählte mir alles von sich bis in die kleinsten Einzelheiten, das war eine Möglichkeit, uns beide in meinem Leben zu halten und vielleicht einen Überblick über seines zu bekommen.
An Onkel und Tante hatte ich vage Erinnerungen an Gesichter und Ausdrucksweisen: den Akzent von Viviana und ihre langen blonden Haare, das schallende Gelächter, das in Denis quadratischem Gesicht explodierte – aufblitzende Bilder dieser gemeinsam verbrachten Sommer,

als ich wirklich noch zu klein war, um mich für etwas anderes als die Oberflächen zu interessieren.
Als ich sie wiedersah, schienen sie mir nicht sehr verändert. Mit der Dosis Witz, die sie unter diesen Umständen aufbringen konnten, umgänglich, vielleicht ein bisschen zu sehr eingenommen von ihrer Rolle als Rettungsanker, Denis sagte andauernd Sätze wie: »Nach vorn blicken, man muss immer nach vorn blicken«, und dann nickte Viviana und betonte, wie hübsch ich sei, wie groß ich geworden sei.
Ich lächelte, aber ich hatte nur Augen für meinen Vater, der gerade damit beschäftigt war, den letzten der drei Umzugskartons mit Klebeband zu verschließen, und sich in der großen Wohnung im Monti-Viertel nach wer weiß was suchend umschaute. Er trug ein abgewetztes Hemd, und man sah ihm an, wie eilig er es hatte, von dort wegzukommen. Von Zeit zu Zeit kniff er mich in die Wange: »Meine Bet ist zum ersten Mal allein mit dem Zug gefahren ...«
Denis und Viviana nickten zustimmend, ernst und steif standen sie nebeneinander und sagten zur Bekräftigung Dinge wie: »Die erste Reise allein vergisst man nie«, obwohl ich inständig hoffte, diese sieben zermürbenden Stunden zu vergessen, in denen ich kerzengerade in meinem Abteil gesessen und ohne einmal aufzustehen meinen Koffer angestarrt hatte.
»Ich erinnere mich«, sagte Viviana, »dass ich am Strand von Alghero Radschlagen mit dir geübt habe«, und da stieg etwas aus dem Brunnen des Gedächtnisses auf, Fuß Hand, Hand Fuß, der Strand, der Himmel und der Sand, der sich um mich herum drehte, während sie mir beim Radschlagen half, meine Hüften in ihren Händen, die

mich lenkten, als wäre ich das Steuerrad eines Schiffes – und unter dem Sonnenschirm neben uns die ersten Vokale von Martina in den Armen meiner Mutter.
Sie begleiteten uns bis in den Hof, jeder Erwachsene mit einem Karton, ich mit meinem rosa Köfferchen. Am Tor des eleganten Wohnhauses bückte sich Denis, um mir einen Kuss zu geben. Und hinter seinem Quadratschädel, durch den sich wie eine Wunde ein scharfer Seitenscheitel zog, sah ich, wie Viviana mit Tränen, die an den Lidern überhingen, meinen Vater fest umarmte und ihm etwas ins Ohr flüsterte; er blieb so lange an ihr kleben, bis sein Freund sich aufrichtete, um ihm auf den Rücken zu klopfen: »Egal, was es ist, Max, ich bin da, egal, was ist.« »Wir sind da«, korrigierte sie. »Wir sind da«, wiederholte er, das »Ich weiß wirklich nicht, wie ich euch danken soll« meines Vaters übertönend, und ich sagte: »Ciao«, den Blick schon auf den Gebrauchtwagen geheftet, den er sich gerade zugelegt hatte.
Er fuhr, im Wechsel einen Blick auf die Straße, einen auf den zwischen sich und dem Lenkrad ausgebreiteten Stadtplan, einen auf mich werfend.
Ich beobachtete alles und nahm nichts auf, so gefangen war ich von dem Gefühl, wieder bei ihm zu sein. »Noch ist alles ein Riesendurcheinander, Bet. Aber ich habe ein Zimmer ganz für dich allein vorbereitet. Und heute Abend Pizza und ein schöner Film, den ich dir schon lange zeigen möchte.«
Ich lächelte ihm zu.
Eine Liebkosung, dann sein Ausruf, glücklich, wie ich ihn nicht mehr in Erinnerung hatte: »Meine kleine Apachin in Rom!«

Das Haus, in dem er eine Wohnung gefunden hatte, lag mitten im Uni-Viertel, alle Wände voller Graffiti, Aufschriften, Hammer und Sichel, Hakenkreuze, seltsame Zitate aus Büchern oder Songs, ein gar nicht mal schlecht gezeichneter Indianerhäuptling. Neben dem achtstöckigen Haus ein Café, wo die Studenten zwischen zwei Vorlesungen rumhingen, man hörte ein paar Flüche, auf der Straße viel Verkehr. Wir parkten im Halteverbot.

»Wie findest du es?«, fragte mein Vater, aber er erwartete keine Antwort. Er öffnete die Haustür, ich folgte ihm und hielt sie für ihn auf, während er dreimal mit den Kartons hin- und herging. Als wir sie zum Fahrstuhl schoben, tauchte auf der Treppe ein etwa zwanzigjähriges Mädchen auf, grüne Haare, über und unter den Lippen gepiercte Kugeln, die ich anfangs für feuchte Krümel hielt. In der Hand hielt sie eine Zigarette, sie wirkte ein bisschen zerstreut. Ihr T-Shirt war am Ausschnitt auf der Höhe des Busens absichtlich eingerissen und geflickt.

Sie wollte rausgehen, doch dann blieb sie stehen und betrachtete uns eingehend. Mit schriller Stimme fragte sie: »Hey, braucht ihr Hilfe?« Der Akzent war aus dem Süden, die Vokale gedehnt.

»Nein ...«, sagte ich.

»Aber klar doch«, beharrte sie. Mein Vater stapelte die Kartons gerade im Aufzug. Sie bückte sich, der ovale Ausschnitt offenbarte das, was er offenbaren musste, und reichte ihm den letzten Karton.

»Danke.« Ich stellte mich zu meinem Vater in den Aufzug, suchte nach den Knöpfen.

Doch die Frau hielt die Tür fest. »Sagt mal, fahrt ihr in den Dritten?«, fragte sie neugierig.

»Ja.«
»Dann seid ihr ja meine neuen Nachbarn, ey! Ich meine doch, ich hätte dich schon mal gesehen«, sagte sie und reichte meinem Vater die Hand. »Hallo, ich bin Marilú.«
Er drückte sie nur flüchtig. »Max. Das ist Bet.«
»Von wo kommt ihr?« Aber sie wartete nicht, bis wir es ihr sagten. »Ich wohne seit drei Jahren hier. Drei Jahre im dritten Stock.« Sie warf den Kopf zurück, die Zigarettenasche fiel ihr auf die Füße, und ließ ein gellendes Lachen ertönen. »Kapiert? Gut, nicht? Drei im Dritten!« Und sie lachte wieder.
Mein Vater und ich wechselten einen leicht besorgten Blick.
»Freut mich, wieder Nachbarn zu haben. Die Wohnung stand eine ganze Weile leer. Allerdings hab ich mich mit den Studenten, die da vorher wohnten, nicht verstanden.« Sie drückte die Zigarette auf dem Boden aus. »Verrückte. Haben den ganzen Tag lang studiert. Vielleicht waren sie sogar schwul, Mädchen hab ich nie bei denen gesehen. Ist mir aber auch egal, ey. Schwul oder nicht schwul, meine ich. Die Welt ist so, wie sie ist. Man ist entweder drinnen oder draußen. Hahaha!«
»Hm, ja«, sagte mein Vater, nur um was zu sagen.
»Ich studiere Philosophie, ey. Darum weiß ich, wie die Dinge laufen. Alles, wieso und warum. Mann, Frau und so weiter. Kapiert?«
»Hm.«
»Ich meine, man muss, wie soll ich sagen, flexibel sein. *Intiendes*?« Wieder Gelächter. »Egal, hier gibt's zwar Zentralheizung, wie man euch gesagt hat, aber im Winter ist es trotzdem kühl. Ich laufe total eingemummelt in der

Wohnung rum. Diese Eigentümer sind Geizknochen, obwohl wir für all das zahlen, und darum ... naja, ich wollte es euch bloß sagen.«

»Danke.«

Sie strich mir mit der Hand über die Haare. »Niedlich, ey.« Und zu meinem Vater: »Wenn was ist, ne, brauchst du bloß bei mir zu klingeln. Wenn ich da bin, mach ich auf, wenn nicht, dann nicht. Ubiquitär kann ich natürlich nicht sein, klar? Obwohl es heutzutage besser wäre, man könnte gleichzeitig an hundert verschiedenen Orten sein, um sich den besten auszusuchen. Hahaha.« Endlich ließ sie die Fahrstuhltür los. »Na dann, willkommen, ey. Man sieht sich.« Sie warf meinem Vater einen Blick zu, der lüstern oder was auch immer sein sollte. Und verschwand im selben Moment, in dem die Tür zufiel.

»Gütiger Himmel«, sagte er. Und drückte mit weit aufgerissenen Augen auf den Fahrstuhlknopf.

»Die ist verrückt«, sagte ich.

»Glaube ich auch.«

Schweigen. Der Fahrstuhl fuhr nach oben.

Ich betrachtete die Kartons. Darin war sein ganzes Leben. Und ich?

Er musste etwas gemerkt haben, denn er sagte sofort: »Es ist nur für ein Jährchen, Bet. Dann komme ich nach Turin zu dir zurück.«

Ich nickte. Dann machte ich die Type nach: »Ubiquitär, ey.«

Diesmal lachten wir.

Kaum habe ich mich, ohne jemanden zu begrüßen, auf meinem Platz niedergelassen, kommt Carmela auf mich zu. Die anderen beobachten sie.

Sie trägt die Haare mit Spangen hochgesteckt, eine weit ausgeschnittene Bluse. Auf ihrer rechten Brust sind vier Buchstaben tätowiert, hat man mir gesagt: GIGI.

– Ciao Bet.

– Ciao.

Sie stützt sich mit den Ellenbogen auf mein Pult. Ich sehe ein G.

– Wie geht's?

– Was willst du, Carme?

– Wo bist du denn neulich abgeblieben?

– Der Kaffee ist mir nicht bekommen. Ich bin nach Hause gegangen. Warum?

– Die Sangueti hat dich sogar von den Hausmeistern suchen lassen.

– Hm.

– Geht's dir jetzt besser?, will sie wissen und mustert mich mit ihren geschminkten Augen.

– Ja und Nein. Was willst du eigentlich?
Sie nimmt die Arme von meinem Pult. Immer noch beobachten uns alle. Vielleicht erwarten sie, dass ich diese dumme Tussi packe und aus dem Fenster werfe.
– Als klar war, dass du weggegangen bist, hat die Sangueti uns gefragt, ob jemand deine Telefonnummer hat.
Sie macht eine Pause.
– Ja und?
– In der ganzen Klasse hatte niemand deine Nummer. Jemand hat sogar gesagt, dass du dein Handy gar nicht benutzt, stimmt das?
Wenn sie nicht aufhört, schmeiße ich sie *wirklich* auf den Hof! – Ich benutze es, wenn ich Lust dazu habe. Darf man erfahren, was zum Teufel du willst?
Sie verschränkt die Arme und verzieht den Mund zu einer leidvollen Grimasse, als hätte ihr jemand gegen das Brustbein geboxt. Und wenn sie so weitermacht ...
– Es ist bloß, dass die Sangueti uns gefragt hat, mit wem aus der Klasse du befreundet bist. Wir haben gesagt, dass du immer für dich bleibst.
– Was ich auch in diesem Moment gerne tun würde, Carme.
Doch sie macht weiter, als hätte ich nichts gesagt. – Da hat die Sangueti gemeint, dass du sehr einsam sein musst, darum wirst du auch immer gleich so wütend.
Mir klappt nicht die Kinnlade runter, weil mir nie wirklich die Kinnlade runterklappt.
Sie zeigt auf ihre Sitznachbarinnen in der ersten Reihe. Eine heißt Stefania Dotto, und immer wenn sie spricht, dreht sie den Kopf nach rechts und links, denn sie trägt einen langen Pferdeschwanz, auf den sie wahrscheinlich

sehr stolz ist, sie will, dass alle ihn bemerken und ihr sagen, dass sie einen echt schönen Pferdeschwanz hat. Die andere hat mehr Ohrringe als Knorpel in den Ohren. Und natürlich stellt sie sich immer im Profil ins Gegenlicht, damit sie glitzern.

– Da haben wir uns zu mehreren überlegt, ob wir uns nicht vielleicht um dich ... Wo du doch obendrein neu in der Klasse bist und dich so benimmst, naja, wie du dich eben benimmst ...

– Du willst sagen, dass ich sehr einsam bin und Freundinnen brauche, sie mir aber nicht suche, weil ich zu eingebildet bin?

– Ja.

– ... aber in Wirklichkeit möchte ich wahnsinnig gerne Freundinnen haben wie euch, denen ich mich anvertrauen kann?

Sie strahlt. – Genau!

Ich nicke. – Danke für die gute Absicht, Carme. Und sag auch Pferdeschwanz und Durchbohrtes Ohrläppchen Danke. Aber ein Leben als Ausgestoßene ist mir lieber als eine Viertelstunde mit euch. Und jetzt geh.

Ich entlasse sie mit einer weit ausholenden Armbewegung. Hier und dort ein leises Kichern.

Sie schüttelt den Kopf. – Wir haben's ja geahnt.

Endlich verzieht sie sich zu ihrer Zickentruppe. Die drei tuscheln leise, dabei werfen sie mir rasche beleidigte oder mitleidige Blicke zu.

Philosophiestunde. Am Lehrerpult: die Bilderbuchgroßmutter, die uns allen gefehlt hat, oder auch: die permanent gut gelaunte, unglaublich zartfühlende Philosophielehrerin Nerina Delle Chiaie, Dauerwelle im Fünfziger-Jahre-Look und ein explosiver Mundgeruch, der gärend das Klassenzimmer füllt, zusammen mit ihrem Sokrates, der »weiß, dass er nichts weiß«, ein Gedanke, der mir immer ein bisschen hinterlistig vorgekommen ist. In ihrer Tasche, das weiß ich, trägt die Delle Chiaie ihre fix und fertigen Unterrichtsvorlagen über die Sophisten, die Vorsokratiker und so weiter mit sich herum – immer dieselben seit dreißig Jahren, möchte ich wetten. Bei dem Wort Wikipedia denkt sie wahrscheinlich an eine Marke für Hundefutter.

Nachdem die Namen aufgerufen wurden, bleibt sie mit geöffnetem Klassenbuch stehen, rückt sich die Brille auf der glitschigen Nase zurecht und sagt: – Mal sehen, wen wir heute abfragen ... Sie fährt mit dem Finger über die Namensliste, ich spüre, wie alle den Atem anhalten, übrig bleibt nur der von der Lehrerin, um die Luft eine gute Minute lang zu verpesten.

– Corvino!, ruft sie schließlich. Und sucht mich mit ihren kurzsichtigen Augen. – Wo bist du?

Scheiße. Ich hebe einen Arm.

Zwanzig Personen wird gleichzeitig bewusst, dass sie noch einmal davongekommen sind, hier und da ertönt ein leicht hysterisches Kichern der Entspannung. Dann bereiten die Feiglinge sich darauf vor, meiner Exekution beizuwohnen. Aber so eine Kleinigkeit wird mich nicht umbringen, meine Süßen.

– Hast du gelernt?

Eine Frage, die ich immer schon bescheuert fand. Was für einen Unterschied macht es, ob man gelernt hat oder nicht, wenn du beschlossen hast, jemanden aufzurufen?

Es ist nicht das Abfragen, das mir Sorgen macht, sondern dass ich keine Gasmaske dabeihabe.
Die drei in der ersten Reihe lächeln befriedigt, stoßen sich gegenseitig mit dem Ellenbogen in die Seite.
Ich stehe auf und gehe auf die menschliche Gasflasche zu. Dabei halte ich mir meine Finger, die nach Zigaretten riechen, unter die Nase.
Delle Chiaie sieht mich über ihre Brillengläser hinweg an.
– In diesem Jahr habe ich dich erst einmal abgefragt, und zwar mit ... wackeligen Ergebnissen. Sie zeigt mir das Klassenbuch, steuert mit dem Finger waagerecht auf meinen Namen zu, trifft auf das »Nicht genügend bis genügend«, das sie mir Anfang Oktober verpasst hat (eine Prüfung, an die ich nicht die kleinste Erinnerung habe), und fährt dann über eine Reihe leerer Kästchen. – Siehst du?
– Aber fragen Sie jetzt nur mich allein ab, sonst niemanden?, entwischt es mir.
Sie überlegt einen Augenblick. – Tja, stimmt eigentlich ...
Ich schaue zu den drei Barbiepuppen in der ersten Reihe hinüber.
Die blicken entsetzt von mir zur Lehrerin.
Delle Chiaie grinst und greift wieder zum Klassenbuch.
Sie ruft Durchbohrtes Ohrläppchen auf. Die einen Moment lang verwirrt die Ellenbogen auf ihr Pult stützt.
Diesmal lache ich.

Ich komme mit einem »Genügend bis zufriedenstellend« und den Anfangssymptomen eines Erstickungsanfalls davon.
Durchbohrtes Ohrläppchen, die Barbara Folli heißt, wie ich jetzt erfahre, hat sich ein »Nicht genügend« abgeholt,

außerdem einen Tadel der Lehrerin. Unsere Barbara hat Probleme mit dem Konjunktiv. In der Dreiergruppe bildet sie wahrscheinlich die dekorativste Oberfläche. Als wir an unsere Plätze zurückkehren, werfe ich ihr und ihren Freundinnen einen meiner Spezialblicke zu.

Ein Krieg wurde erklärt, egal, wer zuerst in wessen Lebensraum eingedrungen ist.

Aber alles ist ein Krieg, denke ich.

Man müsste mit Schutzwesten gegen Dummheit rumlaufen. In den Ohren nur Watte. So wenig wie möglich sprechen und immer im Code. Mäntel tragen, an denen Gefühlsbekundungen abperlen. Sich von wenig ernähren. Den Fernseher komplett verschweißen. Beim Schlafen den Kopf in einen Sack stecken, der einem das Gehirn abschaltet, damit Alpträume und ekelerregende Gedanken draußen bleiben ...

In der Pause steht eine Schlange vor dem Kaffeeautomaten. Also gehe ich weiter.

Auf dem Schulhof allgemeines Geschnatter, einer rennt hinter einem anderen her – vielleicht gibt's gleich eine Schlägerei. Wie im Fußballstadion warten auch hier die Fans gierig auf ein bisschen gesunde Gewalt. Ein heftiger Stoß, und der verfolgte Typ, den ich nicht kenne, fällt mit dem Arsch auf den Boden. Die Fankurve springt begeistert auf.

Ich nehme den Fahrstuhl, der eigentlich für Lehrer reserviert ist, und fahre in den letzten Stock hinauf. Ein Blick auf das Sekretariat und das Büro der Schulleitung. Niemand da. Sie gönnen sich in der Kampfpause ein Brötchen. Eine letzte Treppe führt aufs Dach. Ich nehme immer zwei Stufen auf einmal, finde die Tür offen.

Das Dach ist asphaltiert.
In der Mitte ein anonymer Mast aus Stahl. Eine Art phallischer Totempfahl, hier oben aufgestellt als Hommage an die Sinnlosigkeit schulischer Rituale.
Überall Zigarettenkippen, und der Himmel ist so dunkel, wie es am Vormittag um viertel vor elf überhaupt möglich ist.
Ich erblicke den Stotterer. Er ist allein, starrt in Richtung der Mole Antonelliana.
Am besten mache ich mich sofort aus dem Staub.
Doch da dreht er sich plötzlich um und sieht mich. - Hi, Bet. Zwischen seinen Lippen hängt eine Zigarette. Von wegen Zigarette, es ist ein Joint. Ich rieche es sofort, als ich näher komme. Er reicht ihn mir.
Ich schüttele den Kopf und fische die Zigarettenpackung aus meiner Jeanstasche.
- Ach ja! Er erinnert sich. - Du nimmst ja k-keine Drogen.
- Erraten.
Wir ziehen den Rauch ein, ich meinen Tabak und er seinen schwarzen Afghanen.
- Und Andrea?, frage ich, bloß um etwas zu sagen.
- Ist heute nicht zur Schule. Er mus-musste zur Gewerkschaft und dann i-irgendeine Frau treffen.
Bis vor kurzem bin ich gelegentlich auch ins Gewerkschaftshaus gegangen. Mir gefiel die Stimmung, wie es dort unter den Leuten gärte. Ich habe an ein paar Demonstrationen gegen tödliche Arbeitsunfälle teilgenommen. Dann, ich weiß auch nicht warum, ist mein Engagement so einfach verschwunden, wie es gekommen war, ich bin nicht mehr hingegangen.
- Bet.
- Ja, Livio?

– S-sag mal, gehst du mit je-jemandem?
Ach du heilige Scheiße. Sofort ist mir, als hätte sich eine brummende Schmeißfliege in meinen Schädel gebohrt. – Du meinst, ob ich einen Freund habe?
– Ja.
– Nein, niemanden.
Dann macht er diese beschissene Geste: Er legt eine Hand auf meinen Rücken.
Fast fällt mir die Zigarette aus dem Mund. – Ist was?, frage ich und versuche, ruhig zu bleiben.
Er nimmt die Hand weg. Gleich fühlt sich die Haut wieder lebendig an. Das Brummen im Kopf verschwindet.
– Entschuldige.
– Allein heißt nicht verfügbar, Livio. Allein ist allein, Ende.
Er senkt den Kopf.
– Es ist kalt, ich geh wieder rein.
Und ich haue ab. Zwei Angebote innerhalb weniger Tage. Wenigstens ist mir die Mail des Spanners nicht am Schulterblatt klebengeblieben. Aber was soll das heißen, etwa, dass ich bloß Versager anziehe, die keinen normalen Annäherungsversuch hinkriegen?
Ist das meine Schuld?

Dann bin ich wieder in der Klasse und folge dem Unterricht von Berardi. Er ist einer der wenigen, vielleicht der Einzige, dem ich zuhören kann, ohne vor Langeweile ohnmächtig zu werden. Ja, um die Wahrheit zu sagen, seine Unterrichtsstunden interessieren mich sogar. Er ist unser Italienischlehrer, und Italienisch versuche ich einigermaßen hinzukriegen. Was bedeutet: Am Ende des Schuljahrs hatte ich nie ein Ungenügend, also ist das vielleicht ein Fach, das bei mir den Gleichgültigkeitsverschluss abschraubt. Vielleicht nehme ich es auch gar nicht als »Fach« wahr. Es ist meine Sprache.

Ich mag seine Stimme – sie kommt aus dem rötlichen, eckigen Gesicht eines Vierzigjährigen, der kleiner ist als ich. Die aschblonden Haare sind sorgfältig zur Seite gekämmt, links der Scheitel, leichter Retro-Look, unter der Nase ein anämischer Schnurrbart.

Auch heute ist er mal wieder ziemlich atemlos auf seiner silbernen Vespa angekommen, die er auf dem Set irgendeines Films aus den achtziger Jahren geklaut haben muss. Fast jeden Vormittag fährt er von meinem Gymnasium zu einer anderen Schule, einer privaten, die im Zentrum liegt, immer hin und her, denn er ist befristet angestellt, ein Lehrer, der seine Aussichten auf Festanstellung mit Vertretungen zu verbessern versucht. Doch niemand scheint ihn einstellen zu wollen, und so muss er sein Arbeitsleben als Komparse verbringen, hin- und herfahren, bei Regen wie bei Sonne mit seiner alten Vespa über die Straßen brettern, immer mit dem Gedanken »früher oder später, früher oder später kann ich anhalten«.

Einmal habe ich ihn im Hof gesehen, wie er die Kette schloss, sich den Helm abnahm, seine Haare ordnete, nach der Aktentasche griff und auf die Feuerleiter zulief, um schneller anzukommen.

Ich habe ihm die Tür aufgemacht, denn von außen geht das nicht. Wenn die Schule brennt und du einmal draußen bist, kannst du nämlich nicht wieder rein, um zu helfen und jemanden zu retten. So was erfährt man nur zufällig durch die Fernsehnachrichten, wenn drinnen jemand verkohlt ist.

»Danke, Bet«, hat er gesagt, er ist der einzige Lehrer, der mich so nennt, wie ich genannt werden will. Dann fügte er hinzu, was er immer hinzufügt, mit einer Stimme, die noch versucht, sich auf die Tonlagen der Welt außerhalb seines lächerlichen Helms einzustellen: »Ich fürchte, ich bin zu spät dran.« Er lächelte mir zu, und seine Miene sagte: »Ist es meine Schuld, dass nicht alle Schulen in derselben Straße liegen?« Dann klatschte er einmal in die Hände, um die Aufmerksamkeit der anderen Schüler auf sich zu lenken, und rief: »Leute, in die Klasse bitte!«, aber da rutschte ihm der Helm aus der Hand, schlug hart auf dem Boden auf und rollte weg. Einen Fluch unterdrückend, bückte er sich, um den Helm einzufangen, aber beim Bücken öffnete sich seine Tasche und spuckte Blätter, Bücher, Stifte und diversen Kram aus. Sogar ein angebissener Apfel in Plastikfolie war dabei, der mir bis vor die Füße kullerte.

Wir halfen ihm alle sofort.

»Danke, danke, danke«, sagte er, feuerrot im Gesicht. Aber dann setzte er grinsend hinzu: »Versucht es gar nicht erst mit dieser Arschkriecherei, denn ich lasse euch trotzdem durchfallen, wenn ihr nicht lernt«, und ich musste lachen, während ich seine Sachen einsammelte, denn obwohl er aussieht wie ein braver kleiner Junge, ist er der Einzige, dem manchmal ein krasser Ausdruck aus meinem Alltagsjargon entwischt. Und auch der Gedanke dahinter gefiel mir.

Jetzt erklärt er gerade den dritten Gesang des *Inferno* aus der *Göttlichen Komödie*, die Stelle, wo dieses hässliche Monster Charon die Seelen über den Fluss setzen soll und sauer auf Dante ist, weil er mit Lebenden nichts zu tun haben will, denn die Lebenden ekeln ihn ziemlich an. Ganz im Unrecht ist der alte Charon nicht, hab ich immer gedacht, manche Lebende sind echt widerlich.

– Aber vorher, sagt Berardi, möchte ich den Vers: »Der feig die große Weigerung begangen« genauer betrachten, der sich auf eine der, sagen wir, Figuren aus der Vorhölle bezieht. Zu eurer Erinnerung, die Vorhölle ist der Ort für die Trägen, jene, die im Leben nichts Gutes taten, die man aber auch nicht böse nennen kann, und die darum sowohl vom Paradies als auch von der Hölle ausgeschlossen sind. Bewiesen ist es nicht, aber Dante scheint hier von Coelestin V. zu sprechen, dem einzigen Papst in der Geschichte, der abdankte.

Er hebt die Augen vom Buch, sieht uns an: – Nun möchte ich zwar niemandes religiöse Gefühle verletzen, aber meiner Meinung nach ist es ein bisschen ungerecht, dass Dante diese Seele ins Nichts verbannt. Eine solche Weigerung, der Verzicht auf die Papstwürde, also darauf, Gottes Stellvertreter auf Erden zu sein, erscheint mir eher wie das Gegenteil einer lauen Tat, ja, geradezu ein Beweis von Mut. Wie denkt ihr darüber?

Gedämpftes Stimmengewirr, die Barbies wechseln Blicke, in Erwartung, dass eine von ihnen Position bezieht, damit die anderen sich dranhängen können. Schließlich antwortet irgendeine Übergewichtige aus der anderen Ecke: – Also ich finde, wenn jemand beschließt, diese Art Leben zu führen ... und wird dann zum Papst gewählt ... ich meine, es ist nicht richtig, dass der abdankt. Sonst hätte er ja auch was anderes machen können, bevor er Papst wurde, ne?

Berardi nickt. – Aber wenn Gott uns den freien Willen gegeben hat, dann bedeutet das doch auch, dass wir wählen

können, was wir aus uns machen. Oder nicht? Ich vereinfache jetzt sehr: Vielleicht liebte er seine Arbeit als Kardinal und erkannte in der kurzen Zeit seines Pontifikats, dass er die Arbeit als Papst nicht mit der gleichen Leidenschaft tun konnte.
Er schaut sich in der Klasse um, blickt ins Buch, betrachtet den Helm und seine Sachen: – Dem, was wir tun, müssen wir uns mit Leidenschaft widmen. Warum sollten wir es sonst tun?
– Stimmt, sage ich, und ich sage es ein bisschen zu laut. Alle drehen sich um. – Vielleicht hat Dante ihn in die Vorhölle gesteckt, weil er nicht ... darf man das sagen? ... weil er nicht die Eier hatte, es zu versuchen. Dante hat ihn nicht dorthin gesetzt, weil er geflohen war und weil das bis dahin noch niemand gemacht hatte, sondern deswegen, weil er seine neue Macht als Papst nicht genutzt hat, um etwas zu verändern.
Berardi lächelt. – Genau, Bet, wahrscheinlich ist das der Grund. Aber es kommt oft vor, dass derjenige, der kommandiert, nicht wirklich kommandiert. Es gibt immer einen anderen, der entscheidet. Leider.
Die Pausenglocke schellt. – Beim nächsten Mal machen wir an dieser Stelle weiter.
Der Lehrer unterschreibt im Klassenbuch. Er seufzt und nimmt seinen Helm.

Hinter dem Schultor sehe ich sie.
Die Menge, die durch den einzigen Ausgang strömt, zerteilt sich, um sie nicht zu streifen.
Sie ist so klein, mit ihrem dicken Bauch unter einem grünen Mantel und einem Wollkleid.

Als sie mich erblickt, lächelt sie sofort.
– Ciao, sage ich.
– Bet!
– Was machst du denn hier ...
– Dachte ich mir doch, dass du hier zur Schule gehst. Ist ja die einzige in der Umgebung. Ihre Augen lösen sich nie von meinem Gesicht, als würde ich dort anfangen und dort aufhören. Seltsame Art, aber mir gefällt das.
– Ich hab mir Sorgen gemacht!
Ich weiß nicht, was ich sagen soll.
Ein Typ, den ich nicht mal kenne, mustert uns im Vorbeigehen, sieht Violas Bauch und sagt: – Diesmal hast du aber wirklich eine Dummheit gemacht, Corvino!, und die Leute, die bei ihm sind, lachen.
Auch Viola lacht, auf ihre explosive Art. Obwohl der Spruch nicht gerade der Bringer war, steckt ihr Lachen mich an.
– Schlagen wir hier Wurzeln oder gehen wir?, frage ich schließlich.
Sie bewegt sich mit der üblichen Gewandtheit. Wir gehen auf die Bushaltestelle zu.
– Nun, wie ist es dann bei den Bullen gelaufen?
– Ich musste mich auf eine beschissene Bank in der Nähe der Klos setzen. Ein paar Stunden lang.
– Tut mir leid. Aber sie grinst.
Wir treffen den Stotterer. Er blickt kurz zu mir hin wie ein geprügelter Hund.
Kaum ist er weg, zeigt Viola auf ihn. – Was hast du dem denn getan?
Einen Moment lang packt mich wieder die Wut von vorhin. Ich will sagen: »Keine Ahnung« und das Thema wech-

seln. Stattdessen, sei's wegen ihrer wachen Augen oder versteh einer warum, erzähle ich es ihr.

Sie bleibt stehen. – Mensch, Bet, so bist du?

– Wie?

– So eine zickige Tusse?

– Aber er hat mich angefasst!

– Er wird Lust dazu gehabt haben!

Ja, genau. Ich starre auf meine Schuhe. – Mir war das unangenehm ...

– Aber er gefällt dir?

– Nein!

– Na also! Wenn er dir gefallen würde ...

– Was soll das heißen?

– Es heißt, dass er dich dann nicht gleichgültig lassen dürfte!

– Was soll der Scheiß, was willst du eigentlich?

Wir sehen uns eine ganze Zeitlang stumm an. Dann müssen wir lachen. Sie legt mir eine Hand auf die Schulter: – Reg dich nicht auf, hey.

– Und die Signora ... Cleri?, frage ich, während wir weitergehen.

– Ist noch in ihrer Wohnung. Sie dankt dir.

– Sie hat mich bestimmt für eine Verrückte gehalten.

– Sie nicht, ich schon.

Ich schüttele den Kopf. – Ist diese Signora ... deine Freundin?, frage ich.

– Nein. Ich war früher mal in einer Aktionsgruppe gegen Zwangsräumungen. Wir waren etwa zwanzig Leute. Inzwischen hat sich die Gruppe aufgelöst.

– Und damals?

– Wir verteilten Flugblätter in den ärmeren Vierteln wie

dieses hier. Sie blickt auf einen Punkt hinter mir, ihre Augen sind feucht. – Wir haben den Leuten angeboten, mit uns Kontakt aufzunehmen, wenn sie Probleme mit ihrer Wohnung hatten. Wir hatten meine Adresse angegeben. Es kamen so viele Hilfegesuche! Anfangs haben wir uns noch eingeschaltet. Dann ist die Sache den Bach runtergegangen, es hat uns einfach zu viel Zeit gekostet, mit den Carabinieri und den Hauseigentümern zu streiten. Aber das kennst du ja jetzt. Sie zuckt mit den Achseln. Signora Cleri hatte eines dieser alten Flugblätter gefunden. Und hat uns geschrieben. Als ich ihren Brief bekam, habe ich versucht, die anderen ausfindig zu machen. Aber alle hatten ihre Telefonnummer geändert, oder ihren Kopf. Sie lächelt: – Das ist alles.

Um uns herum klingeln ein paar Telefone.

– Also bist du allein hingegangen, sage ich.

– Tja.

– Und warum?

– Vielleicht sind es die Hormone, das Muttertier macht sich allmählich bemerkbar. Ich wollte etwas tun. Aber allein kriegt man nicht viel auf die Reihe.

Ich nicke.

Auf der anderen Straßenseite fährt einer aus der letzten Klasse mit seinem Motorroller an den Gehweg. Er spricht mit einem blonden Mädchen. Die lässt ihre Freundinnen stehen, und neidisch beobachten sie, wie die Blonde auf den Rücksitz steigt und sich an dem Zentaur festhält.

– Wir gehen zu mir, sagt Viola, und das ist kein Vorschlag.

Doch ich bleibe stumm, was einen fragenden Blick bei ihr auslöst.

– Ich müsste ..., aber ich weiß gar nicht, was ich müsste.

Ihre Miene verdüstert sich. – Na gut, wenn du keine Lust hast …
– Das ist es nicht.
– Was dann?
Ein verpickelter Idiot um die vierzehn feuert mit einem imaginären Maschinengewehr auf uns alle. – Krepiert, ihr Schweine!, brüllt er. Jemand gibt ihm einen Tritt.
Wir gehen ein Stück weiter.
– Hör zu, sage ich und bemühe mich, so wenig unfreundlich wie möglich zu klingen. Ich bin nicht der Typ, mit dem man sich wohl fühlt, ein bisschen plaudert, dem man sich anvertraut. Ich habe einen schwierigen Charakter, bin eher eine Spaßbremse. Neulich mag ich dir vorgekommen sein wie … hm, eigentlich weiß ich nicht, wie ich dir vorgekommen bin … aber vielleicht bin ich nicht so, wie du denkst.
Sie nickt seufzend. Dann sagt sie: – Isst du gerne Reiskroketten?
Sie hat mich überrumpelt. – Zie… ziemlich.
– Heute Morgen habe ich eine Unmenge gemacht. Die gelingen mir sogar ganz gut. Wenn du zu mir kommst, essen wir sie zusammen.
Sie bohrt ihre eigenartigen Augen in meine.
– Hm, mache ich, weil ich nicht weiß, was ich sagen soll.
– Der Bus kommt.
Es ist der Achtzehner. – Wenn es mit uns nicht läuft, sag ich's dir. Dann schmeiß ich dich raus. Okay? Jetzt hilf mir einsteigen, die Leute drängeln zu sehr und ich bin ein bisschen schwanger, Bet.

Im Bus feuere ich böse Blicke auf den Jungen ab, der die Maschinengewehrsalve gespielt hat, denn er hat sich auf einen Sitzplatz hingeflegelt, die Kopfhörer seines iPods in den Ohren, während eine schwangere Frau vor ihm stehen muss. Endlich dreht er die Ohrstöpsel raus, steht auf, guckt Viola an, als würde er sie erst jetzt zum ersten Mal sehen, und sagt: - Wenn Sie sich setzen möchten ... Aus dem iPod kommt das scheppernde Geräusch eines wütend traktierten Schlagzeugs.

Viola lächelt ihn an und lässt sich mit einigen Schwierigkeiten auf dem Platz nieder, während er sich wieder sein Heavy Metal in die Ohren steckt und verschwindet.

- Warum wirkst du immer angepisst, Bet?

- Das kommt ganz spontan bei mir. Wo wohnst du?

- Porta Palazzo.

Mehr fällt mir nicht ein als Gesprächsthema und ich mache mir Sorgen, wie die Geschichte weitergehen soll, worüber wir reden werden und wie lange. Via Bologna ist ein höllisches Durcheinander aus Autos und öffentlichen Verkehrsmitteln, an den Haltestellen steigen wenige Leute aus und zu viele ein, von den Mauern der Häuserblocks tropft die Feuchtigkeit herab, und ich denke, dass diese Stadt nicht mehr weiß, wie laut sie noch schreien soll.

Ein Typ, der hinter Viola sitzt, liest die Zeitung. Da ist ein Foto von Sakineh, der Frau, die zum Tode verurteilt wurde. Die halbe Welt setzt sich in Bewegung, um ihr die Steinigung zu ersparen, sogar das Weiße Haus. Im September dagegen hat sich für Teresa Lewis, die des Mordes angeklagt und wahrscheinlich unzurechnungsfähig war, kein Mensch interessiert, sie wurde hingerichtet. Sakineh ist Iranerin und fotogen. Teresa Lewis ist Amerikanerin und hässlich.

Ich beuge mich vor, um mit Viola zu sprechen, flüstere ihr zu: – Im wievielten Monat bis du eigentlich?
Sie legt die Hand auf ihren runden Bauch, antwortet glücklich: – Wir sind im achten angekommen, ich glaube, das wird mein Knaller zu Silvester!, dabei hebt sie so die Stimme, dass sie jedes andere Geräusch im Bus übertönt. Viele drehen sich zu ihr um, manche lächeln.
Sogar Pferdeschwanz, die ich bis jetzt gar nicht bemerkt hatte, schaut zu ihr hin und entblößt die Zähne.

Viola zeigt mir das Haus, in dem sie wohnt. Es liegt gegenüber der Piazza, hinter dem alten überdachten Markt, und neben dem verbreiterten Gehweg, wo die Bauern am Samstagmorgen ihre Waren verkaufen. Man hört das Holz knacken, wenn die Nordafrikaner, die die Piazza säubern, es zerschlagen. Sie stapeln die Holzkisten in der Mitte zu einem Haufen und bewegen sich wie Ameisen um das Gerippe eines zusammengerollten Wurms, doch sie machen ihn fetter, statt ihn auszusaugen.
Wir springen über ein paar Pfützen. Ein Junkie in T-Shirt und Jeans, beides zu bunt, rennt auf uns zu, ich spanne die Muskeln an, bereite mich auf wer weiß welche Verteidigung vor, aber er macht nur einen Luftsprung und brüllt: – Er heeebt sich! Doch, er heeebt sich!, bemerkt uns gar nicht und rennt weiter.
– Mit dem war ich auf der Grundschule, sagt Viola.
– Hob er sich damals schon bei ihm?
Sie lacht.
Die Wände im Haus sind alt, abgeschabt und bröckelig, das Treppengeländer mal grün, mal rostschmutzig. Neben dem Eingang verströmt ein Kebab- und Pizzaimbiss den

Gestank von ranzigem Fett; zwischen seiner Tür und dem Hauseingang die sattsam bekannten Graffitis und Schriften, jemand liebt jemand anderen, die Soundso ist eine Nutte und hat die Nummer 347 ..., dann ein Dreieck mit einem horizontalen Oval in der Mitte. Darunter der Satz: GOTT IST KURZSICHTIG.
Viola holt die Schlüssel aus ihrem Mantel. – Drinnen ist es etwas besser, sagt sie, und mir wird bewusst, dass ich ein Gesicht mache wie Wo-bin-ich-hier-bloß-hingeraten.
– Ach, ich wohne in Barriera, sage ich, um ihr zu verstehen zu geben, dass das hier längst nicht das Schlimmste ist. Ich zeige auf den Corso Giulio Cesare gleich um die Ecke. – Da runter.
Sie öffnet die Tür, und während wir die drei Stufen im Hausflur hochsteigen, reiche ich ihr unwillkürlich meinen Arm.
Sie stützt sich darauf. – Danke, ich bin tatsächlich müde.
Noch immer hängt Fettgeruch in der Luft, vermischt mit einem anderen Gestank wie nach vergammeltem Käse.
Sie drückt auf den Knopf für den Aufzug.
Man hört ein Knirschen, sehr langsam senken sich die beiden Arme des Aufzugseils.
– Dumm, ich hab mein Kreuzworträtsel vergessen, lacht Viola.
Die Kabine braucht tatsächlich gute drei Minuten, um auf unserer Höhe anzukommen. Knarrend und schnaufend bleibt sie stehen.
– Der Aufzug aus *Shining*, erklärt sie.
Wenigstens ist innen viel Platz. Schlecht beleuchtet, aber auf jeden Fall geräumiger als die meisten.
Viola drückt auf den Knopf mit der Nummer 6, hinter uns

schließt sich die Tür mit einem weiteren Schnaufen. Die phlegmatische Fahrt nach oben beginnt.
– Wohnst du allein?, frage ich.
Ich kriege schlecht Luft. Ich hasse Aufzüge. Aber ich nehme sie, um mich nicht geschlagen zu geben: Ich habe das Kommando, nicht sie.
– Ja, in der spießigen Wohnung meiner Großeltern hab ich's nicht mehr ausgehalten, sobald ich Arbeit gefunden hatte, war ich weg. Ich bin praktisch geflohen!
– Und deine Eltern?
– Meine Mutter ist Kostümbildnerin am Theater, sie ist gerade auf Tournee mit der Truppe.
Jedes Mal, wenn der Fahrstuhl die Tür eines Stockwerks streift, ächzt er.
– Dein Vater?
– Ist Franzose, er hat eine neue Familie in Reims.
– Mein Vater lebt in Rom.
– Was macht er?
– Er arbeitet in einem Lager.
– Warum wohnt er dort?
– Stunk an verschiedenen Fronten, antworte ich etwas entnervt. – Wie lange braucht diese Scheißkiste eigentlich noch?
Sie neigt den Kopf zur Seite. – Tschuldige, Bet: Ist das jetzt dein unsympathischer Teil, oder möchtest du bloß nicht über deinen Vater sprechen?
Ich zucke mit den Schultern, keine Ahnung.
Sie nickt. – Väter sind ein einziger Beschiss.
Ich möchte entgegnen, dass meiner das nicht ist, aber da kommt das Ding mit einem Knall zum Stehen. Wir zucken zusammen.
– Wir sind da, sagt sie. Und drückt die Tür auf.

Es ist eine Zweizimmerwohnung, die im Sommer wahrscheinlich lichtdurchflutet ist. Jetzt ist das Licht von draußen das, was es ist, aber die doppelte Ausrichtung nach dem Sonneneinfall – wie so ein Scheißimmobilienmakler sagen würde – merkt man trotzdem. – Mein Schlupfloch, sagt Viola. Gegenüber vom Eingang ist das Bad, das sehe ich, obwohl die Tür geschlossen ist, denn auf einem Schildchen steht WC.
Die Küche dient als Wohn- und Esszimmer. Ein Kabel, das von einer Wand bis zur anderen reicht und an dem viele Glühbirnen hängen, ersetzt die klassische Lampe. Das Kabel ist versilbert.
– Zieh deine Jacke aus, sagt sie, während sie ihren Mantel abstreift. Sie müht sich ziemlich ab, also helfe ich ihr. Die Garderobe hat Knaufe in Form von Totenschädeln.
– Komm.
Sie führt mich ins Schlafzimmer. Ein breites Bett, wahrscheinlich für eineinhalb Personen, und daneben, direkt an der Heizung, eine Wiege. In einer Ecke steht ein zusammengeklappter Kinderwagen. An den Wänden drei Regale voller Bücher, Zeitschriften und CDs. Die Buchrücken, auf die mein Blick fällt, tragen französische Titel, *Les misérables* in sechs Bänden. *Voyage au bout de la nuit.* Ein paar Bücher von Pennac.
– Der einzige Nachlass meines Vaters.
– Seit wann siehst du ihn nicht mehr? Ich streife den Kleiderschrank, der keine Türen hat. Sie trägt am liebsten Jeans und Pullis. Aber auf den Bügeln hängt auch das eine oder andere elegante Kleidchen. Auf einer Ablage Strampelhosen.
– Ungefähr seit zehn Jahren.

Ich sehe sie an. – So lange?
Sie zuckt mit den Achseln. – Er gefällt mir nicht und ich gefalle ihm nicht. Entschuldige, ich muss aufs Klo, meine Blase fühlt sich an wie ein Aquarium!
Ich gehe hinüber. Von dem kleinen Balkon aus sehe ich die Dora, der Fluss ist angeschwollen und beweglich wie ein Reptil. An der Wand, direkt unter dem Lichterkabel, hängt das *White Album* der Beatles. Ohne Rahmen. Es hängt einfach so da, weiß und quadratisch, mit einem Nagel in der Mitte.
Ich höre das Wasser rauschen, und Viola kommt aus dem Bad. – Die Platte ist echt. Englisches Vinyl der ersten Auflage. Hab ich von einem Onkel geerbt. Wie viel sie wert ist, wollte ich nie wissen.
Versteckt hinter dem Sofa steht eine Stereoanlage mit Plattenspieler, ein kleiner Würfel. – Ich hab sie mir nur einmal angehört.
– Hm, sage ich.
– Ich wärme unser Happa-Happa auf.

Wir essen an dem runden Ikea-Tisch. Ich erzähle ihr, dass ich mittags mit Dosen über die Runden komme.
– Konserven sind okay, aber im Moment darf ich nur Sachen essen, die ich frisch koche. Normalerweise ernähre ich mich von dem, was mir unterkommt. Meine Pause dauert nur zwanzig Minuten.
Darum kaut sie auch nicht bedächtig und aufmerksam, wie alle schwangeren Frauen.
– Was arbeitest du?
– Unterbezahlte Kassiererin.
Sie isst gierig. Eine Reiskrokette nach der anderen. Es sind wirklich viele. Ich kann nicht mithalten.

– Ich habe noch nie gearbeitet ... Wie alt bist du?
– Zweiundzwanzig.
– Schon?
– He, bist du etwa noch minderjährig?
– Achtzehn, nächstes Jahr.
– Such dir später eine Arbeit, die dir gefällt.
Sie bemerkt meine etwas genervte Miene.
– Entschuldige, sagt sie. Schon wieder das Muttertier.
Wir lachen.
Auf dem Stuhl liegt ein kleines Notebook. – Willst du deine Mails lesen? Ich benutze das ungesicherte Wlan von jemandem hier irgendwo in der Nähe. Solange er es nicht merkt.
Ich winke ab. Auf dem Regal hinter ihr steht ein Foto: Viola mag fünf Jahre alt sein, sie ist als Prinzessin verkleidet, trägt ein rosa Kleid. Eine Frau mit dem Lächeln Violas steht hinter ihr, die Hände auf ihren Schultern.
Sie folgt meinem Blick, ein Reiskorn am Mundwinkel.
– Sie lässt dich wirklich allein ... in dieser speziellen Situation?
Viola zuckt mit den Schultern, leckt das Reiskorn weg. – Sie hat nicht so viel davon.
– Wovon?
– Vom Muttertier.
– Nein?
– Hat sie nie gehabt. Sie ließ mich schon allein, als ich vierzehn war. Das sagt sie ohne Groll.
Sie steht auf und nimmt unsere Teller, stellt sie in die Spüle. Wieder staune ich über ihre Wendigkeit. Sie öffnet den Kühlschrank und holt eine Plastikdose heraus.
– Obstsalat?

– Hm, ja ...
– Du musst ja nicht.
– Nein, ich möchte welchen. Komm, ich helfe dir.
– Bleib sitzen. Hinterher wäschst du ab.
– Okay.
Ich spüre nichts von dem üblichen unangenehmen Fremdheitsgefühl. Allerdings verstehe ich absolut nicht, wie ich in der Wohnung eines Menschen landen konnte, den ich gerade eben erst kennengelernt habe. Ich esse ihr Essen. Ich werde ihre Teller abwaschen.
Sie stellt den Obstsalat in einem Glas mit Stiel vor mich hin.
– Alles kann ich nicht essen, sage ich, ohne sie anzusehen.
– Ist in Ordnung.
– Vor allem esse ich diese hier nicht. Ich zeige auf die Kiwi- und Pfirsichstücke.
– Warum nicht?
– Haarige Früchte ekeln mich an.
Sie lässt ihr Lachen explodieren, wirft sich im Stuhl zurück, schwenkt den Löffel in der Luft. – Haarige Früchte! Amüsiertes Kichern, sie zieht die Nase hoch.
– Nenn mich bei meinem Namen, sagt sie nach einer Weile, als sie ihr Glas geleert hat.
– Wie?
– Sag meinen Namen.
– Viola. Warum?
– Bisher hast du ihn noch nicht ausgesprochen, Bet.
– Viola.
– Angenehm.
– Angenehm.
– Ich mache uns Kaffee.

– Darf ich rauchen?
– Klar. Sie steht auf.
– Sonst trinke ich den Kaffee nicht. Da kann ich einfach nicht widerstehen.
– Koffein und Nikotin, sagt sie und nickt. Ich hab sofort aufgehört, als ich von meinem Neuzugang erfahren habe. Sie stellt die Espressokanne aufs Feuer. Dann dreht sie dem Herd den Rücken zu.
– Wie heißt dein Freund?
Sie reißt die Augen auf. – Mein Freund? Ich habe keinen Freund!
Unter dem Tisch lege ich die Füße überkreuz. – Nun ... ich will mich ja nicht einmischen ... aber wer ist der Vater?
Das macht sie nicht verlegen. – Naja, ich ging mit so einem Typen aus. Wir waren auf einem Fest. Hatten ein bisschen was geraucht. Sie neigt den Kopf. Mehr als ein bisschen, um ehrlich zu sein. Wir haben uns in eine Ecke verzogen.
Sie lächelt traurig. Schaut aus dem Fenster auf den Fluss.
– Stell dir vor, es war das erste Mal. Und nachher haben wir's nicht mehr getan. Sie dreht sich zu mir um: – Wahrscheinlich hältst du mich jetzt für eine, die sofort mit jedem schläft.
– Nein.
Und das ist wahr.
– Er heißt Paul.
Die Espressokanne zischt, senkrecht steigt Dampf auf.
– Er ist Engländer.
– Und jetzt?
– Jetzt ist er in Rom. Arbeitet als Kellner in einer Bar an der Piazza di Spagna.

– Und was sagt er zu ...
– Er weiß es nicht.
Ich gehe mit den Gläsern zu ihr und werfe die Stückchen haariger Früchte in den Abfalleimer unter der Spüle. Ich drehe den Hahn auf, finde den Schwamm, – Du sagst es ihm nicht?
– Ich will nichts von ihm.
– Vielleicht möchte er es wissen.
Sie sieht mich an. – Jetzt erzähl mir was von dir.

Wir sitzen unter dem *White Album* auf dem Sofa, trinken unseren Kaffee, und ich erzähle ihr ein bisschen was von dem, was ich in meinem Leben treibe. Alles so knapp wie möglich. Meine Mutter, Leonardo, mein Vater, die Schule.
– Nichts Besonderes, sage ich zum Schluss, den Blick auf die brennenden Glühbirnen am Kabel gerichtet.
Schweigen.
Dann tippt sie mir mit dem Zeigefinger auf die Schulter.
– Okay, willst du ein Lied hören?
– Was für Musik hast du?
– Ich zeig's dir gleich, hilf mir erst mal hochzukommen ...
Ich stehe auf, und sie klammert sich an meinen Arm, schafft es aber nicht, sich hochzuziehen, ich bücke mich und helfe ihr mit dem anderen Arm.
Sie steht. – Verdammt mühselig. Danke. Zur Hölle mit allen Sofas!
Sie geht in ihr Schlafzimmer.
Ich versuche herauszufinden, ob die Stereoanlage einen CD- Player hat. Drücke ein paar Knöpfe, aber nichts passiert.

– Hier kommt die Musik.
Ich drehe mich um, Viola hat eine Gitarre in der Hand.
– Heilige Scheiße, was gibt das denn? Willst du mich verführen wie so ein Losertyp beim Lagerfeuer am Strand?
Sie lacht schallend. – Bist du lesbisch?
– Nein!
– Ich auch nicht. Ich hab nur Lust zu singen.
Sie dreht einen Stuhl herum, setzt sich. Die Gitarre muss sie fast auf dem Knie aufstützen. – Ich bin ein bisschen behindert in meiner Bewegungsfreiheit.
Ein Aufkleber auf dem Gitarrenkörper zeigt Eddie, das Maskottchen von Iron Maiden. Sie sieht meinen Blick. – Meine rebellische Vergangenheit. Ich bring es nicht übers Herz, den abzumachen.
– Hey, du willst mir doch nicht etwa die Ohren mit diesem Krach zerfetzen, Viola! Ich hab keine Lust, mir nach dem Mittagessen gutturales Krächzen anzuhören!
– Deiner Meinung nach spiele ich Heavy Metal auf einer akustischen Gitarre?
Wir lachen.
Kennst du Boris Vian?
– Hm.
– *Le déserteur*, hast du das mal gehört?
– Bring es mir mal in Erinnerung ...
Sie räuspert sich. Ich mache die Zigarette aus. – Der Vorteil eines französischen Papis ist, dass du dabei ein bisschen Französisch lernst.
Sie stimmt die Saiten und beginnt sie etwas zu spielen, was mir wie eine Ballade vorkommt. Traurig.
– Man meint, in Paris zu sein, stimmt's?, sagt sie.
Ich zeige auf den Fluss draußen. – Und das ist die Seine?

– Tun wir mal so.
Dann fängt sie an zu singen, während sie sanft die Finger über die Saiten bewegt.

Monsieur le Président
Je vous fais une lettre
Que vous lirez peut-être
Si vous avez le temps …

Sie hat keine schöne Stimme, aber sie findet den richtigen Ton. Einen heiteren Unterton, der sich nur beim Rollen des »r« bitter färbt. Verführerisch ist das.
Sie bricht ab, fragt: – Sind wir sentimental deiner Meinung nach?
– Ich glaube schon.
– Dann ist ja alles okay, perfekt.

Je viens de recevoir
Mes papiers militaires
Pour partir à la guerre
Avant mercredi soir …

Ich entspanne mich wirklich, und ihre Stimme umströmt mich wie die Dora da draußen, nur sehr viel sauberer. Ich fühle mich wohl. Ist schon eine ganze Weile her, seit ich mich zuletzt so gefühlt habe. Niemand erwartet etwas von mir. Niemand schuldet mir etwas. Vollkommener Frieden. Ich höre zu.

Monsieur le Président
Je ne veux pas la faire

Je ne suis pas sur terre
Pour tuer des pauvres gens
C'est pas pour vous fâcher
Il faut que je vous dise
Ma décision est prise
Je m'en vais déserter ...

Sie mit ihrem riesigen Bauch, glänzenden Augen, ihrem Französisch mit den offenen Vokalen der Turiner Banlieue, die Gitarre an das Kind gelehnt, das sie im Bauch hat.
– Ich habe dich noch nicht mal gefragt, ob es ein Mädchen oder ein Junge ist ...
– Wer? Boris Vian?
Ich lache. Sie zwinkert mir zu und singt weiter.

Es ist halb sechs an einem nebligen Abend, als ich nach Hause komme. Der Nachmittag mit Viola hat mir gefallen, wir haben uns mit zwei Küsschen verabschiedet. Ich habe ihren geschwollenen Bauch an meinem Bauch gespürt, sie hat gesagt: »Komm mich besuchen, wann immer du Lust hast.« Wir haben unsere Mobilnummern getauscht, aber ich habe sie gewarnt, dass ich mein Telefon fast nie benutze.
»Warum?«
»Warum weiß ich nicht, keine Lust. Immer diese metallischen Stimmen und die Dummheiten, die die Leute meistens sagen, bloß um Konversation zu machen. Ich finde, es ist nur gut, um sich zu verabreden oder jemanden endgültig zum Teufel zu schicken, ohne sich dafür treffen zu müssen.«

Bei diesem Gespräch standen wir schon auf dem Treppenabsatz.
»Es ist für Notfälle«, hat sie vorgeschlagen. In ihren Augen lag eine belustigte Verwirrung, sie urteilte nicht, aber sie war neugierig geworden. »Wie seltsam du bist ...«
»In welchem Sinn seltsam?«
»Einfach so, seltsam.«
Ich habe sie angelächelt.
Da hat sie mich am Arm berührt und gefragt: »Und ich, Bet, wie komme ich dir vor?«
»Abgesehen davon, dass du eine gruselige Stimme hast?«
Nun musste sie lächeln und hat genickt.
»Warum willst du das wissen?«
»Fragst du dich nie, welche Wirkung du auf die anderen hast?«
»Ja. Du bist stark.«
»Stark. In welchem Sinn stark?«
Ich habe mit den Achseln gezuckt. »Einfach so, stark.« Ja, sie war klein, aber auch stark, wie sie in der Tür stand, als ich wegging.
Vor meinem Hauseingang werfe ich einen raschen Blick auf das Fenster des Spanners: Alles ist dunkel, vielleicht beobachtet er mich mit einem Infrarotfernglas. Egal, ich zeige ihm auf jeden Fall den Mittelfinger, dann suche ich den Namen dieses Verrückten auf der Klingel, aber auf dem Schild steht nur O.DAR. Was soll das denn heißen? Möglich, dass das der Geheimcode einer Sekte von Perversen ist, vielleicht versammeln sie sich in einer entweihten Kirche und geben sich gegenseitig Spitznamen aus Fantasy-Trash: AGOR, MIKRUS O.DAR, KABALUBAH. Arme Spinner.

Ich komme in die Wohnung, werfe die Schlüssel auf das Tischchen am Eingang und lausche einen Moment.
Leonardo taucht auf, wie nur er auftauchen kann: schwerfällig, aber geräuschlos. – Ciao.
– Mama?
– Ist bei der Gewerkschaft. Er schaut auf seine Uhr. – Ich hole sie gleich ab.
Ich nicke. Welche Art Beziehung wir haben und welche Art Beziehung wir jemals haben könnten, habe ich immer noch nicht begriffen. Und das ist etwas, was mich nervt: Verdammt, ich lebe mit diesem Menschen zusammen, esse mit ihm, wir reden übers Wetter und all so was. Aber ich weiß nicht, wer er ist, und er weiß nicht, wer ich bin. Also ist es jedes Mal irre schwer, irgendwas zum Reden zu finden, und fast immer reden wir gar nicht.
Er trägt noch seinen Anzug mit Schlips, aber an den Füßen Pantoffeln. Manchmal denke ich, dass er die am liebsten auch im Büro tragen würde, vielleicht tut er es sogar: Während der Mittagspause geht er aufs Klo, schließt sich dort ein und holt sie aus seiner Aktentasche. Er zieht sich die Schuhe aus, seine Füße können atmen, er lächelt fast und stößt einen halblauten Seufzer der Erleichterung aus. Aaaah. Dann zieht er die Pantoffeln an und läuft ein bisschen im Kreis, bewegt die Zehen in der tröstlichen Wärme und spürt, wie der innere Frieden ihm von den Füßen in die Brust steigt. Wenn es dann Zeit wird, streift er wehmütig – wie soll man es sonst nennen? – wehmütig die Pantoffeln ab und zieht seine Schuhe wieder an. Und der beste Teil seiner Arbeitspause wandert wieder in die Aktentasche.
– Es ist kalt, sage ich.

– Hm. Wie war's in der Schule?
Wieder so eine von diesen blöden Fragen! Was soll ich antworten? Ich habe ein halbes Zufriedenstellend in Philosophie gekriegt? – Ich habe ein halbes Zufriedenstellend in Philosophie gekriegt.
Er setzt ein Lächeln auf, seine Zähne sind klein in dem Gewirr von Barthaaren. – Nicht schlecht, schön, Bet.
Auch ich deute ein Lächeln an, für das bisschen, was mir an Philosophie liegt. Die Philosophie ist ein Loch, wo die Leute reinstopfen, was zu absolut gar nichts nütze ist, nur damit sie wissen, dass es da drin ist und bei Gelegenheit rausgeholt werden kann.
Wir stehen uns einander im Flur gegenüber wie zwei gelangweilte Wachtposten. Dann rührt er sich, um wieder ins Wohnzimmer zu gehen, und plötzlich, ich weiß auch nicht, was mich reitet, frage ich: – Wie machst du das eigentlich, Leonardo?
Er erstarrt verblüfft. – Was?
– Dich nie aufzuregen. Wie machst du das?
Er stützt sich mit einer Hand am Türrahmen ab, als hätte meine Frage ihn aus der Fassung gebracht. – Aber ...
– Ich möchte einfach wissen, wie du das machst, das ist alles, unterbreche ich ihn. – Du bist nie empört.
– Was ...
– Ich kann mir vorstellen, wie du in meinem Alter warst. Total angepasst und ernsthaft, der Junge in der ersten Bank, der brav alles mitschreibt, der niemals fehlt ... dir brach doch schon bei dem Gedanken, mal zu schwänzen, der Schweiß aus. Stimmt's? Und du hast dich ordentlich abgerackert, um mit über vierzig etwas vorweisen zu können: einen Job bei der Bank, eine Frau aus zweiter

Hand, eine unsympathische Stieftochter und diese Pantoffeln.
Er blickt auf seine Füße. – Du wirst es nicht glauben, sagt er mit leiser Stimme, aber auch Menschen wie ich werden auf der Welt gebraucht. Ja, in Wirklichkeit, er sieht mich an, und ich meine, ein schwaches kämpferisches Licht in seinen Augen flackern zu sehen, sind wir sogar die Mehrheit.
– Die schweigende Mehrheit, die alles hinnimmt, auch wenn es ganz mies für sie läuft?
– Ja, die, sagt er. – Mehr oder weniger.
Er geht ins Wohnzimmer, ich folge ihm in gebührendem Abstand. Er setzt sich aufs Sofa.
– Entschuldige bitte, wenn ich aggressiv bin. Ich verstehe es eben wirklich nicht.
Er zieht seine Schuhe an. – Aber das weiß ich doch, sagt er, versucht zu lächeln. – Und im Gegensatz zu dir verstehe ich.
Tja, so läuft es immer: Ich sage solche Sachen und hinterher fühle ich mich beschissen.
Er steht auf. – Ich gehe Elena abholen.

Beim Abendessen und dem ganzen Drumherum, nachdem meine Mutter über die Gewerkschaftler gesagt hat, was sie sagen wollte, nämlich dass die überhaupt nichts tun, dass sie bloß rumreden, und dass sie selbst in dieser Zeit der schlimmsten Krise auf der Straße sitzen wird, komme ich zu dem Schluss, dass die beiden, sie und Leonardo, passive Menschen sind. Manchmal finde ich mich auch passiv, in der Schule zum Beispiel; vielleicht nicht immer, aber es kommt vor. Trotzdem weiß ich, dass ich

mich irgendwann aus dieser Schlaffheit rausziehen und versuchen werde, etwas zu tun. Sonst würde ich echt meinen Glauben verlieren, und hinzu kommt, dass ich sowieso nicht weiß, woran ich glauben soll. Zum Beispiel hätte ich jetzt Lust, einen Spaziergang zu machen, einfach nur, um den Einfluss dieser beiden abzuschütteln. Damit will ich nicht sagen, dass sie mir nicht leidtut, ich hasse die Vorstellung, dass meine Mutter ihre Arbeit verliert und sich eine neue suchen muss. Ich kriege einen brennenden Kopfschmerz, ja, so ein Brennen im Kopf, wenn ich daran denke, dass sie sich um ein Vorstellungsgespräch bemühen muss und sich dann dem Personalleiter irgend so einer verfickten Firma gegenübersieht und ihm ohne eine Spur von Unsicherheit erklären muss, was sie kann und wie ausdauernd und flexibel und kollegial sie ist und dieser ganze Scheiß, den du dir ausdenken musst, um deine Mitmenschen zu beeindrucken. Vor allem aber ertrage ich es nicht, mir vorzustellen, wie sie wartet, aufs Telefon starrt und hofft, dass irgend so ein Wichser mit bordeauxroter Krawatte sie anruft.
Meine Mutter knackt Nüsse mit dem Nussknacker oder versucht es wenigstens, doch ihre Hände sind klein und nervös, es scheint, als wüsste der Nussknacker nicht, wie er sich in so aufgeregten Händen nützlich machen kann. Dann knackt Leonardo die Nüsse für sie, einmal fest drücken und fertig. Im Fernsehen läuft die idiotische Sendung vom Millionendeal mit den idiotischen Geldpaketen aus den Regionen.
Ein ganzes Volk von Durchgeknallten wartet begierig darauf, ob das Paket aus den Abruzzen fünfhunderttausend Euro oder einen Tritt in den Arsch enthält. Hintergrund-

musik. Nahaufnahme vom breiigen Gesicht des Moderators.
- Ich weiß nicht, was ich mir noch ausdenken soll, sagt meine Mutter, ausgerechnet jetzt, kurz vor den Feiertagen diese schlimmstmögliche Nachricht. Leonardo nickt, als würde er verstehen und darüber nachdenken, wie man sich aus der Situation befreien kann.
Die Musik stockt, dann ein paar dürre Töne.
Der Konkurrent mit den kurz geschnittenen weißen Haaren und ersten kahlen Stellen, die schweißnass glänzen, scheint den Moderator anzuflehen.
- Heilige Madonna, sage ich, und weiß nicht warum, ob wegen dieses Schwachkopfs im Fernsehen oder weil meine Mutter ihre Arbeit verliert.
- Du sollst nicht fluchen, ermahnt sie mich mit schwacher Stimme und wirft mir einen leeren Blick zu.
- ... und jetzt steht unser Marino, sagt der Moderator, jetzt steht unser Marino vor einem Scheideweg. Abruzzen oder Piemont? Nimmst du die fünfzigtausend Euro, die dir der Dottore, unser Notar, anbietet, oder riskierst du den Sprung ins Leere? Ein Kilo Tagliatelle oder fünfzigtausend Euro in bar?
Im Hintergrund tickt der Sekundenzeiger einer Uhr, das Ticken dröhnt in den Ohren und prallt an Marinos verschwitzter Stirn ab. Dann verkündet der Moderator: - Werbepause!, und das Publikum muss applaudieren.
Ich stehe auf, räume die Teller vom Tisch und stapele sie im Spülbecken. Ich muss etwas tun, um den Arbeitsplatz meiner Mutter zu retten. Und mir kommt eine Idee.

Die Idee geht mir im Kopf rum, bis ich zwei Stunden später brav Gute Nacht wünsche. Ich bin unschlüssig, ob ich meine Mutter auf die Wangen küssen soll wie noch vor ein paar Jahren, aber ihr Blick ist schläfrig und bekümmert; ich mache ihr ein Zeichen, lächele ihr zu und gehe mich in mein Zimmer einschließen.

Hier kann ich mich hinsetzen und auf etwas warten. Eine Weile sitze ich im Dunkeln, schließlich forme ich mit den Händen eine Schale und ... ja, da erkenne ich es an dem Gefühl in den Handflächen, an diesem stechenden Kribbeln wie von Regentropfen auf den Fingern. Meine Hände zittern, und mein ganzer restlicher Körper versteift sich.

Ein Funken, noch einer.

Ein goldener Schimmer, der mir erst die Hände füllt, sich dann dreht und zusammenzieht, bis er sich zu einer kleinen Kugel verdichtet hat. Ich höre auf zu atmen, Wärme durchdringt mich.

Die Kugel pulsiert und dreht sich, löst sich von den Handflächen und steigt langsam in einer schnurgraden Vertikale auf, um auf der Höhe meiner Augen stehenzubleiben.

– Ciao, hauche ich leise, dabei fange ich wieder an zu atmen. Normalerweise spreche ich nicht, aber diesmal kann ich mich nicht zurückhalten.

Die Kugel dreht sich um sich selbst wie ein Planet, scheint dabei schneller zu werden: Vielleicht ist das ihre Weise, mir zu antworten. Oder sich zu verabschieden, denn plötzlich setzt sie ihren Flug in die Höhe fort.

– Wohin willst du?

Schon hat sie die Decke erreicht, und das ganze Zimmer wird von flackerndem Licht erfüllt wie bei Wetterleuchten, Blitze im grauen Kern von Gewitterwolken.

Die Kugel verschwindet oder tut was auch immer, und mir bleibt keine Zeit, darüber nachzudenken, dass sie mir fehlt, denn da blitzt schon der nächste Funken zwischen meinen Händen auf, wieder dieser Schimmer, die nächste Kugel quillt über von Licht und erhebt sich, bis sie wenige Zentimeter vor meiner Nase ankommt.
- Hey.
Sie dreht sich, lässt sich noch ein paar Sekunden lang bewundern und weg ist sie, verliert sich dort oben in einem Schwarm goldener Lichtschlieren.
Unterdessen ist die dritte Kugel schon bereit, die Vorführung der ersten beiden fortzusetzen.
Die vierte ...
Die fünfte ...
So machen sie eine halbe Stunde weiter. Das Zimmer ist ein einziges Funkeln, das Leben - meins, das Leben überhaupt - ist erträglicher, fast schön.
Die letzte Kugel scheint auf einer unkontrollierten Bahn aufzusteigen, im Zickzack, vielleicht verzerren auch nur meine Tränen ihren Anblick. Aber ich nehme diese Variation als einen Gruß wahr.
- Bis zum nächsten Mal, sage ich sehr leise. Und lasse meine Schultern sinken.

Am nächsten Morgen in der Schule bin ich müde und schaue aus dem Fenster. Die Stimme der Englischlehrerin ist wie ein Rauschen, ich lasse es an meinem Trommelfell vorbeiströmen. Lehrer wie die Sangueti sind die schlimmsten. Jedes Jahr machen sie mit den alten Methoden weiter, nie probieren sie was Neues aus, halten einen interessanteren Unterricht. Viele sind ganz offen genervt. Andere verbergen ihre eigene Langeweile hinter einem übertrieben autoritären Gehabe, sie denken, je mehr sie da vorne bloß erklären und abfragen, desto weniger werden die Schüler es wagen, sich ein Urteil über ihre Arbeit zu bilden – aus Angst. So ähnelt der Unterricht eher einer Diktatur statt einem Geben und Nehmen. Und sobald du mal einen vernünftigen, motivierten Lehrer vor dir stehen hast, erfindet das Ministerium irgendwas, um zum alten Trott zurückzukehren. Mit dem Ergebnis, dass die Motivation verschwindet und auch die Lehrer mit viel Potenzial sich schließlich solchen wie der Sangueti anpassen.
Ich denke an die Kugeln. Das Beste, was mir je passiert ist.

Aber auch dass ich Viola kennengelernt habe, ist nicht schlecht.
Auf der Schulhofmauer steht mit Sprühlack geschrieben, seit Jahrhunderten, glaube ich: DRAUSSEN WERDE ICH EUCH FERTIGMACHEN. Wahrscheinlich hat das einer geschrieben, der jetzt Immobilienmakler, korrupter Journalist oder Angestellter bei der Gesundheitsbehörde ist. Wahrscheinlich ist seine ganze rebellische Natur oder was auch immer er mit diesem Satz gemeint hat, in ihm Jahr für Jahr mehr vertrocknet. Manchmal durchzuckt es ihn noch, er möchte schreien: »Ich werde euch fertigmachen! Ich werde euch fertigmachen!«, aber dann archiviert er wieder mal einen Vertrag oder stempelt eine Postsache ab.
– Corvino, sagt die Sangueti. Oder ist es ihr neues Kinn, das spricht? – Lass uns teilhaben.
Ich schnaube unwillig. Das übliche Gekicher ringsherum.
– An was, Signora Sangueti?
– An dem, was dich ablenkt, während ich der Klasse etwas erkläre!
Ich sage es ihr, ist doch sowieso egal: – Ich dachte an dieses Graffito da draußen.
Sie setzt sich mitsamt der Rüschen und Puffärmel an ihrem Kleid in Bewegung und liest laut, beobachtet von meinen Klassenkameraden: – Draußen werde ich euch fertigmachen. Sie sieht mich an. – Ich muss dich abfragen. Hast du gelernt?
Ich erwidere ihren Blick schweigend. Was ist hier los? Haben sie sich alle verabredet, Bet in dieser Woche fertigzumachen?

Als die Pausenglocke schellt, stürze ich nach draußen. Ich hätte ein Genügend verdient, aber natürlich hat sie mir ein Ungenügend an den Latz geknallt. Von mir kriegt sie einen giftigen Blick. Sie und dieser Arschkriecher, der ihr gerade mit den Büchern hilft. Fabio oder Fabrizio Roggiati oder wie zum Teufel der Typ heißt, zweite Reihe, Mitteltisch, wollige Koteletten und eine bewundernswürdige Neigung, sich zu erniedrigen - er wird bestimmt Untersekretär in irgendeinem Ministerium für menschliche Unterentwicklung.
Ich suche Andrea Reale.
Aber natürlich laufe ich seinem Vize, dem Grabscher, in die Arme.
- Ci-ciao, Bet, sagt Livio. - Ka-kann ich mit dir reden?
Mit diesem Wunsch ist er womöglich heute schon aufgewacht. Ich muss stehenbleiben. - Ciao.
- Ich wo-wollte dich um Ent-schul...
- Jaja, schon gut. Weißt du, wo Andrea ist?
- D-da oben, er zeigt auf das Dach und wird rot, weil da die Missetat passiert ist.
Ich werfe ihm ein schiefes Grinsen hin, hebe den Arm, verabschiede mich. Er will etwas sagen. Was verlangt er, dass ich sein förmliches Entschuldigungsschreiben gegenzeichne?
Lehrerfahrstuhl. Flur. Treppen.
Auf dem Dach. Aber Andrea ist nicht allein. Bei ihm ist eine. Ein frühreifes Püppchen aus der Ersten, turboblond, mit einem Kilo Schminke im Gesicht und der verzweifelten Sehnsucht nach fleischigeren Lippen: Die, die sie hat, sind über und über mit Lippenstift beschmiert, sie hat sich eine Art Brille auf den Mund gepinselt. Sobald

sie es sich erlauben kann, wird sie sich mindestens hundert Gramm Botox spritzen lassen. Sie pafft wie eine minderjährige Stricherin, eine lange Rauchfahne mitten aus dem Mündchen. Und sie bewegt sich auch wie eine, die um drei Uhr nachts den Corso Massimo auf und ab stöckelt.
Ich brauche fast nie jemanden. Aber wenn es mal vorkommt, gibt es prompt ein Hindernis.
Die Blondine sieht mich, ein Hauch Enttäuschung gräbt ihr eine Falte in die Puderschicht, und ihr verführerisches Getue - denn hier versucht alles, was einen Rock trägt, Andrea Reale anzumachen - gerät ins Stocken: Fast höre ich ein Knarren, als hätte das Räderwerk des Anbaggerns sich verkeilt.
Andrea dreht sich um.
Er lächelt. - Bet!
Ich wollte gerade gehen, aber jetzt ... Ich komme näher.
- Ciao, Andre, sage ich. Als die Tussi hört, dass ich die Koseform seines Namens benutze, scheint sie kurz vor einem Ohnmachtsanfall. Ich reiche ihr die Hand, um sie ein bisschen zu erschrecken. - Hallo, ich bin Bet.
Sie betrachtet meine Hand. Vielleicht kennt sie mich vom Hörensagen. Also denkt sie, dass ich ihr die Finger zerquetschen, sie einzeln ausreißen und Mikado damit spielen werde.
Dick lackierte Nägel in Himbeerrot, sie streift meine Hand nur. - Monica, hallo.
Ich mache einen Schritt auf sie zu und nähere mein Gesicht dem ihren. Erschrocken weicht sie zurück.
- Entschuldige, sage ich, während ich auf ihre Nase starre. Du hast da was im Nasenloch ...

Die Nachricht trifft sie wie ein Blitzschlag. – Oh Gott. Sie will sich an die Nase fassen.
– Das machst du besser mit einem Taschentuch weg, sage ich. Und lieber nicht vor anderen, verstehst du?
Erdrückendes Schweigen.
Die Tussi wird glutrot. Sie bedeckt ihr Gesicht mit der Hand. Blickt Andrea verwirrt an. – Es ist wohl besser, wenn ich jetzt ...
– Ja, sage ich. Es ist besser.
Wenn sie eine Pistole hätte, würde sie jetzt auf mich schießen. Aber sie hat keine.
Sie entfernt sich mit großen Schritten, vergisst, mit den Hüften zu wackeln.
Als sie weg ist, lacht Andrea. – Mir schien sie nichts an der Nase zu haben.
Er trägt einen Dreitagebart, und seine Lippen brauchen ganz bestimmt kein Botox ... Aber kommen wir zum Thema.
– Ich musste mit dir reden, Andre.
– Den Eindruck hatte ich tatsächlich, Bet. Sie wahrscheinlich auch. Sag, was gibt's? Er ist nicht böse. Im Gegenteil, er ist neugierig geworden. Scheint mir.
Ich erzähle ihm von der Situation im Betrieb meiner Mutter. Alles, was ich darüber weiß, und während ich rede, wird mir bewusst, dass es ziemlich wenig ist. Außerdem: Warum sollte ihn das überhaupt interessieren? Vielleicht geht er nur zur Gewerkschaft, um die Zeit totzuschlagen oder seine Aura als politisch engagierter junger Mann zu pflegen.
Aber dann fragt er: – Wie viele Leute beschäftigen sie?
– Etwa hundert. Was die betrieblichen Gewerkschafts-

vertreter vorhaben, weiß ich nicht. Wenigstens habe ich es nicht verstanden.
Er nickt. Wartet, dass ich ihm den Rest erkläre. Um die Wahrheit zu sagen, ich weiß, was ich will, aber ich weiß nicht, wie ich ihn darum bitten soll.
Ich versuche es: – Weißt du, ich dachte ... hm ... könntest du dich vielleicht bei der CGIL nach der Sache erkundigen und fragen, ob sie sich darum kümmern ... ob sie helfen können?
– Woran denkst du?
– Ich möchte eine Demonstration vor dem Werksgebäude organisieren, und da sollen so viele Leute wie möglich kommen. Ich möchte versuchen, Bewegung in die Sache zu bringen.
Er denkt kurz nach. – Ich weiß nicht, aber fragen kostet mich natürlich nichts. Sicher hat jemand aus dem Betrieb die Gewerkschaft längst über die Situation informiert. Vielleicht sind sie schon dabei, was zu organisieren ...
– Das nehme ich auch an. Aber es wäre besser, die Sache ein bisschen zu beschleunigen. Wir sind am Ende.
– Bet, sagt er nach einer langen Pause, während der ich schon kapiert habe, was er mir sagen will, es ist ein bisschen egoistisch, dich nur dann für Arbeitskämpfe zu interessieren, wenn sie dich persönlich betreffen.
– Andre, halt mir keine Moralpredigt. Ich werde wütend.
– Warum beschäftigst du dich nicht mit dem Hunger in Afrika? Warum versuchst du nicht, das kommunistische Regime in China zu stürzen?
Ich bohre meinen Blick in seine Augen. So bleiben wir ein paar sehr lange Sekunden stehen.

Dann nickt er. – Okay, Bet. Ich erkundige mich nach dem Stand der Dinge. Mehr kann ich nicht tun.
– Danke. Ich seufze.

In den Nachrichten auf Sky reden sie von der Vertrauensfrage der Regierung, über die nächste Woche im Parlament abgestimmt wird. Für morgen ist in Rom eine große Demonstration der Studenten gegen die Hochschulreform geplant. Die Opposition hofft, dass sie der Regierung mit Hilfe der unzufriedenen jungen Leute auf der Straße einen tödlichen Stoß versetzen kann.
– Und das ist etwa so, als würde man sagen, dass die Linke allein rein gar nichts zuwege bringt, sage ich, die Stimme des Reporters übertönend, zu Leonardo und meiner Mutter. – Unsere Generation muss diesen beschissenen Dinosauriern helfen, sonst passiert nichts.
– Bet!, tönt meine Mutter. Was ist das für eine Ausdrucksweise!?
Leonardo kaut gedankenversunken das Vitello tonnato. Weil er wohlerzogen ist, schluckt er runter, bevor er sagt:
– Stimmt, eigentlich müsste es umgekehrt sein.
– Genau.
Meine Mutter bricht das Brot, sieht uns an, schaut auf den Fernseher. Von meiner Idee, einen Streik zu organisieren, habe ich ihr nichts verraten. Es soll eine Überraschung für sie werden. – In diesem Land geht wirklich alles drunter und drüber, pflichtet sie uns schließlich bei. Dann wendet sie sich wieder an mich: – Und du bring dich morgen in Rom nicht in Schwierigkeiten.
– Ich lass mir doch nicht von anderen sagen, wann ich Revolution machen soll, Mama, erwidere ich. – In meinem Tagebuch steht nicht: 11. Dezember Revolution.

Kopfschüttelnd spieße ich den Salat mit der Gabel auf, die ich in der geschlossenen Faust halte. – Das entscheide immer noch ich.
Aber nicht nur bei uns läuft es schlecht. Die Korrespondentin in London berichtet, dass auch die englischen Studenten für Aufruhr sorgen: Seit zwei Wochen halten sie das University College besetzt, wegen der Erhöhung der Studiengebühren. Eine Gruppe Demonstranten hat das Auto von Charles und Camilla angegriffen. Auf einem Foto halten die beiden sich zu Tode erschrocken an der Hand, während jemand drohend auf den Rolls Royce zukommt. Camillas Gesicht ist vor Angst verzerrt. Oh my God!
Ich muss lachen.
Leonardo sagt: – Wer alles dem Erdboden gleichmacht, sollte gleich danach aussäen. Sonst keimt dort nichts mehr.
Dieser unerwartete Ausbruch von Bankangestellten-Philosophie schockiert mich so, dass mir keine Erwiderung einfällt. Auch meine Mutter sieht Leonardo verblüfft an.
Er setzt eine Miene auf, die zu bedeuten scheint: Das-musste-mal-gesagt-werden, Für-wen-haltet-ihr-mich-eigentlich?, und isst weiter.

Viola ruft mich an. Wer das sei, fragt der Blick meiner Mutter, als sie mir den Telefonhörer reicht. Ich schubse sie vom Telefon weg Richtung Wohnzimmer.
– Dein Handy ist abgestellt, Süße.
Ich erkenne sie sofort an ihren gedehnten, nasalen Vokalen.
– Hatte ich dir doch gesagt. Es nervt mich eben. Wie geht's?

– Gut. Was machst du?
– Ich lerne für die Schule, nehme ich an.
Sie lacht. – Hast du keine Lust, rauszugehen und einen Spaziergang zu machen?
– Ich glaube, ich kann nicht, Viola.
– Ich komme in deine Gegend, wenn das dein Problem ist.
Meine Güte, dieses Mädchen kann einfach nicht stillsitzen. Die würde mit ihrem Riesenbauch noch um die Welt reisen, wenn ihr danach ist.
– Du wirst dieses Kind noch auf der Straße kriegen.
– Meinst du?
– Du musst zu Hause bleiben, schön im Warmen sitzen.
– Scheiße, du redest wie meine Mutter!
– Ich *bin* deine Mutter, sage ich, und wir lachen.
Meine eigene Mutter guckt einen Moment lang aus der Wohnzimmertür. Wieder gebe ich ihr zu verstehen, dass sie sich verpissen soll. Sie wundert sich, von dieser Geschichte möchte sie mehr wissen. Aber sie zieht ab.
– Dann kommst du zu mir?, beharrt Viola.
– Du willst mir doch nicht etwa das gesamte Repertoire dieses französischen Barden vorsingen!
– Haha. Nein. Heute Abend Beatles.
– Meine Fresse, bist du altmodisch. Ich kann jedenfalls nicht raus.
– Und warum nicht?
– Lust hätte ich schon. Aber ...
– Was ist los, Bet?
– Es ist ein bisschen peinlich, aber ich sag's dir trotzdem. Ich habe Hausarrest.
Ich muss mir ihr Gelächter anhören. Zum Glück ge-

fällt sie mir, sonst würde ich das Telefon in die Toilettenspülung halten.
- Warum denn?, will sie wissen.
- Tja, was soll ich dir sagen. Ich habe den Hund nicht zum Pinkeln ausgeführt, ich sage schmutzige Wörter und vor kurzem hat man mich verhaftet.
Diesmal kriegt sie eine Art epileptischen Anfall. Auch ich muss lachen.
- Dann hast du also wirklich richtigen Hausarrest?
- So ist es.
- Arme Kleine.
- Blöde Kuh.
Wir wollen uns schon verabschieden, aber mir fällt noch was ein: - Morgen fahre ich übrigens nach Rom.
- Echt?
- Ich fahre zu meinem Vater. Er hat Geburtstag.
- Glückwunsch. Wann kommst du ungefähr zurück?
- In zwei oder drei Tagen.
- Lass von dir hören, ja? Und führ den Hund aus.
Ich gehe an meiner Mutter vorbei, die wieder an der Wohnzimmertür aufgetaucht ist. - Kann ich etwa keine Freundinnen haben?
- Wer ist das?
- Eine, die okay ist. Schwanger, Single, verkauft Zigarren in Nightclubs und sucht eine Mitbewohnerin.
Sie sieht mich mit großen Augen an.
- Ich mache Witze, Ma! Gute Nacht.
Ich lächele ihr zu. Sie hält die Luft an.

Der Zug fährt um 7.37 Uhr ab, und ich setze mich auf den Platz, den mein Vater übers Internet gebucht hat, erste Klasse, weil es eine Werbeaktion gab. Um mich herum sitzen viele Pendler, die in Mailand aussteigen werden. Noch bevor der Zug abfährt, hämmern sie schon auf die Tasten ihrer Notebooks, andere hängen gleich am Telefon, erteilen Anweisungen, treffen Verabredungen, sprechen leise mit ihren Geliebten. Ich sehe zwei Politiker der Rechten und drei der Linken, ich erkenne ihre Gesichter, weil ich sie oft in den Fernsehnachrichten sehe, wo sie sich vor den Kameras immer sehr überlegen und redselig geben. Hier aber sind sie still, blättern im *Il Giornale* oder der *Repubblica* und grüßen sich mit vagen Gesten. Vielleicht ist es um diese Zeit im Hochgeschwindigkeitszug noch zu früh, um Handel mit Stimmen für Gesetze und Anträge in den Ausschüssen zu treiben. Neben ihnen Männer mit düsteren, argwöhnischen Mienen, sie werfen scharfe Blicke auf alle, die in der Nähe ihres »Schützlings« sitzen. Bodyguards oder so was.
Ich habe einen Einzelplatz am Fenster, der Platz mir gegenüber wird von einer Frau um die vierzig eingenommen,

die frisch vom Frisör kommt und erschöpft aussieht. Sie schließt genau in dem Moment die Augen, als der Zugführer durch den Lautsprecher mit der Litanei der Willkommensgrüße loslegt: Dieser Zug hält in Mailand Garibaldi, Bologna, Florenz Campo di Marte und erreicht Rom Termini um 11.50 Uhr. Er kündigt an, dass in Kürze Snacks und Getränke serviert werden, dazu die nationalen Tageszeitungen ...

Die Frau öffnet erst wieder die Augen, als der Zugführer dieselben Sätze für Nicht-Italiener in einem Englisch wiederholt, das schlechter ist als meins.

Dann entspanne ich mich ein wenig. Nur wenig, denn ich hasse geschlossene Räume, und darunter verstehe ich solche, aus denen du nicht rauslaufen kannst, wenn du möchtest, Räume, die von anderen Menschen bewegt werden oder über lange Strecken der Technologie von Kabeln und Leitungen anvertraut werden, wie Flugzeuge, Züge, Schiffe, Boote, Fahrstühle (hab ich wohl schon erzählt), Heißluftballons und dergleichen.

Ich stecke mir die Stöpsel meines MP3-Players, auf den ich ohne zu überlegen irgendwelche Musik geladen habe, in die Ohren.

Während ich *Citizen Ship* höre, sehe ich, dass die Frau mir gegenüber in Tiefschlaf gesunken ist, ihr Kopf ist zur Seite geneigt, und wie jedem, der versucht, gegen diese blöden Kopfstützen gelehnt zu schlafen, ist ihr der Unterkiefer heruntergeklappt, der Mund steht offen. Ein paar Plomben werden durch ihre Schnarcher belüftet.

Ich schaue aus dem Fenster, von hinten tauchen die Mauer längs der Gleise und die rußgeschwärzten großen Häuser am Corso Principe Oddone auf.

Bald darauf muss ich mir die Ohrstöpsel rausnehmen, denn zwei Hostessen kommen mit den Snacks vorbei. Eine ist blond, die andere brünett, wie Fernsehshowgirls, aber die hier sind bloß müde junge Frauen. Sie würden uns, die Passagiere, alle aus dem Fenster werfen, wenn sie könnten.
Die Blonde: – Möchten Sie etwas trinken, Signorina?
Ich bitte um einen Orangensaft.
Die Brünette: – Einen süßen oder salzigen Snack?
Ich schüttele den Kopf.
Die Schläferin mir gegenüber wacht mit einem Stoßseufzer auf. Sie bestellt Kaffee.
Gerade will ich mein Glas roten Orangensaft nehmen, als jemand, der gleich hinter uns sitzt, in herrischem Tonfall nach der brünetten Hostess ruft: »Signorina!« Wir drehen uns um. Es ist einer der linken Politiker, die Reste des Snacks liegen zerkrümelt auf seinem Exemplar der *Repubblica*. – Zum Donnerwetter, ich hatte einen süßen Snack verlangt, und sie haben mir Salzgebäck gegeben!
Er wird um die vierzig sein, das sorgfältig rasierte Gesicht ist rot vor Empörung. – Entschuldigen Sie bitte, ich habe Sie falsch verstanden, sagt die Brünette und öffnet eine Schublade, reicht ihm eine Packung Kekse.
Er ist wütend, und wütend scheinen auch seine Bodyguards, seine Parteifreunde und sogar die der anderen politischen Fraktion. Einer von ihnen, mit grüner Krawatte, schüttelt entrüstet den Kopf, voll und ganz solidarisch mit seinem politischen Gegner.
Der Politiker greift nach den Keksen, während das Mädchen noch einmal um Entschuldigung bittet.
– Hoffentlich haben Sie sich jetzt nicht schon wieder vertan!, brüllt er noch einmal.

Ich spreche ihn an: – Kannst du denn nicht selbst unterscheiden, ob du Kekse oder Salzkringel bekommen hast? Oder steckst du dir alles gleich in den Mund, was dir in die Finger kommt, ohne es anzusehen?
Was ist passiert? Ich habe mich eingemischt, ohne dass mich jemand nach meiner Meinung gefragt hätte; ich habe mich an einen Vertreter unserer Politikerkaste gewandt und ihn geduzt; ich habe ihn verarscht und ein peinliches Schweigen heraufbeschworen.
Die Politikerkaste in Gestalt aller anwesenden fünf Vertreter mitsamt den zugehörigen Leibwächtern verstummt angesichts dieser ungeheuren Beleidung.
Ich sehe dem Nörgler in die Augen. Erwarte, dass er aufschreit: »Sie wissen wohl nicht, wer ich bin!«
Stattdessen beeilt sich die blonde Hostess, mich zu beruhigen: – Es ist alles in Ordnung, Signorina. Die Brünette senkt den Kopf, aber sie wirft mir einen Blick zu und lächelt, während sie ihren Wagen zu den anderen Zuggästen weiterschiebt. Auch die Blonde kann nur mit Mühe ein Lächeln unterdrücken.
Die Frau mir gegenüber nippt an ihrem Kaffee, schaut aus dem Fenster und sagt etwas, was ich nicht hören kann.

In meiner Hosentasche steckt das Telefon, ich spüre es vibrieren. Ich stehe auf und gehe auf die Toilette.
– Ciao. Es ist Andrea Reale. Ich hatte ihm vor wer weiß wie langer Zeit mal meine Nummer gegeben.
– Hey, ciao. Ich halte die Luft an.
– Wo bist du?
– Im Zug. Ich fahre zu meinem Vater nach Rom.
– Ich habe dich in der Klasse gesucht.

Im Hintergrund höre ich Stimmengewirr. Es ist Pause. Ich wollte dir sagen, dass ich wegen der Ameca mit denen von der CGIL gesprochen habe.
– Ja? Ich betrachte mich im Spiegel. Mein Gesicht wirkt angespannt.
– Sie sind schon dabei, alles zu organisieren. Der Streik wird so bald wie möglich stattfinden, Bet.
– Wahnsinn, vielen Dank! Ich kann es fast nicht glauben.
– Die Arbeitnehmervertreter im Betrieb verteilen schon ein Mitteilungsblatt an die Beschäftigten.
– Danke, sage ich noch mal.
Mein Gesichtsausdruck im Spiegel ist verändert.
– Wofür? Wann kommst du zurück?
– In ein paar Tagen, glaube ich.
– Ruf mich an.
– Ja.
Wir verabschieden uns. Dann frage ich mich ein paar dumme Sekunden lang, ob er sagen wollte: »Ruf mich an, wenn du zurück bist« oder: »Ruf mich an, wann immer du willst«. Es ist nicht das Gleiche, merke ich.
Seufzer. Ach, wichtig ist doch bloß, dass gestreikt wird. Ich bin versucht, meine Mutter anrufen, aber dann verlasse ich die Toilette.

Der Zug ist natürlich nicht pünktlich. Wie immer, wenn ich einen nehme. Ich weiß nicht genau, auf wen ich sauer sein müsste, wenn der Erfolg oder Misserfolg von etwas Wichtigem wie einem Job oder Liebesbeziehung oder so was von einer Verspätung wie dieser (35 Minuten) abhängen würde. Mit dem Koffer in der Hand steige ich aus, der Bahnhof Termini wimmelt von Menschen.

Als ich in meiner Tasche nach den Zigaretten suche, kommt er hinter einer Säule hervor.

Mein Vater ist ein schöner Mann. Er trägt einen neuen Mantel.

Fast läuft er an mir vorbei, er schaut mich verwirrt an, als ich ihn am Arm packe. – Hallo, sage ich.

Einen Augenblick steht er wie versteinert da. – Hallo Bet!

Er lächelt wie damals, als er mich von der Schule abholte, vor zehn Jahren. Er umarmt mich. Ein neues Parfüm oder Aftershave oder beides. Der Geruch ist beißend, er gefällt mir nicht, aber in seinen Armen fühle ich mich sauwohl.

Er schiebt mich von sich weg und mustert mich. – Meine Güte, Schatz. Was ist mit dir passiert? Ich erkenne dich fast nicht mehr.

– Wir haben uns seit einer ganzen Weile nicht gesehen ...

– Du ... du siehst fantastisch aus. Mensch, wie du wächst!, und er küsst mich dreimal knallend auf die Wange.

– Schon gut, sage ich. Ich bin wohl rot geworden. – Du bist auch okay.

Ein leicht silbriger Schimmer in seinem Haar, die Augen ein bisschen grün und ein bisschen braun, der Bart sorgfältig gestutzt, der Schnurrbart bildet einen Bogen auf seiner Oberlippe, und die Enden treffen mit den Haaren am Kinn zusammen. Geiler Typ, mein Vater.

Er nimmt mir den Koffer aus der Hand. – Hast du ein Abendkleid für das Fest mitgenommen?

– Klar. Latzhose und Springerstiefel.

– Richtig! Wir lachen. – Mama, Leonardo, geht's allen gut?

– Das perfekte Spießeridyll.

Er schüttelt den Kopf.

Wir weichen ein paar Leuten aus, er bewegt sich elegant mit meinem Koffer, der über den Bahnsteig rollt.

Ich weiß, jetzt müsste ich Rom beschreiben, sagen, ob ich mich hier wohl fühle und wie sehr, und ob Turin im Vergleich unansehnlich oder einzigartig ist. Nein, das werde ich nicht tun, diese touristischen und gefühlsmäßigen Dinge überlasse ich gerne jemand anderem.
Ich sage nur, dass Rom groß ist, okay? Und das Zentrum ist kein echtes Zentrum, sondern dehnt sich über mehrere Piazze aus. Und viele Stadtviertel ähneln sich, darum glaubst du manchmal, an einer bestimmten Stelle zu sein, bist aber in Wirklichkeit ganz woanders.
Wir biegen in eine kleine Straße ein, die sofort auf eine Piazzetta mündet. Ein hölzerner Hahn dreht sich im Wind, und unter dem Hahn steht geschrieben *Ristorante dei Galli*.
– Hier rein?, fragt er.
– Okay.
Ein Kellner, Philippine vielleicht, keine Ahnung, was er ist, führt uns an einen Tisch in der Mitte – es ist rammelvoll. In Rom essen die Leute mittags und abends in vielen Restaurants dicht an dicht gedrängt. Wenn dein Gegenüber dich langweilt, brauchst du dich also nicht mal groß anstrengen, um zuzuhören, was die am anderen Tisch sagen. Wenn das Absicht sein soll, ist es gut organisiert.
Wir setzen uns im Lärm vieler Stimmen, klappernder Bestecks und klingender Gläser, und von irgendwoher kommt die Melodie eines Lieds, dessen Titel mir nicht einfällt.
Ich nehme die Speisekarte und werfe einen Blick drauf.

Er stiert immer nur mich an. - Du bist wirklich gewachsen.
- Du auch. Jetzt lass mich lesen.
Er stößt mit dem Schuh an mein Fußgelenk. - Hast du mir eigentlich einen Kuss gegeben? Ich kann mich nicht erinnern.
Er lässt das Gesülze nicht.
Ich grinse und sage, dass ich was Normales essen will, nichts, was scharf ist oder in Kuttelsoße ertränkt, okay? Ich mache ein bisschen auf erwachsen, obwohl es mich in die Vergangenheit zurückversetzt, ihn nach unendlich langer Zeit hier vor mir zu haben. Fehlen nur noch ein paar Leute, die früher dabei waren, die Alltagsroutine einer normalen Familie und die Fernsehnachrichten im Hintergrund. Dann fällt mir ein, dass er in wenigen Monaten nach Turin zurückkehren wird, und ich denke, dass zwar nicht alles im Leben wiedergutgemacht wird, aber manches eben doch. Die eine oder andere Kleinigkeit.
- Nun? Neuigkeiten?
Ich bleibe vage: - Bloß eine Verhaftung, ich hab's dir schon erzählt. Nichts Besonderes.
Er schüttelt den Kopf. Aber er will mir keine Strafpredigt halten. - Die Schule?
- Großartig, Papa, ganz großartig. Sie wollen mich zur Kapitänin der Volleyballmannschaft machen.
- Haha. So sehr ich mich bemühe, da sehe ich dich nicht.
- Er kennt mein schwieriges Verhältnis zum Sport und körperlicher Betätigung im Allgemeinen.
- Na, na, unterschätz mich nicht, ich falte die Hände, mein Baggern wird mittlerweile von Profispielern kopiert. Man spricht schon von einer Teilnahme bei den olympischen Spielen.

Er pfeift anerkennend, als würde er mir glauben.
Der philippinische Kellner, der sich in Reichweite postiert hat, verwechselt das mit einem Ruf. Er kommt mit Notizblock und Bleistift an. Ich muss lachen.
Mein Vater auch, aber er schlüpft sekundenschnell in die Rolle des ernsthaften Kunden. – Also ... Er nimmt Roastbeef, während ich Pasta Mezzemaniche mit irgendwas nehme – und dabei denke, dass ich eigentlich bloß Lust auf eine Dose Thunfisch in Öl hätte.
– Wein?, fragt der Kellner.
– Rot. Den Hauswein.
– Danke, Signore.
Mit gewandten Beckenbewegungen schlängelt er sich zwischen den Tischen hindurch. Rechts neben uns sitzen zwei Angestellte vom Typ Leonardo, aber gesprächiger und traniger zugleich. Sie reden über Fußball, »La Roma«, den sagenhaften Verein von Francesco Totti, und vom verrückten Elfmeter, den er mal verwandelt hatte.
– Wie geht's Onkel und Tante?, frage ich.
Er nimmt meine Hand. – Gut. Heute Abend siehst du sie wieder.
Ich nicke, als würde ich mich freuen. Aber für mich zählt nur er.
– Ein paar Kollegen und Freunde werden auch da sein.
Ein älterer Herr am linken Nebentisch rotzt lautstark in ein Taschentuch. Die Tussi, die bei ihm ist, höchstens halb so alt wie er, blickt sich verlegen um. Die beiden Roma-Fans grinsen. Am Tisch hinter meinem Vater prosten sich Leute zu, dann klatschen sie in die Hände. Mein Vater hebt eine Augenbraue, dreht sich einmal kurz um.

– Ich habe dir ein tolles Geschenk mitgebracht, sage ich.
– Ach ja? Das war nicht nötig, Bet.
Er fasst sich an ein Ohr.
– Es soll dir helfen, mit dem Trauma der runden Zahl fertig zu werden.
– Das ist kein Trauma. Es ist Biologie.
– Klar doch, Alterchen. Die biologische Uhr bleibt natürlich nicht stehen.
– Ich bin noch ganz gut in Form. Skeptisch schaut er an sich herunter. – Oder nicht?
– Du hältst dich leidlich, Papa. Keine Sorge.
Er gibt mir einen Klaps auf die Hand. – Freches Gör.
– Ich habe noch was anderes für dich!, kündige ich an und grabe in meiner Jacke, die über dem Stuhl hängt.
– Was?
Während ich noch in der Jackentasche krame, kommt der Kellner mit einem Krug Wein und einer Flasche Wasser zurück. – Wasser und Roter für Sie.
Mein Vater öffnet die Flasche für mich, gießt sich Wein ins Glas, sieht mich fragend an.
– Ta-taaa!, mache ich. Und lege dabei die Zeitschrift der Immobilienfirma Tecnocasa auf den Tisch. – Ich habe die Mietwohnungen angekreuzt, die für dich in Frage kommen können. Die in Barriera habe ich ausgelassen, damit du weit weg von Mama wohnst und ich auch. Borgo Dora scheint mir das beste und günstigste Viertel. Ich schlage die Seiten auf, die ich mit Post-its markiert habe.
Er rührt die Zeitschrift nicht an, starrt bloß auf eine Seite mit dem Grundriss einer Wohnung von etwa fünfzig Quadratmetern. – Bet, sagt er.

– Okay, königliche Residenzen sind es nicht. Aber uns genügen sie, oder?
Seine Augen kleben an der Seite, er nimmt einen Schluck Wein.
– Du musst ja nicht unbedingt in eine von diesen Wohnungen ziehen, erkläre ich. – Ich wollte uns bloß einen Eindruck von den Mietpreisen in der Gegend verschaffen. Klar, erst mal musst du natürlich einen Job finden, obwohl gerade heutzutage …
Endlich sieht er mich an. – Ja, genau. Erst würde ich mich um die Arbeit kümmern, nicht um eine Wohnung.
– Hast du mal ins Internet geguckt? Hast du ein Vorstellungsgespräch vereinbart? Es gibt Zeitarbeitsfirmen, Kooperativen und solche Sachen. Vielleicht können wir heute schon mal anrufen? In der ersten Zeit könntest du vielleicht wieder bei Freunden unterkommen … natürlich nicht bei uns, haha!
Ich versuche zu lächeln.
– Bet …
Der Kellner flitzt vorbei, stellt im Laufen die Teller ab, sagt: – Guten Appetit.
– Die Kaution ist natürlich ein Problem. Hast du was zurückgelegt? Und ohne einen anständigen Arbeitsvertrag werden sie dir sowieso keine Wohnung vermieten, fürchte ich. Aber ich habe mir was überlegt: Vielleicht könnte jemand für dich bürgen? Ich weiß, das ist nicht gerade verlockend, aber ich sehe keine andere Lösung. Wir müssen uns halt arrangieren.
– Bet.
– Hä?
– Du bist eine Dampfwalze!

Ich grinse. – Entschuldige bitte. Aber seit du mir im Juli gesagt hast, dass du nach Turin zurückkommst, habe ich nichts anderes getan, als zu planen ... und, naja ...
– Ich habe gesagt, dass ich *vielleicht* zurückkomme.
Schlagartig bin ich wie gelähmt. – Hast du es dir anders überlegt? Zum ersten Mal, seit wir uns gesetzt haben, forsche ich in seinem Gesicht.
Er nimmt meine Hand. – Nein, mein Liebes. Aber immer mit der Ruhe ... okay?
– Pa, sage ich stockend, ich möchte nicht, dass es wie ein Vorwurf klingt. – Du bist seit fünf Jahren weg.
– Ich weiß. Er nimmt auch meine andere Hand. – Aber so eine Entscheidung kann man nicht vom Zaun brechen.
Aber als er vor fünf Jahren weggegangen war, hatte er alles im Nu organisiert, so schnell, dass ich nichts gemerkt habe. Daran denke ich, doch ich sage nichts.
Er drückt meine Finger. – Wir reden später in aller Ruhe darüber. Jetzt lass uns essen, komm.
Ja, er hat recht. Wir essen.

Wir holen das Auto vom kostenpflichtigen Parkplatz ab, es ist immer noch der gleiche Gebrauchtwagen. Der Parkplatz kostet eine Unsumme. Mein Vater ist ein bisschen beschwipst, aber er fährt aufmerksam. Die Straßen sind völlig verstopft. Wildes Hupen. Nunfahrdochduvolltrottel!
– Hast du einen Freund gefunden, Bet?, fragt er nonchalant.
Die Antwort ist kein Lachen, ich grunze eher.
– Bedeutet das eine Art Nein?
– Genau.

Über die Tiburtina fahren wir im Schritttempo.
– Sie haben den ganzen Verkehr hierher umgeleitet, sagt er.
Um die Piazza San Giovanni ist alles voller demonstrierender Studenten.
– Ich weiß. Was denkst du darüber?
Die roten Mauern vom Studentenviertel San Lorenzo.
– Die Studenten haben ihre Gründe.
Er zuckt mit den Schultern. Seit er in dieser Stadt lebt, hat er aufgehört, sich für Politik zu interessieren. Sie geht ihm inzwischen gründlich am Arsch vorbei. Seine Monologe über die Schandtaten des Staates und die Notwendigkeit, »endlich zu handeln, um die Demokratie durchzusetzen und den Reichtum dieses Landes gerecht zu verteilen«, sind Schnee von gestern.
Mein Telefon klingelt, nur einmal, es ist eine SMS. Ich sehe nach, von wem sie kommt. »Alles in Ordnung, Süße?« Viola. Ich lächele und antworte: »Ja, Mama.« Keine Smileys, ich hasse Smileys.
– Wer ist das? Dein Freund?
– Nicht schon wieder! Es ist eine Freundin.
Wir sind angekommen. Er schiebt sich in einen Parkplatz, der keiner ist. – Möge Gott uns gnädig sein!, sagt er.
– Bist du etwa wieder katholisch geworden?
Wir steigen aus.
Jemand hat den Sitting Bull mit pechschwarzer Farbe übermalt. Sonst ist alles unverändert.
Mein Koffer in seiner Hand, die feuchte Eingangstür, der staubige Hausflur, der Fahrstuhl. Ein einziges Déjà-vu.
Wir kommen im dritten Stock an. Ich werfe einen Blick auf die Tür der gestressten T-Shirt-Frau. Manchmal sind

wir ihr im Treppenhaus oder unten begegnet. Auch sie hat sich kein bisschen verändert. Allerdings arbeitet sie jetzt, wo, weiß ich nicht.

– Wie geht's der Ubiquitären?

– Psst, macht er ganz ernst. Er blickt sich um, als könnte diese Marilú urplötzlich unter der Fußmatte auftauchen. Wir gehen in die Wohnung. – Sie ... sie kommt auch heute Abend auf einen Sprung vorbei.

– Aha. Seid ihr so was wie Freunde geworden?

Er macht die Tür zu, stellt den Koffer ab. – So was Ähnliches.

Die Wohnung ist kühl, wie immer um diese Jahreszeit. Die tristen, in allen Zimmern verloren herumstehenden Möbel sehen aus, als hätten sie in den siebziger Jahren zur Mitgift einer unglücklichen jungen Braut gehört. Mein Vater hat nur wenige Sachen dazugestellt, zum Beispiel einen Tisch und Stühle, die von Anfang an wackelig und unbrauchbar waren. An die Wände hat er Drucke und Filmplakate gehängt: Monicelli, Risi, Zampa usw. Trotzdem wirkt die Wohnung kein bisschen persönlich, strahlt immer noch die Tristesse einer provisorischen Unterkunft aus – und genau das ist es, was mir am meisten gefällt.

Auf dem Tisch ein giftgelbes Tischtuch. – Für das Fest, erklärt er. – Alle bringen was zu essen mit, ich sorge für das Tischtuch. Er öffnet den Kühlschrank, zwinkert mir zu:

– Das ist die Torte.

– Großmutters Geburtstagstorte, sage ich.

Seufzend verdreht er die Augen, macht den Kühlschrank zu.

Ich gehe in mein Zimmer. Er hält es immer sauber und aufgeräumt. Mein Bett. Ein paar Fotos auf dem Nachttisch.

– Der Umzug wird einfach, sage ich. – Du lebst wie ein Geheimagent.
Er deutet ein Lächeln an, zieht sich den Mantel aus.
– Ich gehe ins Bad, okay?, verkünde ich.
Der Duschkopf tropft wie immer, ich zünde mir eine Zigarette an. Nachdem ich erledigt habe, was ich erledigen musste, klappe ich den Deckel des Mülleimers unter dem Waschbecken auf, um die Kippe wegzuwerfen – und mein Herz bleibt stehen.
Eine Slipeinlage.
Gute drei Minuten lang starre ich sie an, mit offenem Mund.
Dann reiße ich mich zusammen. Er ist ein Mann von vierzig Jahren, denke ich. Noch voller Lebenskraft. Schließlich hat er kein Keuschheitsgelübde abgelegt. Er hat alles Recht der Welt auf ein paar Affären hier und da, sage ich mir. Immerhin fünf Jahre, meine Güte ... ist doch wohl normal, oder?
Aber er hat mir nichts erzählt.
Natürlich nicht. Bist du naiv, schimpfe ich mit mir selbst. Klarer Fall, dass ein Vater seiner Tochter gewisse Dinge nicht erzählt. Ich hätte bloß nie gedacht, dass er ein ... ein Sexualleben hat. Ich seufze.
Als ich aus dem Bad komme, riecht es nach Kaffee.
Er sieht mich und lächelt. – Hallo. Tut Zucker in beide Tassen.
Er hat vergessen, dass ich meinen Kaffee bitter trinke.
Wir setzen uns. Ich bringe kein Wort heraus.
– Was ist los?, fragt er nach einer Weile.
Ich stelle alles auf null. Fange neu an, mit dem erstbesten Satz, der mir einfällt: – Mama wird vielleicht gekündigt.

Er runzelt die Stirn. – Aha. Und stellt die Tasse zu behutsam auf der Untertasse ab. – Mist.
– Die Belegschaft wird reduziert. Sie steht auf der Schwarzen Liste.
– Sie hat mir gar nichts gesagt.
– Ist doch klar, oder?
Er sieht mich an. – Jedenfalls war das zu erwarten. Ich kenne diese Leute, und ob ich die kenne. Was habe ich in dem Laden nicht für Gewerkschaftskämpfe ausgefochten ... Ja, ich wundere mich sogar, dass die so lange durchgehalten haben. Ich werde sie anrufen. Er lehnt sich zurück. – Ich muss mich ein bisschen hinlegen, Bet, ich habe gestern Nachtschicht gehabt. Und heute Abend möchte ich nicht wie ein Zombie herumwanken.
Mir fällt der zweite Grund ein, warum ich in Rom bin. Es ist eine Idee, die mir seit einiger Zeit im Kopf herumspukt.
– Leg du dich hin, ich geh raus, ein kleiner Ausflug.
Er wundert sich. Normalerweise sind wir die ganze Zeit zusammen. – Wohin willst du denn?
– Ins Zentrum, ich mache einen Spaziergang. Eigentlich möchte ich ihn nach der Slipeinlage im Badezimmereimer fragen. Stattdessen stelle ich noch mal alles auf null. Und konzentriere mich auf das zweite Romprojekt.
– Du verläufst dich doch nicht?
Ich zeige ihm mein Mobiltelefon. – Keine Sorge. Ich stehe auf und gebe ihm einen Kuss.
– Bleib nicht zu lange weg. Er sieht auf die Uhr.
– Das stundenlange Sitzen, weißt du, ich will mich nur ein bisschen bewegen.
Er nickt, während ich zur Tür gehe. – Später müssen wir mal richtig reden.

Ich bleibe stehen. – Worüber?
– Einfach so ... über uns. Er blickt auf seine Schuhe.
– Ma-machen wir. Bis später.

Ich nehme die U-Bahn, steige aus und komme auf der Piazza di Spagna raus. Mittlerweile bin ich mir meiner Sache nicht mehr so sicher. Auf der Piazza blicke ich mich um: mindestens vier, fünf Bars. Ich beschließe, im Uhrzeigersinn vorzugehen.
In der ersten Bar kommt mir ein Typ mit Fliege entgegen.
– Guten Tag.
– Tag. Ich suche einen Kellner, der Paul heißt.
Der Typ scheint nachzudenken. – Paul?
– Ja.
– Hier gibt es keinen Paul.
Ich gehe ohne Gruß.
Zweite Bar. Hier kommt mir niemand entgegen. Ich gehe zur Theke, winke dem Barmann.
– Einen Kaffee, Signorina?
– Nein. Eine Information.
– Fragen Sie.
– Arbeitet hier ein gewisser Paul?
– Nein. Wenigstens bis vor fünf Minuten nicht! Er lacht, sieht seine Stammkunden an: – Hey, bist du Paul?, fragt er einen von ihnen.
Ich lasse sie stehen.
Dritte Bar. Schöne schmuddelig-billige Atmosphäre, rote Bordellgardinen. Eine Kellnerin geht mit ihrem Tablett an mir vorbei. Ich warte, bis sie alles auf einem Tischchen abgestellt hat. Als sie wieder bei mir vorbeikommt, mache ich einen auf lässig: – Ciao, ich suche Paul.

Sie mustert mich. Gerade will sie etwas sagen, ich werde aber nie erfahren was, denn ein anderer Kellner geht vorbei und sie sagt: - Paul, dein Typ wird verlangt. Dann geht sie.
Er dreht sich um. Nicht, dass ich ihn nicht sofort bemerkt hätte, aber ihr wisst, wie das ist, man kann nicht alles in wenigen Sekunden akzeptieren, ohne aus der Fassung zu geraten.
Denn Paul ist schwarz.
Der vernagelte Teil von mir denkt sofort, dass das nicht der Paul sein kann, den ich suche. Unmöglich. Bestimmt gibt es noch eine andere Bar, einen anderen Kellner, einen anderen Paul auf der Piazza di Spagna. Die Welt ist voller Pauls - oder?
Er ist nicht besonders groß und übergewichtig. Nicht dick, aber der Hemdkragen scheint ihn zu würgen. Und er hat Pausbacken. Dicke Backen ... und schwarz. Wie der ganze Rest.
- Ja, bitte?, fragt er.
- Bist du Paul?
- Genau der. Er spricht mit englischem Akzent. Im Film wird jetzt gesagt: »Bingo!« Ich sage: - Scheiße.
Er zuckt nicht mit der Wimper. Very British.
- Ich heiße Bet, sage ich. Und vielleicht gehe ich jetzt. Ich habe ihn gesucht, ich habe mich vorgestellt, und jetzt gehe ich. Eigentlich eine prima Idee. Dann füge ich doch etwas hinzu, vielleicht weil ich verrückt bin, vielleicht weil ich zwar immer predige, dass jeder sich um seinen eigenen Scheiß kümmern sollte, aber in Wirklichkeit genauso bin wie alle anderen: - Ich bin eine Freundin von Viola.
Er muss einen Augenblick nachdenken. Diese verwirrte

Miene, die keine bestimmte Nationalität, Sprache oder Rasse hat. Sie ist universal wie der Atem. – Viola?
Dann lächelt er plötzlich. Er hat begriffen, wen ich meine. – Viola!, schreit er fast heraus. – Wie geht's ihr? Er scheint kurz davor, mich zu umarmen. Blickt sich um. – Ist sie auch da?
Ich antworte nicht sofort, da packt ihn abermals der Zweifel. Was zum Teufel will diese Frau, die mir von einer anderen Frau erzählt, mit der ich in einer Stadt in Norditalien mal einen Abend verbracht habe? Was will sie hier? Warum bin ich hier? – Kannst du eine kurze Pause machen, Paul?
– Was ist denn geschehen? Er sagt *geschäien*. – Ist ihr was zugestoßen?
– Hast du fünf Minuten?
– Franca!, ruft er der Kollegin zu. – Ich mach ne kurze Pause.
– Was machst du?, fragt sie und bleibt mit zwei leeren Flaschen in den Händen stehen.
– Ich geh einen Augenblick vor die Tür.
Franca mustert mich. Ich schicke Franca derweil zur Hölle.
Aber er zeigt auf die Tür. Ich öffne sie.
Franca sagt: – Mach hin, Paul, der Laden ist voll!
– Okay.
Wir sind draußen, ein hölzernes Tischchen, von der Kälte schwarz angelaufen. Zwei nicht zueinander passende Stühle. Ich setze mich.
Er folgt mir mechanisch, setzt sich mechanisch, wiederholt mechanisch: – Was ist geschehen?
Um die dreißig wird er sein. Auf der Höhe der Augen, wo

das Schwarz des Gesichts in ein Hellbraun übergeht, entdecke ich ein paar Falten. Vielleicht doch etwas älter als dreißig. Aber so um den Dreh.

Ich zünde mir eine Zigarette an. Das Flämmchen des Feuerzeugs zuckt mit dem Zittern meiner Hand, aber so kalt ist mir gar nicht. – Ich bin eine Freundin von Viola, wie ich dir schon gesagt habe. Es geht ihr gut, keine Sorge.

– Aber?, beharrt er. Er hat seine Ellenbogen auf das Tischchen gestützt.

– Sie ist schwanger.

Das kam schlechter raus als beabsichtigt. Als hätte ich eine Anklage erhoben. Ich will keine Anklagen erheben. Ich will nur die Fakten darlegen. Es gibt eine in Turin, die ich kenne, die bringt gerade ganz allein eine Schwangerschaft hinter sich. Und auch wenn es mich einen Dreck angeht, Einsamkeit kann ich absolut nicht ertragen. Meine nicht, die der anderen nicht. – Sie weiß nicht, dass ich hier bin. Ich bin auf eigene Initiative gekommen. Verstehen Sie das Wort »Initiative«? Viola hat mich nicht gebeten, herzukommen, das ist es.

– Nicht ... wie heißt du?

– Bet.

– Bet, entschuldige bitte, er verschränkt die Arme vor der Brust, aber ich verstehe nicht ganz ...

– Viola ist schwanger, ich betone die einzelnen Silben als spräche ich mit einem Kind. – In einem Monat, vielleicht schon früher, wird sie ein Kind haben. Sie ist allein. Niemand kümmert sich um sie, obwohl sie die Unabhängige spielt.

Er macht ein paar rasche Berechnungen im Geist, mir ist,

als könnte ich die Subtraktionen in seinen Augen sehen. Er lehnt sich zurück, legt den Kopf auf die Arme, als wollte er sich verkriechen. Zweifel und Angst. – Was willst du damit sagen?
– Was wohl, deiner Meinung nach, Paul?
– What?, schreit er. Starrt mich mit weit aufgerissenen Augen an. Dann springt er plötzlich auf. Die Stuhlbeine kratzen über die Piazza. – Wovon zum Henker redest du? Wer bist du eigentlich? What the fuck are you talking about?
Siebzehnjährige, die sich nicht um ihre eigenen Angelegenheiten kümmerte, auf der Piazza di Spagna ermordet.
Drama im Zentrum von Rom, dusselige, aufdringliche junge Frau sucht und findet den Tod.
Ich stehe auf. Jetzt schreie auch ich: – Beruhig dich, beruhig dich, beruhig dich endlich, okay?!
– Was willst du von mir, verdammt?
– Ich wollte dir das nur sagen, mehr nicht. Ruf Viola an und frag sie selbst!
Dann gehe ich weg. Die Leute beobachten uns, auch seine Kollegin ist herausgekommen, um zu sehen, was los ist.
– Sie ist allein!, brülle ich. Darum hab ich's dir gesagt!
Er will mir folgen. Zwei große Schritte.
Aber ich renne, ich haue ab.

Erst in der U-Bahn, wo ich im allerletzten Moment durch die Tür gesprungen bin, kann ich stehenbleiben und mich auf einen Sitz stützen, um nicht zu fallen. Ich huste, ich kriege keine Luft, mir kommen die verfluchten Mezzemaniche mit irgendwas hoch, ich gehe stolpernd weiter, stoße gegen ein paar Leute, achte nicht auf ihre ärger-

lichen Reaktionen, komme hinten im Waggon an und halte mich an der geschlossenen Tür fest, die Stirn an die Scheibe gelehnt.
Verfickte Scheiße, ich bin wirklich - wirklich! - saublöd. Was habe ich nur getan? Und vor allem: warum?
Mein Kopf ist ein einziges Dröhnen, dann ein Brummen, dann eine Explosion, dann höre ich gar nichts mehr, dann wieder dieser Lärm. Ich bin völlig fertig. Ich klammere mich an den Türgriff. Huste stark.
Gut gemacht, Bet. Ich sage es mir noch einmal. Das hast du gut gemacht.
Es ist doch nicht in Ordnung, wenn ein schwangeres Mädchen mutterseelenallein ist und ... und es ist nicht in Ordnung, wenn ein Fast-Vater in einer anderen Stadt nicht weiß, dass ...
Gut gemacht.
Atme, los, atme.
Ein gellender Ton wechselt die große Trommel ab, die mir in den Ohren dröhnt. Es ist ein Pfeifen.
Das geht gleich vorbei, und du hast richtig gehandelt.
Nur damit ich diese Mission vollbringe, sind Viola und ich uns überhaupt begegnet. Ich war verpflichtet, etwas zu tun. Nein, ich bin nicht durchgeknallt. Hinter dieser enormen Peinlichkeit, in der ich jetzt versinke, steckt eine gerechte Sache, jawohl.
Allmählich überzeuge ich mich davon. Es geht mir schon fast besser. Es geht mir besser. Ich atme tief ein, das Pfeifen ist weg.
Dann fallen mir zwei Dinge auf: Ich habe meine Haltestelle verpasst, und mein Telefon in der Tasche vibriert.
Ich sehe nach, wer es ist. Ein Augenblick der Panik.

Die Türen öffnen sich, ich reihe mich zum Aussteigen ein, die Augen auf dem Display.
Ich antworte nicht, steige aus, das Telefon verstummt.
Auf der Rolltreppe. Jetzt muss ich ein paar Haltestellen zu Fuß zurückgehen.
Als ich am Ausgang bin, klingelt das Telefon einmal. SMS. »Mobilbox: Du hast neue Nachrichten«.
Ich höre zu. »Bet, sag mal, spinnst du total, was hast du da für einen Scheiß gebaut? Paul hat mich gerade angerufen ... wie kommst du bloß dazu? ... Bet! Ruf mich an und zwar sofort!« Wütender könnte sie nicht sein. Ich möchte Gutes tun, glaube ich, aber in Wirklichkeit weiß ich gar nicht, wie man Gutes tut. Ich rufe nicht zurück, ja, ich stelle das Telefon sogar ab, wie der allerschlimmste Feigling. Wahrscheinlich habe ich wieder mal eine Freundin verloren. Wieder mal?

Die Eingangstür finde ich offen vor, aber der Fahrstuhl ist besetzt. Mist. Na gut, ich nehme die Treppe, anfangs laufe ich noch, dann brennt mir die Lunge, die Zigaretten machen sich bemerkbar. Vor der letzten Treppe bleibe ich stehen und ringe nach Luft.
Auf dem Treppenabsatz im dritten Stock angekommen, will ich klingeln, aber die Tür öffnet sich und im Eingang zur Wohnung meines Vaters erscheint Marilù mit ihrem durch Piercings funkelnd aufgemotzten Gesichtslook, die Haare nicht mehr grün, sondern violett, aber noch immer stoppelig und ungekämmt, schwarze Ränder unter den Augen vom Rauchen schlechten Stoffs und durchgemachten Nächten, wer weiß wo. Sie trägt einen Pulli mit der Aufschrift DEPENDE, darunter einen langen Rock, der in

letzter Zeit keine gute Beziehung zum Bügeleisen gehabt hat. Sie ist überrascht, mich zu sehen. Hinter ihr mein Vater. – Hallo, sagt er.
– Ciao, und mein Blick geht von ihr zum ihm zu ihr.
– Hey, ciao, Bet!, ruft sie aus, und einen Moment lang scheint sie versucht, mich zu umarmen oder zu küssen oder so was in der Art, aber der Moment geht vorbei und niemand rührt sich.
Dann entsteht diese eigenartige, drückende Stille, während wir drei wie gelähmt dastehen und uns den Kopf zermartern, um irgendeine blöde Höflichkeitsfloskel zu finden.
Sie bricht das Schweigen. – Wir sehen uns, ich meine, wir sehen uns später, ne?
Das war teils zu mir und teils zu ihm gesprochen, die Stimme und der Tonfall sind noch genau dieselben.
– Bis später, verabschiedet sich mein Vater.
Sie geht zu ihrer Wohnungstür, sucht nervös nach den Schlüsseln. Zu mir: – Groß bist du geworden.
Endlich öffnet sich die Tür. Sie wartet auf eine Antwort von mir.
– Ja, sage ich nur.
Sie winkt noch einmal mit der Hand, dann geht sie hinein und schließt die Tür.
Auch ich gehe hinein und schließe die Tür, mein Vater muss ausweichen, um mich vorbeizulassen. Ich ziehe meine Jacke aus.
– Nun?, frage ich.
Er setzt eine betont entspannte Miene auf. – Sie ist kurz vorbeigekommen, um ..., aber er beendet den Satz nicht, dreht sich um und geht in die Küche. – Was hast du Schönes gemacht?

Alles andere als etwas »Schönes«.
In mir ein Strudel von Worten.
Ich setze mich. Über unseren Köpfen hängen Festgirlanden, goldene Papierschlangen, die von einer Wand zur anderen reichen. Er setzt sich mir gegenüber. Dann steht er auf, öffnet den Kühlschrank, nimmt ein Bier. Die nasse Flasche tropft auf das saubere gelbe Tischtuch, kleine runde Flecken breiten sich auf dem Stoff aus.
– Du musst mit mir sprechen, hast du vorhin gesagt.
Er nickt, öffnet die Flasche, trinkt aber nicht. Er sieht mich an. – Ich weiß nicht, wie ich anfangen soll.
– Ich helfe dir, zische ich. – Du bist mit Marilù zusammen, ihr seid ein Paar.
Ein Augenblick. Dann: – Ja, Bet.
– Scheiße.
Das gesamte Sonnensystem stürzt über mir ein. Ich denke an meine Mutter, an ihren Stil. Denn meine Mutter hat Stil, das erkenne ich jetzt. – Und seit wann geht das schon?
– Naja, schon eine Zeitlang ...
– Wie lang?
– ... vier Jahre.
– Vier Jahre!?
Ich will aufstehen, aber wohin könnte ich gehen?
– Ja.
– Also wart ihr praktisch jedes Mal, wenn ich dich besucht habe, schon zusammen?
– Abgesehen von der ersten Zeit ... ja.
Ich spreche eher mit mir selbst: – Und ich hab nie was gemerkt. Das habt ihr wirklich gut hingekriegt.
Ich denke an die Slipeinlage. Wahrscheinlich haben sie heute vergessen, die Wohnung gründlich zu durchkäm-

men, wie all die anderen Male, bevor ich ankam. Und dafür gibt es einen Grund.
– Wir lieben uns.
– Hä?
– Wir lieben uns.
O Gott.
– Verflucht, warum hast du mir nie was gesagt?
– Ich krieg es ja nicht mal jetzt richtig raus.
Er versucht, meine Hand zu ergreifen. Die Berührung ist mir unangenehm, ich ziehe sie weg. – Bet, nun spiel hier nicht die eifersüchtige Tochter, das ist doch albern.
– Vier Jahre bist du schon mit der zusammen. Was soll das, musstest du warten, bis ich erwachsen war? Oder sie?
– Unsinn, Marilù ist bald achtundzwanzig.
Er tut empört.
– Also das wolltest du mir mitteilen. Gut. Sonst noch was?
– Ja ..., er holt Luft. – Sie wird aus der Wohnung gegenüber ausziehen und ab Januar hier bei mir wohnen.
Ich grinse. – Ihr hättet schon längst die Zwischenwand einreißen können, dann hättet ihr wenigstens mehr Platz gehabt.
– Bet.
– Bet, was? Ich stehe auf. – Zuletzt wirst du mir sagen, dass ihr von jetzt an hier zusammenlebt und dass du nicht mehr nach Turin zurückkehrst, stimmt's? Dass du niemals die Absicht hattest, zurückzukehren? Dass du mich in den letzten vier Jahren mit Versprechen überhäuft hast, von denen du wusstest, dass du sie nicht würdest halten können? Damit ich schön brav stillhalte, während du dir hier ein Leben organisiert hast und nur auf den richtigen Moment gewartet hast, um alles zurückzunehmen? Und

heute, wo du vierzig wirst, fühlst du, dass dieser Moment gekommen ist und auch ich endlich erfahren darf, was du schon seit einer Ewigkeit beschlossen hast? Die ahnungslose Bet, jetzt darf sie es wissen. Jetzt weiß sie Bescheid. Na, bist du jetzt zufrieden? Erleichtert?
Er steht auf. – Ich hatte damit gerechnet, dass du so reagieren würdest. Und ich bitte dich für alles um Verzeihung, aber ..., er zeigt mit dem Finger auf den Tisch, das hier ist mein Leben und genau das, was ich will.
Ich lache. – Dein Leben? Das, was du willst? Klar doch!
Ich gebe dem Stuhl einen Tritt, so dass er schwankt und polternd umfällt. – Du du du. Niemand sonst, nur du. Während Mama und ich wie zwei arme Schwachsinnige zu Hause sitzen, mit dem Phantom von Martina, das im Flur auf und ab geht.
– Bet ...
– Während du du du ein neues Leben anfängst, du du du dich wieder aufrappelst, dich mit der notgeilen Kuh aus der Nachbarwohnung zusammentust, alles hinter dir lässt, neue Freunde, neue Horizonte, und unterdessen am Telefon schamlos Scheiße erzählst, mir versprichst, dass du zurückkehrst, und ausgerechnet mich belügst, die ich seit fünf Jahren dort die Stellung halte.
Mir kommen die Tränen, aber ich halte sie zurück. – Und was hattest du für heute Abend vor? Mir vor allen Gästen die offizielle Mitteilung machen? »Ich bleibe in Rom, Bet, zusammen mit Marilù.« Vielleicht hast du sogar Applaus erwartet? Ich klatsche in die Hände. Sehr gut, bravo, Papa, höhne ich. – Du, ja, du hast es wirklich geschafft. Ein schönes Leben, schöne Dinge. Hoch sollst du leben, du und deine Scheißmarilù!

Ich hoffe, dass sie mich gehört hat.
– Sprich nicht so von ihr!, donnert mein Vater.
– Ach, nein? Ich grinse böse. – Du hast doch immer gesagt, sie sei eine Gans mit Leerlauf im Hirn. Wir zwei, du und ich, wir haben über sie gelacht ... und da warst du schon längst mit ihr zusammen! Was bist du doch für ein Feigling!
Jetzt zerschlage ich gleich irgendwas.
– Sie ist ... viel mehr als das, was sie ... sie ist wichtig für mich, sie hat mir sehr geholfen.
– Wobei?
– Glaubst du, ich hätte nicht gelitten?, schreit er. – Glaubst du, ich würde nicht noch immer leiden, wegen Martina und allem anderen?
– Mag sein, Papa, aber du hast wirklich eine total beschissene Art, mir das zu zeigen! Lass es dir gesagt sein!
Ich gehe aus der Küche, sehe mich um, weiß nicht, was ich tun soll, dann laufe ich ins Badezimmer, stelle mich angezogen unter die Dusche und weine.

Ich bin in meinem Zimmer, ziehe mich um. Ich habe keine Kraft mehr. Abtrocknen. Schnell die Haare föhnen. An einer Wand hängt ein gerahmtes Foto: mein Vater und ich, hinter uns ein blauer Himmel, so blau, wie ich ihn woanders nie gesehen habe. Ich bin acht Jahre alt, trage einen rosa Badeanzug, der sich von der gebräunten Haut abhebt, und sitze auf seinem Schoß. Seine Haare sind noch ganz schwarz, etwas länger als jetzt. Beide lächeln wir nicht, aber ein Frieden ohne dunkle Schatten liegt in unseren Augen. Auf der anderen Seite des Objektivs – ich erinnere mich gut – steht meine Mutter, die uns über-

raschen wollte, aber das ist nicht gelungen. Neben ihr, eifrig damit beschäftigt, ein kompliziertes Bauwerk aus Sand mit Schaufel und Eimer zu errichten, sitzt Martina, noch nicht ganz zwei Jahre alt. Es ist der Sommer 2001. Wir sind auf Sardinien.
Erst nach ein paar Minuten ist er gekommen, um mich aus der Dusche zu holen. Gesprochen hat er nicht, sein Gesicht war verwüstet von einem Gefühl, das mir wie hilflose Angst erschien. Er hat die Dusche abgestellt und mir seinen Bademantel übergelegt. Als er mich dann in mein Zimmer geführt hat, habe ich überall auf dem Boden Hektoliter Wasser hinterlassen.
Ich bin gerade mit dem Anziehen fertig, da klingelt es schon. Mein Vater zögert an der Gegensprechanlage, dann sagt er: – Kommt rauf.
Als ich vorhin meine Anziehsachen gesucht habe, ist mein Kleid für das Fest nass geworden. Es war schön, jetzt hasse ich es. Ich stopfe es in eine Plastiktüte, raffe das Wenige zusammen, das ich im Zimmer herumliegen habe, und mache den Koffer zu.
Er sitzt im Nebenzimmer. Sein Gesicht ist mit schwarzen Bartstoppeln übersät, er muss sich jeden Tag rasieren, sonst sieht er aus, als trüge er eine schmutzige, schwarze Halbmaske. Als kleines Mädchen habe ich gerne mein Gesicht an seins gelehnt, das Kitzeln seiner harten Barthaare gefiel mir. »Ich will mich ein bisschen an der Nase kratzen«, sagte ich, und er lachte.
Jetzt spricht er leise: – Du verhältst dich unvernünftig. Ich ... ich wollte mit dir darüber reden, aber ich wusste, dass es so enden würde.
– In der Tat.

– Morgen wollte ich ein Abendessen zu dritt …
– Esst zu zweit.
Ich bin klar im Kopf, fast beschwingt. Ich fahre nach Hause.
Er sieht mich böse an. – Was verlangst du eigentlich, Bet? Willst du die Frauen für mich aussuchen?
Ich stehe auf. – Keineswegs. Im Gegenteil, ich hoffe, dass es mit euch klappt.
Meine Mutter: so elegant, ernsthaft, schlicht. Marilù: so kindisch, so ordinär. Ja, sie sind komplett gegensätzlich. Und wenn es mit der Ersten nicht geklappt hat, warum sollte er nicht mit einem Menschen Glück haben, der vollkommen anders ist?

Es klingelt an der Wohnungstür. Vor mir stehen Denis und Viviana, beide mit dem gleichen festgefrorenen Lächeln im Gesicht. – Hey, hallo, Bet! Sie haben ein Geschenkpaket dabei.
– Hallo.
Sie brauchen nicht lange, um zu kapieren, dass die Stimmung nicht unbedingt die ist, die sie erwartet hatten. Nicht zuletzt, weil sie im Flur durch die Pfütze vor der Badezimmertür waten müssen.
– Um Himmels willen, was ist denn hier passiert?
Sie bleiben mitten im Wohnzimmer stehen, blicken sich um.
– Ciao, sagt mein Vater verlegen.
Ich gehe in mein Zimmer, das nicht mehr mein Zimmer ist, wer weiß, was es werden wird. Ich nehme den Koffer und das Geschenk, das ich unter dem Bett versteckt hatte. Ich ziehe den Koffer bis in die Küche hinter mir her, lege

das Geschenk auf den Tisch. – Das ist eine DVD, sage ich unter den entsetzten Blicken von Onkel und Tante. – *I compagni* von Monicelli. Den Film hattest du noch nicht in deiner Sammlung. Ich dachte mir, es wäre nett, ihn nach all diesen Jahren mal zusammen anzuschauen.
Mein Vater liebte diesen Film. Es ist die Geschichte eines Arbeitskampfes, eines Streiks, der bis zur Hungersnot und der Erpressung durch die Fabrikbesitzer durchgezogen wird. Jetzt frage ich mich, wie ich mir bloß einbilden konnte, solche Dinge könnten ihn noch interessieren. Er ist ein völlig anderer Mensch geworden.
Denis und Viviana wissen nicht, was sie tun sollen. Natürlich haben sie inzwischen verstanden. Dann bringt Viviana heraus: – Fährst du etwa ab, Bet?
Mein Vater kommt auf mich zu. – Geh nicht, Bet ..., aber mehr fällt ihm nicht ein. Seine Augen sind weit geöffnet, feucht. Es ist mir unangenehm, ihn anzusehen.
Ich lasse ihn stehen, ziehe mir die Jacke über. Nehme den Koffer.
– Wenn du mich sehen willst, musst du von jetzt an zu mir kommen.
Und während ich das sage, erscheint Marilù an der Tür. Sie zieht eine Grimasse, die Bestürzung ausdrücken soll. Viviana zwingt sie, beiseite zu treten, hilft mir, die Wohnung zu verlassen. – Kann ich dich mit dem Auto zum Bahnhof bringen?, fragt sie.
Ich zucke die Achseln.
– Denis, die Schlüssel.
Er holt sie aus seinem Mantel. Kommt näher, reicht ihr die Schlüssel. Streicht mir kurz über den Rücken. – Ciao.
– Ciao.

Ich werfe einen letzten Blick auf meinen Vater. Er starrt auf einen Punkt weit hinter den violetten Haaren von Marilù.

Viviana fährt schweigend durch den Verkehr. Ans Seitenfenster gelehnt, sehe ich die Stadt vorüberziehen, Lichter und Reklameschilder und Gesichter. Vor dem Bahnhof Termini hält sie hinter einem Taxi und sagt: - Es tut mir leid, Bet.

Mir fällt der Tag des Umzugs ein, die Art und Weise, wie sie sich von meinem Vater verabschiedet hat. Diese Tränen, die sie unbedingt zurückhalten wollte. - In den Monaten, als er bei dir gewohnt hat ...

- Ja?

- Da habt ihr was miteinander gehabt, stimmt's?

Sie errötet unter ihren blonden Haaren. - Nein. Was redest du da?

- Schon gut. Fröhliche Weihnachten. Ciao.

Ich steige aus. Hole den Koffer aus dem Kofferraum. Deute ein Abschiedswinken an. Sie umklammert das Lenkrad mit beiden Händen, die Fingerknöchel sind weiß.

Turin ist vielleicht nicht die schönste und ehrlichste Stadt der Welt, aber hier bin ich geboren, hier riecht es nach Zuhause. Nachdem ich an der Porta Nuova ausgestiegen bin, springe ich auf den Bus Nr. 4. Es ist nach elf Uhr nachts.

An der Porta Palazzo steige ich aus, zwei Nordafrikaner beobachten mich, betrachten meinen Koffer. Aber da sind nur nasse Kleider drin.

Ich gehe über die Straße, die Piazza, freue mich wieder

über die Zeichnung mit der Aufschrift GOTT IST KURZSICHTIG.
Ich klingele.
Ich habe mich gründlich in die Scheiße geritten.
Aber ich klingele.
– Bet, sage ich auf die übliche Frage in der Sprechanlage.
– Verpiss dich.
– Lass mich rauf, Viola.
– Du hast mich in eine beschissene Lage gebracht ... du bist voll durch.
– Lass mich rauf und alles erklären. Wenn du willst, kannst du mich danach vom Balkon schmeißen.
Sie öffnet. Ich hätte nicht aufgemacht.
Der Hausflur ist eine Gaskammer mit Frittiergestank. Der Fahrstuhl knarrt schlimmer als beim letzten Mal, wahrscheinlich sind seine Tage gezählt. Ich denke an meinen Vater. Ich will nicht mehr an meinen Vater denken. Ich muss diese Sache mit Viola klären.
Sie steht auf dem Treppenabsatz, ihr Ausdruck im knochigen Gesicht ist der zornigste in der Geschichte sämtlicher Gesichtsausdrücke, ihre Augen sind zwei auf die Nase genähte schwarze Knöpfe, eine Hand hat sie in die Seite gestemmt, um diese Bowlingkugel zu stützen, die in ein paar Wochen herauskommen wird und aufhören wird, eine Kugel zu sein, um – völlig unglaublich – einer von uns zu werden.
– Ciao, sage ich. Ohne zu lächeln. Aber eine Grabesmiene will ich auch nicht aufsetzen.
– Ciao für'n Arsch!, ruft sie aus. Sie rührt sich nicht.
– Willst du so was wie hier auf der Treppe streiten?
– Ich will so was wie dass du mir erklärst, warum du diese Scheiße gebaut hast!

Aber sie dreht sich um und tritt gegen die Tür, die aufspringt, ich gehe hinter ihr her und mache die Tür zu.
Sie stellt sich mitten in die Küche. Hinter ihr fließt schwarz die Dora.
Ich lehne den Koffer an die Wand. Dann blicken wir uns wieder in die Augen.
Sie klatscht in die Hände, dass es knallt. – Also?
– Es war eine völlig impulsive Aktion.
– Quatsch.
– Ich hatte es nicht geplant, meine ich. Es ist mir eingefallen und ich hab's getan.
– Soll das eine Erklärung sein?
– Ich habe keine richtige Erklärung.
Scheiße, ich fühle mich wie ein mieses Arschloch, da gibt es nichts zu bestreiten (und zwar mit Fug und Recht). Aber ich rede, ich muss reden. – Ich war in Rom. Du hattest mir gesagt, dass er da arbeitet. Ich habe an dich gedacht, wie du hier, völlig allein, deine ganze Schwangerschaft hinter dich bringen musst, ohne dass dir irgendjemand hilft. Ganz bestimmt wollte ich keine Familie wiedervereinen, ehrlich.
Natürlich nicht, wo ich doch die bin, die Familien kaputtmacht.
– Wer hat dich denn um was gebeten! Scheiße!
Sie schlägt sich mit der flachen Hand auf den Oberschenkel, wahrscheinlich würde sie mir die lieber ins Gesicht hauen, aber dafür ist sie zu zivilisiert. – Ist dir eigentlich klar, was du angerichtet hast? Wie würdest du dich an meiner Stelle fühlen?
– Genauso wie du. Schlechter.
– Gut, dann fassen wir zusammen, sagt sie, als spräche sie

mit einem Kind, das etwas sehr Schlimmes angestellt hat und die Tragweite nicht richtig begreift. – Wir haben uns zweimal getroffen, sie zählt an den Fingern mit, ich habe dich zum Essen in meine Wohnung eingeladen, wir haben über diesen und jenen Scheiß geredet, dann habe ich dich einmal angerufen. Richtig?
Rein rhetorische Frage, aber ich nicke.
– Richtig?
– Ja.
Sie schreit: – Dann erklär mir jetzt, verflucht noch mal, wann in unserer, nennen wir es Freundschaft, ich dich um das gebeten habe, was du getan hast ... denn ich mag dir traurig, einsam, schwanger, verzweifelt und was weiß ich noch alles vorkommen ... aber so etwas wäre mir nie auch nur im Traum eingefallen, weder es zu tun, noch darum zu bitten. Klar? Das hier ist mein Scheißprivatleben, es war ein Irrtum, dich sympathisch zu finden und dir von meinen Angelegenheiten zu erzählen, aber das hier, ich wiederhole, ist mein eigenes Scheißprivatleben! Verstanden?
Gleich stürzen die Wände ein, so laut schreit sie jetzt.
– Du hast mich bei Paul total lächerlich gemacht! Und bei allen, die ich kenne, denn dieses Arschloch hat nicht nur andauernd bei mir angerufen, er hat auch alle meine Bekannten belästigt. Jetzt wissen alle Bescheid über mich und ihn und über das, was gelaufen ist, ich hätte ebenso gut in den Fernsehnachrichten landen können!
– Entschuldige.
– Deine Entschuldigungen kann ich nicht gebrauchen, steck sie dir gefälligst du weißt wohin, und lass sie da stecken, bis du krepierst!

– Ich habe mir Sorgen um dich gemacht. Ich hatte Angst um dich. Mehr kann ich nicht sagen. Ich weiß nicht, warum ich es getan habe, aber ich habe gedacht, ich müsste es tun.
– Du weißt es nicht? Du weißt nicht, warum du es getan hast? Verflucht, glaubst du denn, das würde irgendwas ändern? Du hast mich bei allen unmöglich gemacht! Wahrscheinlich könnte ich dich sogar anzeigen!
Dann schüttelt sie den Kopf, jetzt ist sie kurz davor, in Tränen auszubrechen. Heute bringe ich alle zum Weinen, und ich selbst bin auch so weit, denn ich spüre sie schon, diese beschissenen Tränen, die mir sofort auf die Wangen springen werden, wenn ich bloß einmal mit den Lidern flattere. Um irgendwas zu tun, wühle ich in meiner Jackentasche, warum finde ich darin niemals ein Zauberpulver, mit dem ich aus diesem ganzen Chaos verschwinden kann? Leuchtende Kugeln, die kann ich machen, warum eigentlich kann ich dann nicht auch Zauberpulver herstellen? Oder warum habe ich nicht die Gabe, die abgelaufenen Tage wieder aufzurollen und zurückzugehen bis an den Punkt, an dem ich angefangen habe, alles bei allen kaputtzumachen?
Viola setzt sich und legt den Arm auf den Tisch. Ihr Kinn zittert. – Hau ab, sagt sie.
– Es tut mir so leid.
– Ja, klar. Hau ab.

Ich werfe die Schlüssel auf das Tischchen im Flur, ziehe meine Jacke aus.
Meine Mutter kommt aus der Küche, an den Händen die rosa Gummihandschuhe zum Tellerwaschen. – Bet. Ich

sehe sie an, und mir wird klar, dass die beiden telefoniert haben, sie und ihr Ex. – Schatz, sagt sie und kommt mir mit ausgebreiteten Armen entgegen. Ich reagiere kaum auf ihre Nähe, sie drückt mich fest an sich.
Ja, ja, okay, jetzt wird geweint.
Erstaunt betrachtet sie mich, ich selbst erinnere mich nicht, wann ich das letzte Mal in ihrer Gegenwart geweint habe, sie darum natürlich auch nicht. Wieder nimmt sie mich in die Arme. – Nicht doch, Bet. Komm schon.
Jetzt würde ich mich am liebsten nie mehr aus dieser Stellung wegbewegen. Aber so was endet ja immer früher oder später, also beende ich es besser selbst und zuerst. Ich löse mich von ihr, vom Geruch ihrer Haare, vermischt mit dem vom Geschirrspülmittel.
Sie lächelt mich traurig an, sagt: – Wer hat nicht schon mal Lust gehabt, sich wenigstens einmal angekleidet unter die Dusche zu stellen?
Ich schnäuze mir die Nase: – Stimmt. Meine Sachen sind alle nass.
Sie nimmt den Koffer. Dann gibt sie mir einen Kuss unters Auge. – Du hast ihn zu seinem Geburtstag richtig hochleben lassen, was?
Wir lachen.
– Leonardo?
– Schläft.
Mein Telefon piept. Es ist eine SMS von Andrea Reale. »Ciao. Ich habe mit einem CGIL-Gewerkschaftler gesprochen, wegen des Streiks. Dienstag wird gestreikt. Allerdings werden nicht viele mitmachen, sagt er. Leider. Zu wenig Zeit, um das besser zu organisieren. Aber gestreikt wird. Bis bald.«

Nicht viele? Ich will schon wütend werden, dann fällt mir ein, dass er sich für etwas eingesetzt hat, das ihm gründlich am Arsch vorbeigehen könnte; und außerdem weiß ich nicht mal, ob meine Mutter sich dem Streik anschließen wird. Es wäre zu peinlich, wenn ausgerechnet sie nicht mitmachen würde!

Ich gehe ihr ins Bad nach, wo sie den Zustand meines Kleides überprüft. – Hey, Mama. Hast du die Nachricht von eurem Streik am Dienstag bekommen?

Sie blickt mich erstaunt an. – Ja. Aber woher weißt du davon?

– Machst du mit?

– Was hast du damit zu tun?

Ich erkläre es ihr in wenigen Worten.

Sie stützt sich auf die Waschmaschine. Ich bin drauf gefasst, dass sie wieder sauer wird, wie üblich. Dass der schöne Mutter-Tochter-Moment schon vorbei ist. Aber sie seufzt nur und sagt: – Du bist wirklich unglaublich.

– Ja und? Machst du mit?

– Für wen hältst du mich, Bet? Natürlich bin ich dabei. Sie hebt die geschlossene Faust. – Obwohl ich meine Zweifel habe.

– Ich komme auch, dass du es weißt.

Sie nickt. – Okay, flüstert sie und mustert mich traurig, als würde sie etwas an mir suchen, was vorher da war und was ich jetzt verloren habe.

– Wie war die Reise?, fragt Andrea am Montag. Wir sitzen in der Bar vor der Schule an einem Tisch, wir haben uns per SMS verabredet. Schüler kommen rein und beobachten uns neugierig. Als Durchbohrtes Ohrläppchen uns erblickt, bleibt sie mit dem Cappuccino in der Hand wie erstarrt stehen, die Ohrringe streifen den Kragen ihrer Jacke. Sicher würde sie gerne ein Foto von uns machen und es sofort ihrer Zickentruppe schicken. Jedenfalls werden sie meine Beziehung zu Andrea jetzt mit allerlei erfundenen Details ausschmücken, wie alte Klatschweiber.
– Ein Blitzbesuch, antworte ich.
Andrea hat heute Morgen ganz klare Augen, und wenn er nach draußen schaut, scheinen sie sich an den Lichtreflexen auf der Fensterfront zu entzünden. – Warum?
– Lass uns das Thema vermeiden, entschuldige bitte.
– Einverstanden.
Er verzieht das Gesicht. – Ich hab's dir schon gesagt, wir werden nicht viele sein. Aber wenige sind immer noch besser als niemand, oder? Die Arbeiter, die mitmachen, be-

reiten schon die Transparente vor. Von der Gewerkschaft kommt Luigi Comazzo. Erinnerst du dich an ihn?
Der Name ist mir bekannt, er taucht aus den trüben Gewässern der Streiks auf, die wir vor vielen Jahren gemacht haben. Als ich noch jedes Mal dabei war, wegen allem Möglichen: Schule, Arbeit, Rechte von Minderheiten oder auch bloß, um zusammen rumzuhängen. – Vage, sage ich. Ich würde gerne über was anderes mit ihm reden, aber mir fällt nichts ein. Zickig und langweilig, so muss ich ihm vorkommen. Ich frage mich, ob der Stotterer ihm wohl von seinem Annäherungsversuch erzählt hat. Eher unwahrscheinlich: Über die eigenen Niederlagen spricht man nicht.
Tja, aber worüber sollen wir reden?
Andrea fragt: – Was machst du nächsten Samstag?
– Keine Ahnung. Warum?
– Wir könnten ... zusammen ausgehen?
– Wer?
Er lächelt. – Vergiss es, Bet.
Oh, Mist!
Ich will ihm sagen, dass ich mich verhört hatte, dass ich einverstanden bin, natürlich können wir uns treffen, ja, ja!
Sein Telefon klingelt. – Hallo, antwortet er. – Monica. Und entfernt sich.
Monica. Die himbeerrote Fingernägel-Tussi, mit der er vor ein paar Tagen auf dem Dach gesprochen hat.
Ich stehe auf, aber ein Teil von mir bleibt in pathetischer Verzweiflung sitzen. Ich gehe zur Kasse. Starre Durchbohrtes Ohrläppchen an, die meinen Blick erwidert.
– Sag's mir, fordere ich sie auf.
– Was?

– Sag mir, was du willst. Seit einer halben Stunde glotzt du mich an.
– Ich?
Wir hören Andrea am Telefon lachen, er sagt: – Beeil dich, Monica. Ich erwarte dich vor dem Tor!
Durchbohrtes Ohrläppchen grinst. Im letzten Moment verschlucke ich mein »Fick dich«. An der Kasse der Bar zahle ich für Andrea und mich.
Ich gebe ihm mit Handzeichen zu verstehen, dass wir uns später sehen. Er nimmt das Telefon vom Ohr. – Warte, sagt er.
Aber ich tue so, als hätte ich nichts gehört und verschwinde nach draußen.

Am Dienstagmorgen wache ich auf und spüre, dass der lang erwartete Tag der Revolution gekommen ist. Heute. Im Parlament wird über den Vertrauensantrag der Regierung abgestimmt. Die Studenten protestieren gegen die Hochschulreform, die Arbeiter gegen befristete Verträge. Beide Gruppen werden versuchen, die Absperrungen zu durchbrechen, um bis zum Parlamentsgebäude vorzustoßen. Überall sind Demonstrationen geplant. Vielleicht wird heute die Welt verändert.

Meine Mutter kommt in mein Zimmer. Sie trägt noch ihren Morgenmantel und darunter den Pyjama, ich ziehe schon meine Doc Martens an. Im Bad höre ich Leonardo rumoren.

– Bet ... was ... was soll ich anziehen?, fragt sie wie ein junges Mädchen vorm Debütantinnenball. Dabei hat sie mit meinem Vater schon an so vielen Demonstrationen teilgenommen!

Ich muss lachen. – Weiß nicht. Jeans und ein Sweatshirt reichen. Jedenfalls keine hohen Absätze.

Jetzt muss sie auch lachen.

Ich folge ihr ins Schlafzimmer. Wir suchen etwas Bequemes und, falls nötig, Kampfgeeignetes aus.
Als wir in die Küche kommen, lässt Leonardo die Kaffeetasse sinken, der Schlips hüpft auf seinem Bauch. – Meine Güte, sagt er. – Ihr könntet Zwillinge sein.
– Venceremos, ruft meine Mutter und gießt sich Kaffee ein.
Leonardo sieht mich besorgt an. – Ihr wollt doch nicht ... ich meine, ihr bleibt friedlich, oder?
– Ja, ja, sagt meine Mutter, wofür hältst du uns? Bet, hol schon mal den Baseballschläger raus und leg ihn ins Auto.
Ich bin wie elektrisiert. Endlich.
Im Auto wirft Leonardo vom Fahrersitz aus zunehmend besorgte Blicke auf uns. Denn meine Mutter sitzt keinen Augenblick still, manchmal schlägt sie durch die Luft und macht Geräusche wie ein Boxer. – Jetzt zeigen wir es euch, Schweinebosse!
Die Rolle der Revolutionärin passt so wenig zu ihr, dass ich mich kranklache. Leonardo dagegen bleibt ernst: – Ein Streik ist kein Krieg, Elena, und sieht mich im Rückspiegel an.
– Es *war* kein Krieg, mein Süßer, entgegnet sie, bis heute nicht, und knurrt wieder angriffslustig, während sie ihm einen fingierten Boxhieb auf die Schulter verpasst.
Er erschrickt, und das Auto gerät ins Schleudern. Um Haaresbreite entgehen wir einem Frontalzusammenstoß mit einem BMW. Der drückt langanhaltend auf die Hupe, während er weiterfährt.
– Himmel Herrgott, Elena!, donnert Leonardo.
Ein drückendes Schweigen.

Dann lacht sie versöhnlich. – Ein Verkehrsunfall wird mich nicht von meinen Forderungen abbringen!
Sie ist komplett abgefreakt.

Leonardo setzt uns an der Straße zur Ameca ab. Von hier kann man die Fabrik noch nicht sehen. – Seid vorsichtig, sagt er.
Meine Mutter gibt ihm einen Kuss. – Keine Sorge, sie werden uns schon nicht niederknüppeln!
– Ma!
– Elena!
Sie nimmt meine Hand, wir winken unserem hyperbesorgten männlichen Haushaltsvorstand ein Ciao zu und marschieren los. – Jedenfalls bleibst du in meiner Nähe, sagt sie.
– Ich kann auf mich ...
– Weiß ich. Um mich selbst habe ich Angst.
Ich schüttele den Kopf.
Als wir um die Ecke biegen, sehen wir fünf Polizisten der Bereitschaftspolizei in Einsatzuniform vor dem Fabriktor aufgereiht. Daneben ein Polizeitransporter.
Vor ihnen stehen höchstens dreißig Personen, unter denen ich Andrea erkenne. Auch Luigi, den Gewerkschaftsführer, sehe ich, ein Typ Mitte vierzig, groß, mit langer, schiefer Nase, ich erinnere mich an seine gellende, unangenehme Stimme, an die Male, als wir zusammen mit den Fiat-Arbeitern vor Mirafiori aufmarschiert sind und er zu uns »jungen Leuten« sagte, wir sollten »den demokratischen Geist des Protests nicht mit kindischem Aktionismus gefährden«.
– Was ist das ..., höre ich meine Mutter sagen.

Sie meint das Transparent, getragen von zwei Arbeitern und einem Jungen, der aussieht, als käme er aus der Hausbesetzerszene. Darauf steht geschrieben: AMECA-ARBEITER GEGEN DIE KÜNDIGUNGEN. Das ist alles, keine starken Sprüche. Nackt und armselig, mit Spray auf das Laken geschrieben, ein fast anrührendes Transparent.
Andrea entdeckt mich, und während er auf mich zugeht, kommt Luigi hinter ihm her. – Ciao, sagt Andrea. Ich habe den ganzen gestrigen Tag damit zugebracht, an den Samstag zu denken, den ich nicht mit ihm verbringen werde. Aber jetzt sind andere Dinge wichtig. – Guten Tag, ich bin Andrea.
Er reicht meiner Mutter die Hand.
– Elena. Bet hat mir schon von dir erzählt.
Nur knappe Andeutungen, das schwöre ich. Ich weiß schon, was ihr jetzt erwartet: dass meine Mutter Andrea sehr sympathisch findet, nach meinen Gefühlen (welchen?) für ihn forscht, mich schon bald drängt, mit diesem netten Jungen auszugehen, worauf ich dann mit ihm »zusammen bin«, so dass er anfängt, mich zu Hause zu besuchen, wo Leonardo unbeholfen mit ihm über dieses und jenes redet, und ich glücklich bin, weil ich mit dem attraktiven Revolutionär aus meiner Schule praktisch schon verheiratet bin, dann heiraten wir eines Tages wirklich und meine Mutter sagt bei der Hochzeitsfeier: »Vom ersten Moment an habe ich gewusst, dass sie füreinander bestimmt sind«, der Brautstrauß wird geworfen, Tanz des mit Klopapier umwickelten Brautpaars, Abspann.
Das wird garantiert nicht passieren.
Wir sind alle nervös, betrachten den Transportwagen der Carabinieri, beobachten, wie einer von ihnen, wahrschein-

lich der mit dem höchsten Dienstgrad, in ein Mobiltelefon spricht.
– Sie waren schon hier, als wir ankamen, erklärt Andrea. Sieht ganz so aus, als sei eine Kopie der Mitteilung über den bevorstehenden Streik bis zur Betriebsleitung gelangt. Und die haben die Polizei geholt.
– Das typische Verhalten derjenigen, die heute an der Macht sind, sie imitieren das von Marchionne entideologisierte Rollenmuster in unserem Land, legt Luigi los, nachdem er sich eilig vorgestellt und meine Anwesenheit wenig begeistert kommentiert hat: »Ich erinnere mich an dich.«
– Aber ... wir sind doch keine ..., fängt meine Mutter an und beendet den Satz nicht.
– Ausgerechnet heute erhebt sich ganz Italien, sagt Andrea. – Ich bin durchs Zentrum gekommen, alles voller Bullen. Rom ist mit gepanzerten Polizeiwagen zugestellt, vor allem im Regierungsviertel. Auch Mailand ist total abgeriegelt. Und wahnsinnig viele andere Städte.
Pfiffe ertönen. Sie kommen von den wenigen Demonstranten, gelten einer Gruppe Arbeiter und Angestellter, die aus den Hallen herausgekommen sind, um die Lage vom Fabrikhof aus zu überprüfen und sofort wieder zu verschwinden.
– Streik-bre-cher, Streik-bre-cher!, rufen die anderen.
– Zwei meiner Kolleginnen waren dabei, sagt meine Mutter.
Und nachdem sie das gesagt hat, wird mir bewusst, dass wir beiden die einzigen Frauen diesseits des Fabriktors sind.
Wir gehen zu den anderen, meine Mutter legt die Hände an die Mundwinkel und stimmt in den Sprechchor ein.

– Streik-bre-cher!
Luigi geht mit dem Einsatzleiter der Bullen reden, der einen Fuß auf das Rad des Transporters gestellt hat, so dass man sein Pistolenhalfter sieht.
Meine Mutter begrüßt ihre Kollegen. – Ist sonst niemand von den Büros da?, fragt ein kleiner Mann um die fünfzig, dessen Haut so dunkel und dick ist wie ein Autoreifen.
Sie schüttelt den Kopf.
– Also, ich hab das nie verstanden, sagt ein anderer, der eine kleine Anstecknadel mit Hammer und Sichel auf der Brusttasche seines Overalls trägt. – Wir demonstrieren doch für alle, auch für die Angestellten. Aber die ziehen nie mit uns an einem Strang. In fünfunddreißig Jahren sind sie kein einziges Mal mit uns auf die Straße gegangen. Aber die Lohnerhöhung, ja, die haben sie auch gekriegt, nachdem wir dafür gekämpft hatten.
– Hast du den Marsch der Vierzigtausend vergessen?, sagt einer zu mir, als hätte mein Vater mich damals nicht schon genug mit der Geschichte vollgetextet. – Bei Fiat streikten die Arbeiter, Agnelli war fast am Arsch und kurz davor, nachzugeben. Aber die Angestellten, diese miesen Sesselfurzer, haben die Streikposten durchbrochen und sind wieder buckeln gegangen. Und so endete ihretwegen der einzige wirklich gute Streik, den es je in diesem Scheißland gegeben hat.
Er spuckt auf den Boden.
– Der Angestellte, der die Vierzigtausend organisiert hatte, ist sogar im Fernsehen gewesen und hat ganz stolz darüber berichtet, dieser senile Volltrottel!
– Ist er denn gestorben?
– Das weiß ich nicht. Wenn er tot ist, dann stempelt so ein

Arschloch bestimmt noch im Sarg seine Karte an der Stechuhr ab!
Wir lachen.
Anwesend sind etwa fünfzehn Arbeiter, einige haben ihre Söhne mitgebracht, Jugendliche in meinem Alter oder wenig älter; ein paar andere Jungs von der CGIL, Sympathisanten oder so was, und zwei Hausbesetzer, die »sich mit dem Kampf solidarisieren«. Von den zwei Gewerkschaftlern, die bei der Ameca arbeiten, ist nur einer da. Der andere ist von der CSIL, einem anderen Gewerkschaftsbund. Als ihr Generalsekretär Bonanni zum Fest des Partito Democratico nach Turin kam, hat man eine Nebelkerze nach ihm geworfen. Wenn ich dabei gewesen wäre, hätte ich ihn mit einem lautstarken, endlosen Furzgeräusch empfangen. Das ist beeindruckender und bedeutungsvoller.
Luigi kommt nach der Unterredung mit dem Einsatzleiter zu uns zurück. – Der gute Mann teilt uns freundlich mit, es sei besser, wenn wir von hier verschwinden, seinen Leuten ist kalt.
Herzhaftes Gelächter in der Runde.
Dann nimmt Andrea Reale ein Megaphon und spricht. Seine Stimme klingt mir metallisch im Ohr, der Tonfall ist gebieterisch: – Vielleicht werde ich jetzt die üblichen Sachen sagen, die Leute bei Demonstrationen durchs Megaphon brüllen, aber wenn alle immer dasselbe sagen, wird es wohl einen Grund dafür geben. Euch Polizisten, die ihr da in eurer Kampfuniform, aufgerüstet mit Helmen, Gummiknüppeln und Schutzschildern, angetreten seid, als wäre das hier Genua 2001, euch möchte ich allerdings sagen, dass ihr lächerlich seid, dass es keinen ein-

zigen Grund gibt, euch hier zu postieren, um das Tor zu schützen, denn unter uns ist niemand bewaffnet, wir haben nur Transparente und unsere Stimme, keiner will die Fabrik in Besitz nehmen.
Wir applaudieren, viele unterstreichen Andreas Worte mit »Stimmt!« oder »Richtig!« Meine Mutter beobachtet ihn hingerissen. – Wir wollen einzig und allein unseren Standpunkt demonstrieren, wir sind Beschäftigte und Kinder von Beschäftigten bei Ameca, dazu ein paar Jungs, die noch an die Rechte der Arbeiter glauben, obwohl sie, wie ich auch, niemals Arbeiter gewesen sind. Aber sie sind in Arbeiterfamilien aufgewachsen, sie haben auch daheim Fabrikluft geatmet, darum wissen sie einiges, haben einiges mitbekommen, das ist alles. Wir wollen, dass die Eigentümer der Firma darüber nachdenken, was es bedeutet, Arbeitsplätze zu streichen. Es bedeutet, Dutzenden von Familien die Hoffnung, das Leben und die Zukunft zu streichen, Familien, die dieser Firma zu Wachstum und Wohlstand verholfen haben ...
»Bravo!« ruft jemand. Und ich bin stolz, einen Freund wie Andrea zu haben. – Wir fordern, dass Verhandlungen aufgenommen werden, und zwar ohne Entlassungslisten oder Personalüberschusslisten oder wie zum Teufel ihr sie nennen wollt, sie behindern und erschweren einen Dialog, der noch immer möglich ist, denn wir wissen, dass die Ameca nicht vor dem Konkurs steht, im Gegenteil, verglichen mit den Zahlen vom letzten Jahr ist der Umsatz in diesem Jahr gestiegen. Wir wollen verstehen, warum um alles in der Welt ein Betrieb, der arbeitet und Gewinn macht, beschließen kann, sein Personal abzubauen. Nur das verlangen wir: dass wir uns gemeinsam an den Ver-

handlungstisch setzen. Sonst, und jetzt wende ich mich an die Eigentümer, könnte manch einem der Verdacht kommen, dass ihr etwas zu verbergen habt, dass es in eurer Betriebsführung unklare Punkte gibt, die nicht ans Licht kommen sollen. Andernfalls muss uns das, was ihr durchsetzen wollt, ziemlich stark an die Marchionne-Strategie erinnern, eine Strategie, mit der ihr, genauso wie Fiat, in den Ruin zu schlittern droht. Und dann könnt ihr euren Personalüberschuss vergessen, das wird ein Alptraum, Signori ...

Ein Hupen, alle drehen sich um.

Ein Mercedes in Metallicgrau kommt von hinten angefahren. Anderthalb Meter vor mir bremst er.

Jemand schreit: – Das ist das Auto der Bosse!

Ich sehe einen Chauffeur in Uniform und auf der Rückbank einen Mann mit finsterem Gesicht, um die sechzig, und neben ihm einen Typ mit ähnlichen Gesichtszügen, nur jünger und mit noch zornigerer Miene.

Die Arbeiter nähern sich dem Auto, schlagen mit der flachen Hand auf die Fenster, der Alte lässt eines von ihnen herunter und brüllt mit Piemonteser Akzent: – Sofort an die Arbeit oder ab nach Hause!

Ein junger Arbeiter tritt gegen die Wagentür.

– Ruhe bewahren!, schreit Andrea durchs Megaphon. – Wir müssen ihnen klarmachen, dass wir den Dialog wollen, keine Gewalt, sonst stehen sie nämlich plötzlich auf der Seite der Vernunft und werden obendrein zu Opfern!

Aber während Andrea diese letzten Worte sagt, geben die Polizisten in Einsatzuniform ihre Stellung vor dem Tor auf und laufen mit gezückten Gummiknüppeln auf uns zu.

Sie greifen an.
Die Gruppe der Demonstranten – oder was auch immer wir sind – löst sich auf, ich blicke mich suchend nach meiner Mutter um, da ist sie schon an meiner Seite, ruft aufgeregt, erschrocken: – Bet!, sie packt mich am Ellenbogen, aber ihre Hand rutscht ab, ich mache einen Schritt zur Seite, sie einen zur anderen, fast stolpern wir über unsere eigenen Füße, dann fallen wir gegeneinander.
Und genau in dem Moment, als wir zusammenstoßen, kommt ein Schutzschild mit einem Polizisten dahinter schneller und bösartiger als eine Rakete auf uns zugerast, meine Mutter und ich stoßen einen erstickten Laut aus, ich spüre eine Art Knacken in der Schulter, wir fallen zu Boden, und der wilde Stier rennt weiter, auf andere in der Gruppe zu. Ich versuche, mich aufzurichten, um nach meiner Mutter zu sehen.
Dann passiert alles in einem einzigen Augenblick: Ich fühle, wie mir ein Springerstiefel auf den Unterarm tritt, unter sein Schild geduckt wie unter einen Schildkrötenpanzer, greift der nächste Berserker rennend, mit gesenktem Kopf an, und ich bin nur ein winziges Hindernis auf seinem Weg. Ich schreie auf. Rolle über den Boden, atme Staub ein, den Arm fühle ich nicht mehr, in der Schulter knackt es wieder, ich drehe mich wieder um mich selbst und entgehe im letzten Moment dem nächsten Paar Springerstiefel.
Ein halbes Dutzend Arbeiter flieht vor dem Frontalangriff, dann laufen sie ungeordnet und ungeschützt auf den Einsatzwagen zu. Der Fahrer öffnet das Fenster, man hört ein Zischen, und innerhalb von Sekunden, die schnellsten aller Zeiten, verbreitet sich ein unerträglicher Gestank in

der Luft, etwas Ätzendes dringt mir in die Augen und in die Kehle, auf dem Platz steigt eine Wand aus Rauch auf, das ist Tränengas, ich huste, sehe nichts mehr.
– Mama!, schreie ich.
Ich muss aufstehen, ich muss aufstehen und sie suchen, aber ich sehe nur verschwommene Umrisse, dazwischen blitzt etwas auf, ich knie mich hin, meine Schulter tut weh, ich nehme alle Kraft zusammen, die mir geblieben ist: – Mama! – Mehrere Schreie, ich stehe auf, meine Schulter tut weh, der Arm auch, alles ist Nebel und Gestank, von dem mir schlecht wird, ich muss kotzen. Dann fühle ich mich an den Schultern gepackt, jemand dreht mir die Arme auf den Rücken, ich schreie vor Schmerz.
Eine Stimme, die aus einem schalltoten Raum zu kommen scheint, sagt zu mir: – Keine Bewegung, oder ich schlag dir den Schädel ein, verdammt, ich schwöre bei Gott, ich schlag dir den Schädel ein!
Die erzwungenen Tränen lassen mich einen Moment lang klar sehen: Der Platz ist zum Schlachtfeld geworden, überall ein Rennen und Flüchten, Verfolgungsjagden, eine Schlägerei, ich sehe Andreas Megaphon am Boden, höre Luigi schreien: – Ich nehme gerade alles auf!
Er hat einen Schal vor Mund und Nase und richtet sein Mobiltelefon auf das Zentrum des Geschehens, wo ein Polizist Andreas Beinen gerade drei harte Schläge mit dem Knüppel verpasst.
Ein anderer ohrfeigt Luigi, reißt ihm das Telefon aus der Hand, wirft es zu Boden und tritt zweimal drauf.
Ich möchte zu Andrea laufen, aber – Bleib stehen!, brüllt die Höhlenstimme hinter mir, die Stimme unter dem Helm des Bullen, der mir noch immer die Arme auf dem

Rücken festhält. Ich versuche, ihm mit dem Ellenbogen in die Seite zu stoßen, kann mich umdrehen und sehe gerade noch rechtzeitig den erhobenen Gummiknüppel, der mich treffen soll.

– Niiiicht! Das ist meine Mutter. – Runter damit, runter damit, ruuuunter!

Der Mann hält in der Bewegung inne, ich befreie mich aus seinem Griff, meine Mutter zieht mich weg. – Bet, mein Schatz, hörst du mich, Bet?

– Du Hurensohn, schreie ich den Bullen an. – Du widerlicher Hurensohn!

Meine Beine sind weich, ich fühle, dass sie nachgeben. In meinem Kopf ein vibrierender Pfeifton. Ich will schreien, aber ich kann nicht.

Ich beuge mich vor und übergebe mich.

Fünf Minuten später ist alles vorbei, abgesehen vom Gestank und der Übelkeit, die mir noch immer die Brust verkrampft. Abgesehen davon, dass wir alle übel zugerichtet sind – meine Mutter hat einen roten Fleck am Handgelenk.

Abgesehen davon, dass Andrea am Boden liegt, seine Beine betastet und wütende Blicke nach allen Seiten wirft.

Abgesehen davon, dass gut zehn Arbeiter der Ameca jetzt in Handschellen dastehen und nicht einmal mehr die Kraft haben, zu protestieren.

Abgesehen davon, dass der betriebliche Gewerkschaftsvertreter immer wieder verzweifelt ausruft: »Dafür werdet ihr bezahlen, das ist Machtmissbrauch, dafür werdet ihr bezahlen, das ist Machtmissbrauch ...«

Abgesehen davon, dass das Megaphon jetzt in der Hand

des alten Fabrikbesitzers ist und der alte Fabrikbesitzer jeden Protest von Luigi übertönt, eingehüllt in einen eleganten, schwarzen Wintermantel wie sein Sohn neben ihm, und beide haben auch den gleichen halb entsetzten, halb zufriedenen Ausdruck im Gesicht: – Was mich betrifft, so könnt ihr sofort reingehen und arbeiten, wenn ihr jetzt aufhört. Ich werde so tun, als sei nichts geschehen. Nicht einmal ins Gesicht schauen werde ich euch, damit ich mich nicht erinnere, wer hier draußen dabei war und wer nicht. Und auch die Leute in Handschellen, er spricht lauter, an die Arbeiter gewandt, die gefesselt am Einsatzwagen lehnen müssen, – auch denen sage ich, dass ich für eure Freilassung sorgen und keine Anzeige erstatten werde, wenn ihr durch das Tor geht und eure Arbeit wiederaufnehmt. Aber ihr müsst es sofort tun, dann will ich ein Auge zudrücken. Sogar alle beide.

Der Sohn nickt, eine großzügige Seele auch er.

Ich sitze zwischen den Beinen meiner Mutter auf dem Boden.

Sie spannt ihre Muskeln an. Dann steht sie auf, ich verliere meine Rückenlehne. Mit brechender Stimme sagt sie:

– Geh nach Hause, Bet. Ich gehe rein.

Aufstehen kann ich nicht, ich bin zu Tode erschöpft, ich kann nur sagen: – Bist du verrückt, Mama, wo willst du hin? Aber sie hört mich nicht. Hinkend und übler zugerichtet, als sie zeigen will, geht sie auf die beiden Bosse zu.

– Sie können mir ruhig ins Gesicht sehen, Commendatore, das ist mir egal. Ich heiße Elena Norcia, falls Sie das nicht wissen. Und ich tue, was Sie sagen: Ich gehe zurück an die Arbeit.

– Mama.

Ich kann es nur flüstern. Sie fährt fort: – Die anderen gehen doch auch wieder rein, oder?
Ein zustimmendes Murmeln erhebt sich.
– Vorausgesetzt, Sie halten, was Sie soeben versprochen haben, und lassen die Kollegen freikommen und die Jungs nach Hause gehen. Obwohl keiner von ihnen etwas Unrechtes getan hat, bis die da losgestürmt sind, und sie zeigt auf die Ordnungshüter, die jetzt ohne Helm zusammenstehen, sich unterhalten und zu uns herüberblicken, ohne uns anzusehen, vielleicht weil ihnen klar geworden ist, dass sie zu weit gegangen sind. Vor allem wenn man bedenkt, was für ein armseliges Häufchen wir sind, verfluchte Scheiße.
Der Commendatore nickt feierlich, reicht Andrea das Megaphon, fragt die Polizisten: – Wer von Ihnen hat den höchsten Dienstgrad?, und geht auf den schmächtigen Mannschaftsführer zu, der die Hand gehoben hat und jetzt grün im Gesicht ist. Sie reden ein paar Minuten, der Commendatore gestikuliert gebieterisch.
Andrea rappelt sich auf und schleppt sich zu mir. – Bet, er reicht mir seine Hand. Hilft mir beim Aufstehen. – Alles in Ordnung?
– Ja, aber ich spähe nach meiner Mutter, die einsam und klein und verbeult mitten auf dem Platz steht.
Ich rufe: – Mama, aber damit geben wir uns doch geschlagen! Wozu dann das alles, verdammt! Sag's mir!
Sie dreht sich nur einen Moment um und sieht mich an. Wenn es einen Gesichtsausdruck gibt, den ich für immer mit dem einer persönlichen Niederlage verbinden werde, dann ist es der, den ich jetzt bei meiner Mutter sehe. Sie sagt nichts, tut nichts. Sie kann nichts mehr tun.

Der Einsatzleiter mit dem grünlichen Gesicht befiehlt seinen Leuten: – Lasst sie gehen. Und dann bewacht ihr das Tor, bis alle drin sind.
Der Commendatore hat sich wieder zu seinem Sohn gesellt. Einen Moment lang betrachtet er meine Mutter. Dann steigt der Chauffeur aus dem Mercedes und öffnet ihnen die Wagentüren. Das Fabriktor öffnet sich langsam. Der Mercedes fährt im Schritttempo los und wird vom Hof verschluckt.
Und so endet es: Traurig sammeln sich die Arbeiter um meine Mutter, kein Wort fällt.
Der Gewerkschaftler versucht, sie aufzuhalten: – Genossen, lasst euch von dieser Erpressung doch nicht einschüchtern! Aber er wirkt nicht besonders überzeugend, auch er hat Schläge eingesteckt. Ein Mann stößt ihn weg.
Mit gesenktem Kopf betreten sie das Werksgelände. Meine Mutter ist in der Menschenmenge nicht mehr zu erkennen. Ich möchte ihr zurufen, dass ich sie gernhabe und dass alles meine Schuld ist. Ersteres ist wahr, Letzteres nicht.
– Es tut mir leid, sagt Andrea.
Einen Augenblick lang bleiben alle zusammen, die nicht bei der Ameca arbeiten: Idealisten, denen die Wirklichkeit einen Tritt in den Hintern versetzt hat. Wir sehen uns an und wissen nicht, was wir sagen sollen, also stehen wir bloß eine Weile zusammen herum, und jeder massiert seine blauen Flecken.
Zwei Polizisten rauchen, sie unterhalten sich und zeigen sich gegenseitig die Risse in ihren Uniformen und die Beulen in ihren Helmen. Der Mannschaftsführer ist auf den

Transporter gestiegen. Er blickt starr vor sich hin. Befehle gibt er nicht. Er schnaubt nur und fährt sich mit der Hand durch das schüttere Haar.
– Geben wir ein Kommuniqué raus?, fragt Luigi eifrig.
Nein, auch heute wird die Revolution nicht stattfinden.
Plötzlich verfliegen meine Niedergeschlagenheit und der physische Schmerz. Ich spüre, wie mir das Blut vor Zorn kocht. – Kommuniqué?, brülle ich. Was soll denn so ein Scheißkommuniqué bewirken?
Ich gehe zum Transporter, wo der Einsatzleiter immer noch schnaubt und sich die Mähne zerzaust. Ihn und alle anderen schreie ich an: – Frauen mit Gummiknüppeln niederzuschlagen! Ihr seid die letzten Drecksäcke! Ihr seid alle verfickte Drecksäcke!
– Bet!, ruft Andrea, der hinter mir hergekommen sein muss, denn ich höre seine Stimme direkt an meinem Ohr.
Ich fixiere einen der beiden rauchenden Bullen. Der erwidert meinen Blick, vielleicht ist es genau der, der meine Mutter und mich mit seinem beschissenen Schutzschild angegriffen hat. Er sagt: – Hau ab, geh nach Hause und mach den Abwasch, Süße.
Ich will mich auf dieses Schwein stürzen, aber Andrea hält mich am Handgelenk fest.
– Lass mich los!
– Halt!
– Lass mich los, hab ich gesagt!
– Bet!
Ich werfe ihm einen bitterbösen Blick zu. Er lässt mich los.
Der Bulle hebt den Schild.
– Heda, sagt der Einsatzleiter, ob zu seinem Mann oder zu mir, weiß ich nicht.

Andrea nimmt meine Hand. Er kann mich wegbringen, bevor Schlimmeres passiert.
Noch immer starre ich den Bullen an, mir wird kaum bewusst, dass Andrea meine Hand umfasst.
Das Bild von meiner Mutter taucht auf, wie sie einsam mit gesenktem Kopf mitten auf dem Platz steht.
Hier und heute ist nicht Schluss, sage ich mir.
Im Gegenteil, ich habe gerade erst angefangen.
Ich lasse Andreas Hand los und gehe weg, obwohl er mir hinterherruft.

Es ist halb zehn Uhr vormittags, als ich in der Schule ankomme. Wenn wir jetzt in einem amerikanischen Film wären, würde ich in meine Klasse oder irgendeine andere stürmen und mit einem Maschinengewehr um mich schießen, egal, wer zufällig da ist, wer Pech hat, wird getroffen, ich töte alle, die Lehrer und sogar die Kleinen von der Ersten, es ist ein irres Gemetzel, dann geh ich zu den Klos, setze mich, stecke mir den Gewehrlauf in den Mund und ab geht's mit der finalen Salve, mein Gehirn schmiert über die Kacheln, während man in der Ferne das Heulen einer Sirene hört.
Allerdings wäre ich dann tot und mit mir eine Menge anderer Leute, und ein Scheißdreck würde sich ändern. Vielleicht käme Michael Moore, um einen Dokumentarfilm über das Blutbad zu drehen, und würde mich als verhaltensgestört beschreiben. Die Überlebenden würden sagen, dass ich immer schon ein eigenartiger Typ war. Und dass ein paar von ihnen so was schon erwartet hatten.
Bevor ich zur Schule gefahren bin, war ich in einer Eisenwarenhandlung, und jetzt habe ich einen Beutel in der

Hand und eine Scheißangst, aber was ich beschlossen habe, das werde ich tun, ja, verdammt, ich tu's. Alles ist ein einziger Krieg, so sehe ich das jedenfalls, und es gibt schon unzählige Opfer – darum werde ich auch niemanden umbringen. Im Moment ist es richtig, nur die empörte Seite von Bet zu zeigen.

Ein paar Schüler kommen mir entgegen. Ich biete ihnen bestimmt keinen schönen Anblick. Denn ich bin völlig fertig vor Wut, habe blaue Flecken, lasse die schmerzende Schulter hängen, meine Jeans sind zerrissen, die Jacke zerknittert, ich habe dreckige Hände und stinke sehr wahrscheinlich. Der Mann in der Eisenwarenhandlung hat mich gefragt, ob ich einen Unfall hatte.

Drinnen herrscht wie immer um diese Zeit eine träge, einschläfernde Atmosphäre. Ich gehe zum Lehrerfahrstuhl. Keiner bemerkt mich, ich sehe niemanden.

Habe ich schon gesagt, dass ich Fahrstühle hasse?

Dieser hier ist der Typ Telefonzelle von vor dreißig Jahren. Ich komme in dem Stockwerk an, wo das Lehrerzimmer liegt. Hier könnte man mich leicht entdecken, ich spähe nach rechts, dann nach links. Gehe auf das Büro des Schulleiters zu. Dann kommt mir eine Idee. Ich renne so schnell ich kann in die entgegengesetzte Richtung, wo die Lehrertoiletten liegen, berühre die Wand und laufe wieder zurück, jetzt bin ich außer Atem. Ich klopfe wie verrückt an die Tür des Direktors.

Dreimal, viermal, fünfmal.

Dann reiße ich die Tür auf und schreie verzweifelt: – Preside, Signor Preside, es ist was Furchtbares passiert, Sie müssen sofort ins Erdgeschoss kommen! Oh Gott!

Der Mann ist kahl an den Schläfen und um die sechzig,

man nennt ihn »das Gemurmel«. Denn er hebt die Stimme nie um mehr als eine Oktave, sein Ton ist immer ruhig, höflich, sogar wenn er einen Schulverweis erteilt. Er heißt Novelli und unterrichtete früher Mathematik, ich habe ihn in der ersten Klasse gehabt. Dann ist er Direktor geworden und hat aufgehört zu unterrichten.
Ich habe ihn erschreckt, denn als ich hereingestürzt bin (vielleicht hatte er auch »Herein« gesagt, aber ich hab ihn nicht gehört, man hört ihn nie), ist er aufgesprungen, seine Augen hinter der Brille mit den Gläsern, die gar nicht so dick sind, wie man erwarten würde, sind weit aufgerissen. Er hat beide Hände auf den Schreibtisch gestützt und ist mit dem Oberkörper gegen den Computer gestoßen, der gefährlich zu schwanken beginnt.
– ...
– Signor Preside, unsere Lehrerin Delle Chiaie ... mein Gott, Sie müssen sofort nach unten!
Er murmelt: – Was ist passiert?, und kommt endlich auf mich zu.
– Signora Delle Chiaie, stammele ich. Und setze eine Art verzweifeltes Schluchzen in Gang.
Bestürzung auf seiner Seite. – Ruhig, Corvino, ganz ruhig. Erklär mir, was passiert ist.
– Da gibt es nichts zu erklären, Preside! Kommen Sie mit mir!
Aus dem Lehrerzimmer sind zwei Lehrer aufgetaucht, darunter die Sangueti.
– Corvino!, schreit sie.
Oh Scheiße, wenn auch die Delle Chiaie hier oben ist?
Ich laufe ihnen entgegen, der Direktor hinter mir her, ich werfe rasch einen Blick ins Lehrerzimmer, der Pesthauch

des Dschungels ist zum Glück nicht da. – Schnell, schnell, Signora Delle Chiaie geht es ..., und ich eile zum offenen Fahrstuhl.
Novelli schlüpft hinter mir in die Kabine, dann die Sangueti, die mich fragend ansieht. Ich packe den dritten Lehrer, einen Fettwanst, den ich nicht mal kenne, am Arm, schreie: – Kommen Sie!, und ziehe ihn in den Fahrstuhl. Der Dicke, er trägt einen Pullover mit Blumenmuster (echt!), lässt sich abführen.
Als alle drin sind, springe ich wieder aus der Kabine, sage: – Ich nehme die Treppe, alle passen hier nicht rein, wir sehen uns unten, in der 1C!
Sie starren mich an.
– Schnell! Es ist sehr ernst!
Der Lehrer mit dem geblümten Pullover drückt auf den Knopf, die Türen schließen sich. – 1C!, wiederhole ich.
Zwei Angestellte und ein Hausmeister sind aus dem Sekretariat neben den Klos gekommen.
– Was ist los?
Ich darf nicht auch noch Zeit mit denen verlieren. – Schnell, laufen Sie nach unten ... Signora Delle Chiaie ... es ist schrecklich! Alles voller Blut!
Als sie weg sind, gehe ich mit dem Beutel aus dem Eisenwarenladen ins Büro des Direktors und schließe die Tür.
Mir bleibt wenig Zeit, sehr wenig.
In einer Zimmerecke, hinter einem kleinen Schreibtisch voller Bücher, gibt es einen Heizkörper. Ich schiebe den Schreibtisch mit allem, was drauf ist, so weit wie möglich weg, die Bücher fallen runter, der Schreibtisch landet vor der Tür, ein Bein bricht, er kippt um.
Ich atme tief ein. Ziehe meine Jacke aus.

Dann hole ich die Kette mit dem Vorhängeschloss aus dem Beutel und führe sie zwischen den Heizungsrippen hindurch. Einmal, zweimal. Ich setze mich hin, wickele mir die Kette mehrmals um die Brust und den Bauch, allmählich wird es schwieriger, sie auch noch durch die Rippen zu ziehen, bis die letzte ganze Umdrehung geschafft ist. Jetzt bin ich stramm gefesselt. Den Heizungsregler drehe ich auf null, sonst werde ich hier geröstet, dann verbinde ich die Enden der Kette auf der Höhe meiner Hüfte mit dem Schloss. Den Schlüssel lege ich in einen Ordner und werfe ihn in den Haufen Bücher auf dem Boden. Von diesem Winkel aus kann ich das ganze Zimmer überblicken. Und durchs Fenster sehe ich sogar ein Stück Himmel, das von zwei Stromleitungen durchschnitten wird. Ich versuche, mich zu bewegen, habe kaum Spielraum, gerade genug zum Atmen. Gut so.
Ich sitze angekettet im Büro des Direktors.
Warum?
Und jetzt?
Jetzt zünde ich mir eine Zigarette an. Und warte.

Als ich die Kippe auf dem Boden ausdrücke, geht die Tür auf.
Die Tür stößt gegen das, was vom Schreibtisch übriggeblieben ist, ein Haufen altes Holz, das keinen Widerstand bietet.
Direktor Novelli betrachtet zunächst entsetzt das Durcheinander zu seinen Füßen, erst dann bemerkt er mich. Der Mund bleibt ihm weit offen stehen, fast kann ich seine Zähne zählen.
Ich begrüße ihn mit erhobener Hand, ganz entspannt, als

säße ich in einem Sessel statt an die Heizung gefesselt auf dem Boden. Ich lege die Beine über Kreuz.
Ohne den Blick von mir abzuwenden, steigt er über die Bücher. Er spricht kein Wort. Nur dieser ohnmächtige Ausdruck im Gesicht und auf der gerunzelten Stirn ein jäher Schweißfilm.
Die Sangueti erscheint an der Tür. - Mein Gott!, ruft sie aus. Sie sieht Novelli an, sieht mich an. Dann verhärten sich ihre schlaffen Züge, sie hat die Verwirrung überwunden und versucht sich wieder in praktischer Vernunft. - Was machst du da, Corvino?
Ich will schon antworten, dann kommt mir die Idee zu meiner Taktik: schweigen bis zum Äußersten. Ich beschließe, dass ich von jetzt an nur das Allernötigste sagen werde.
- Der reinste Wahnsinn.
Das Gemurmel hat soeben seine Meinung kundgetan.
- Elisabetta, hebt die Sangueti an, nachdem sie ihr Gedächtnis fieberhaft nach meinem Namen durchsucht hat. Ohnehin habe ich keine Lust zum Reden, wenn sie mich aber noch dazu mit meinem vollen Namen anspricht, werde ich einen Scheiß tun und auch nur Piep sagen. - Darf man erfahren, was in dich gefahren ist? Was hast du vor?
- Lass uns vernünftig miteinander reden, Mädchen, versucht es auch der Direktor. - Hör auf mit ... dieser Sache. Fasse dich wieder. Oder vielmehr, er kommt näher, schüchtern, aber ganz von seiner Rolle erfüllt, gib mir den Schlüssel.
Und er streckt mir seine Hand entgegen.
Ich betrachte sie, rühre mich aber nicht.
- Du bist ja lächerlich, sagt die Sangueti. - Was soll das sein, eine Art Protest? Und wogegen?

Der Direktor wendet sich an sie: – Warum sollte sie denn überhaupt protestieren? Zu mir: – Welchen Grund hättest du für deinen Protest? Was für ein Unrecht hat man dir getan?
Wie die nerven, die beiden! Jetzt werden es sogar drei: Mit langsamen Schritten nähert sich auch noch die Delle Chiaie. Anfangs der gleiche erstaunte Ausdruck wie bei den anderen, dann sagt sie (ausatmend): – Corvino, du lieber Himmel, was ...?
Der Direktor zur Hinzugekommenen: – Nerina, weißt du etwas, was wir nicht wissen? Denn sie hat deinen Namen genannt, als sie sich unter Vortäuschung falscher Tatsachen hier Zugang verschafft hat.
– Was soll ich denn wissen, Gerardo?
Gerardo. Nerina. Fast muss ich lachen.
– Sie hat gesagt, dir sei etwas zugestoßen ...
– Mir? Wo ich doch gerade erst angekommen bin! Zugestoßen in welchem Sinn?
– Das war bloß ein Vorwand.
Die Sangueti würgt das Gespräch ab. Wie mag sie mit Vornamen heißen? Aldebranda?
– Sie ist gefesselt!
Der Ausruf kommt von der scharfsinnigen Philosophin.
– An meinen Heizkörper, ergänzt Novelli.
– Und warum um alles in der Welt?
– Genau das versuchen wir ja gerade herauszufinden, Nerina.
Sie zu mir: – Hat dir jemand etwas ... Böses getan, Corvino?
– Ja genau: Hat dir jemand etwas angetan, Mädchen?
Verdammter Mist, ich habe vergessen, den MP3-Player

mitzunehmen. Jetzt muss ich mir dieses ganze Gelaber anhören.
Unterdessen ein Neuzugang: der Sportlehrer Carruezzo, der Mann, der Den-Ball-dort-hinzuwerfen lehrt. Ich erspare es mir, euch zu erzählen, wie bescheuert auch der ist.
– Oha, stößt er endlich hervor. Was ist das denn für eine verrückte Geschichte?
– Sie hat sich angekettet.
– An meinen Heizkörper!
– Und spricht nicht.
– Was soll denn das heißen, angekettet?
Er trägt seinen Sportanzug, Turnschuhe. Ist verschwitzt. Wahrscheinlich wurde er benachrichtigt, während er in der Turnhalle einer neuen, willigen Generation sportlich Minderbemittelter das Baggern beibrachte. Er kniet vor mir nieder. – Du hast dich angekettet?
Nobelpreis für Beobachtungsgabe.
– Du behinderst den normalen Betrieb dieser Lehranstalt, sagt die Sangueti. – Yes, indeed!
Tatsächlich hört man mehrere Stimmen vor der Tür. Jemand flüstert.
Noch mehr Lehrer treten ein, darunter Berardi.
Er betrachtet mich interessiert. Er trägt seine Motorradjacke und hat den Helm in der Hand. Vielleicht muss er weg, vielleicht kommt er gerade, dieser Mann ist öfter auf der Straße unterwegs als in Klassenzimmern. Wie nimmt er es auf? Er lächelt mir zu. Dann blickt er auf seine Armbanduhr. Schüttelt den Kopf.
Er hebt den Daumen, ermutigt mich. Ich möchte, dass er bleibt, wenigstens er. Aber er muss gehen, zwinkert mir zu, verschwindet hinter dem Hausmeisterkorps, das sich in

Gestalt sämtlicher fünf Mitglieder vor der Tür aufgereiht hat.
Das heilige Büro des Gemurmels ist jetzt randvoll mit entgeisterten Gesichtern.
– Meine Liebe. Delle Chiaie versucht einen mütterlichen Zugang. – Erkläre uns doch bitte, was du hast, was du bezweckst mit dieser ... Selbstgefangennahme.
Aufgeregtes Tuscheln der Neuankömmlinge.
– Ist doch klar!, stößt die Sangueti in säuerlichem Tonfall hervor. – Sie will melodramatisch sein, die Revolutionärin spielen! Das will sie!
– Was ist das hier?, fragt Carruezzo, der immer noch vor mir kniet, eine neue Form von Streik?
– Sie hat doch gar keinen Grund dafür ..., murmelt das Gemurmel. – Hier herrscht das Prinzip dialogischen Miteinanders, unsere Schule ist ..., Den Rest versteht man nicht.
Die Sangueti macht einen Schritt auf mich zu, dabei tritt sie fast auf den sportlichen Fuß des Kollegen. – Wirst du endlich deinen verdammten Mund aufmachen, Corvino?, donnert sie.
– Immer mit der Ruhe.
– Ach, zum Teufel mit der Ruhe! Carruezzo, zieh sie da raus!
– Nein, nicht doch, lasst uns doch die Vernunft wahren ... –, stammelt die Delle Chiaie.
Doch wie man sieht, gefällt dem Turnlehrer der autoritäre Frauentyp, solche, die ihm sagen, was er tun soll und wie. Sein Gesichtsausdruck wird bösartig, er packt mich an den Füßen. – Vielleicht ist sie nicht mal richtig gefesselt! Und er zieht.

Ich spüre die Kette im Magen.
Ich rühre mich nicht, aber er zieht.
Und zieht.
Ich für meinen Teil stoße – einen Fußtritt in dieses Arschgesicht.
Er verliert das Gleichgewicht und stürzt im allgemeinen Durcheinander rücklings nach hinten, eine Art Höhlenmenschenschrei ausstoßend. Mit ausgebreiteten Armen und in der Luft zappelnden Beinen landet er heulend auf dem Rücken.
Allgemeines Tohuwabohu.
Die Sangueti eilt dem notgelandeten Turnlehrer zu Hilfe.
Einer der Hausmeister schubst die Delle Chiaie beiseite und stürzt sich auf mich. – Was richtest du hier bloß an! Was soll das?, und zerrt mit Macht an mir, so heftig, dass ich aufhöre zu atmen, die schon arg zugerichtete Schulter erneut ein beunruhigendes Krachen von sich gibt, und ich denke, dass er jetzt nicht nur mich von der Heizung reißen wird, sondern auch die Heizung aus der Wand, die Wand aus den Balken, die Balken aus den Grundmauern und die Schule aus diesem Planeten.
Aber das passiert nicht.
Was passiert, ist, dass ich ihm einen Kopfstoß gegen sein Jochbein verpasse.
Und, unfassbar, auch er verliert den Halt, krümmt sich und (es ist wie ein Déjà-vu) stürzt – genauso muss man es nennen – auf den am Boden liegenden Carruezzo, der damit endgültig ins Linoleum gerammt wird.
Heulen. Doppeltes Geheul.
Eine walkürenhafte Hausmeisterin eilt zu mir und ver-

setzt mir eine Ohrfeige, die mir fast den Kopf vom Hals schraubt. Mein Gesicht prallt gegen den Heizkörper.
– He, he!
Zwei Hausmeister und ein Lehrer (der, den ich vorhin mit den anderen im Aufzug untergebracht habe) ziehen die Furie von mir weg, bevor sie mir noch eine scheuern kann.
– Bewahren wir doch die Ruhe, sagt Crivelli (der bei uns Mathematik unterrichtet, ohne zu merken, dass keiner ihm je zuhört).
Die beiden Mutigen, die ich auf den Boden gezwungen habe, werden hochgezogen. Sie bluten nicht, haben nur ein paar schmerzende Stellen und natürlich eine Stinkwut.
Vor der Tür steht die gesamte Schule, glaub ich. Womöglich wird sich das Gebäude jetzt zu dieser Seite neigen, wie die Titanic in den Wellen. In dem Lärm, der von draußen kommt, wird immer wieder ein Wort gerufen, eins mit drei Silben.
– Cor-vi-no.
– Entschuldigung, darf ich mal vorbei, Entschuldigung.
Das ist Andrea. Er sieht mich und muss lachen. – Bet!
Der Stotterer ist bei ihm. Der Stotterer, der schockiert eine Hand hebt, als würden wir uns von einem Bus zum anderen grüßen. Aber weil Andrea lacht, lacht er auch.
– Was habt ihr da zu lachen?, kreischt die Sangueti.
Und der wiedererstandene Carruezzo: – Signor Preside, wir müssen die Polizei rufen.
– Die Polizei ...? Die Möglichkeit, sich an die Ordnungskräfte zu wenden, hatte er noch gar nicht in Betracht gezogen. Aber in diesem Land gibt es immer jemanden, der das für die einzig wahre Lösung hält.

– Genau!, ruft die Englischlehrerin.
– Oh nein!, entgegnet Andrea. – Die Scheißbullen auf keinen Fall!
Er sieht mich an. Ich sehe ihn an.
– Ich glaube ... das ist die einzige Lösung, entscheidet Novelli. Und greift zum Telefon auf seinem Schreibtisch.
Andrea reißt ihm den Hörer aus der Hand, macht einen Sprung und steht auf dem Schreibtisch. – Leute!, ruft er denen da draußen zu, sie wollen die Bullen holen!
– Neiiin! Was? Wie, die Bullen?, antworten sie von draußen.
– Komm da runter, befiehlt Delle Chiaie. – Man sollte sich nie zum Pathos hinreißen lassen!
Die Schüler drängen von außen herein, stürmen mit Protestgeheul in das Büro.
Andrea hebt die Arme. – Die Direktion ist besetzt!, brüllt er. – Die Schule ist besetzt!
– Jaaaa!
– Bringen wir die Lehrer raus.
Er steigt vom Schreibtisch, nimmt Novelli am Arm. Der weiß nicht, was er tun soll. – Wir besetzen die Schule, Herr Direktor. Gehen Sie raus!
– Nein, nein, ich rufe die Verwaltung ...
– Ruhe!, brüllt Crivelli. – Lasst sie uns erst mal anhören!
Er wendet sich an Das Gemurmel: – Vielleicht lässt sich alles durch ein vernünftiges Gespräch lösen. Es geht doch auch um den guten Namen der Schule, Novelli! Wollen Sie in einer staatlichen Schule die Streitkräfte sehen?
Nie hätte ich vermutet, dass sich in einem anscheinend apathischen Menschen wie dem Mathematiklehrer ein mit Barrikaden und Debatten vertrauter ehemaliger Revo-

lutionär verbirgt. Aber er zerstreut meinen letzten Zweifel mit seinem: - Wir sind doch auch mal jung gewesen, meine ich!
Die Sangueti: - Da mach ich nicht mit! Außerdem bin ich lange nach dir geboren!
Entschlossenen Schrittes verlässt sie das Büro, um - aller Wahrscheinlichkeit nach - geradewegs auf ihr Mobiltelefon zuzusteuern. Vielleicht hat sie die Nummer der Polizei schon im Adressbuch.
- Der Lehrkörper geht jetzt raus, drängt Andrea.
- So-sofort! Der Stotterer schubst Delle Chiaie unsanft Richtung Tür.
- Also wirklich! Was sind das für Methoden!
Andrea geleitet Novelli, er muss sich der Philosophielehrerin anschließen. Novelli wirft mir einen Blick zu, murmelt etwas.
Crivelli grinst mich an, dann Andrea: - Keine Gewalt, sonst wechselt ihr auf die Seite des Unrechts, war das nicht so? Und geht mit dem Direktor hinaus.
- Die Direktion ist besetzt!, schreit ein kahlgeschorener Spinner aus der Fünften.
Allgemeiner Jubel.
- Und jetzt jagen wir sie aus der Schule!, lautet der neue Schlachtruf.
- Jaaaa!
- Leh-rer raus, Leh-rer raus, Leh-rer raus!
- Gewalttätige Aktionen sind nicht gerechtfertigt, mahnt Andrea an der Tür. Dann spricht er mit dem Glatzkopf:
- Diego, geh den Abmarsch kontrollieren, damit alles friedlich läuft.
Der Typ, der wahrscheinlich zum ersten Mal in seinem Le-

ben mit der Rolle des Volksführers betraut wird, sagt: – Keine Sorge, ich kümmere mich drum, Andrea!, und flitzt aus dem Büro.
Andrea sagt zum Stotterer: – Geh du auch runter, Livio, und kontrolliere die Kontrolleure, du weißt, was ich meine, ja?
Livio nickt feierlich und verschwindet.
Jetzt sind nur noch Andrea und ich im Büro.
Die Schuldirektion ist besetzt.
Die Schule ist fast besetzt.
Und ich habe kein Wort gesagt.

Er kniet sich vor mich hin. Ich werde aber nicht noch mal erzählen, wie verführerisch solche Augen durch Lichtreflexe werden.
– Bet.
– Andre, sage ich nach einer Weile.
Er setzt sich auf den Boden. – Ich bin auf deiner Seite, sowieso. Er lächelt. – Aber erklär mir mal, was du vorhast.
– Naja, da waren diese Kette und diese Heizung ...
– Bist du noch wütend wegen heute Morgen?
Ich wollte eigentlich nicht an meine Mutter denken, die mit gesenktem Kopf aufs Werksgelände der Ameca geht. Aber ich muss. – Ich glaub, es hat was damit zu tun, ja.
– Glaub ich auch.
– Hm.
– Hast du die Heizung auf null gestellt?, fragt er, und während er das fragt, fasst er die Heizung an und streift dabei meine Schulter. Ich erschauere. – Ja, er beantwortet die Frage selbst. – Darf ich?

Er überprüft meine Fesseln. – Ich finde, du bist zu sehr eingezwängt, Bet.
– Ich werd's überleben.
Er nickt, dann klatscht er einmal in die Hände und ballt die Fäuste. – Was für ein Chaos. Er grinst. – Was machen wir jetzt?
– Ich bin nicht nur wegen heute Morgen wütend. Auch wegen vieler anderer Sachen.
– Ich weiß.
– Zu viele Sachen.
– Sag sie mir.
Ich zucke mit den Schultern. In der einen spüre ich einen stechenden Schmerz. Aber ich versuche, mir nichts anmerken zu lassen. – Das ist nicht so leicht ...
– Versuch es.
– Auch weil du ein Mann bist. Und als solcher ...
Er nickt. – Aber ich kann zuhören, oder?
Ich weiß nicht, ob du zuhören kannst, denke ich. Und will es gerade sagen.
Aber von draußen kommt ein gellender Lärm, eine Sirene. Er springt auf und guckt aus dem Fenster, das auf den Schulhof geht. – Scheiße, sie sind schon da.
– Die gehen mir in letzter Zeit andauernd auf die Eier! Wie viele sind es?
– Nur eine Polizeistreife. Fürs Erste. Das Gros behalten sie sich für die Studenten vor, die vor der Universität demonstrieren. Das ganze Land ist im Aufruhr.
Als gestern Abend in den Nachrichten darüber berichtet wurde, wir saßen am Tisch und unsere Augen klebten am Fernseher, hatte Leonardo gesagt: »Vielleicht ist das nicht der geeignete Moment, dass auch ihr noch streikt. Zu viele

Meinungen auf einmal, da kann man der eigenen kein Gehör mehr verschaffen.« Und meine Mutter hat ihm entgegnet, Grundrechte, Leo, sind keine Meinungen.
Andrea sagt: – Ich gehe besser kurz runter.
Er geht zur Tür. – Aber später reden wir.
Ich bleibe allein zurück.
Jetzt würde ich wirklich gerne sehen, was zum Teufel da unten passiert. Vielleicht hätte ich mich an einem schönen sonnigen Plätzchen mit Blick auf den Hof anketten sollen.

Kurze Zeit später fängt die Prozession der Neugierigen an, als wäre ich eine Madonnenstatue, die blutige Tränen weint. Sie tauchen allein oder zu zweit oder in Gruppen an der Tür zum Büro auf, betrachten mich, als wäre ich eine Reliquie oder die Wahnsinnige im Dorf. Fast alle bleiben stumm, viele gehen kichernd weg.
Monica erscheint mit gleichgültiger Miene, setzt einen Fuß ins Zimmer, fragt: – Wie geht's?
Ihre Fingernägel sind violett lackiert, und auf ihren Lidern klebt ein schwarzglitzerndes Ekelzeugs, als hätte man ihr Teer auf die Lider gepappt.
– Was passiert unten?
Sie lehnt sich an den Schreibtisch. – Na, die Lehrer sind alle in der Turnhalle, sie beratschlagen, was zu tun ist. Aber warum hast du dich angekettet?
– Und die Polizei?
– Die haben mit dem Direktor und dann mit Andrea gesprochen. Sie sitzen in ihrem Auto, mehr nicht.
Sie blickt sich um. – Warum hast du dich hier angekettet?
– Dieser Ort erschien mir symptomatisch.
Sie nickt, wer weiß, ob sie verstanden hat. – Jedenfalls. Sie

betrachtet ihre Fingernägel. – Kann ich dich fragen, was zwischen dir und Andrea läuft?
– Und zwischen dir und ihm?
– Warum drehst du die Frage um?
– Warum gehst du nicht dahin zurück, wo du hergekommen bist?
Sie mustert mich, man muss es leider so sagen, von oben herab. Ein paar Schüler aus der ersten oder zweiten Klasse stecken den Kopf durch die Tür. Lachend hauen sie wieder ab. Eine der Wirkungen, die man hervorruft, wenn man sich ankettet, ist offenbar, die Leute zum Lachen zu bringen.
– Jedenfalls, meint Monica noch einmal. Mehr fügt sie nicht hinzu. Das muss ihr Schlachtruf sein. Ihr Mantra.
– Jedenfalls, äffe ich sie nach, gibt es zwischen mir und Andrea nur Freundschaft. Mir ist bewusst, dass eine wie du nicht verstehen kann, dass es auch noch andere Beziehungsformen zwischen zwei Menschen unterschiedlichen Geschlechts gibt, aber so ist es.
– Nein, nein ... weißt du, wir ... wir sind auch bloß Freunde. Na klar.
– Löblich.
– Hä?
– Gut.
– Jedenfalls hast du mir noch nicht gesagt, warum du dich angekettet hast.
– Ich hatte keine Lust auf die Mathestunde heute.
Sie schüttelt den Kopf. – Ts.
– Sagen wir so: Mir gefällt es ebenso sehr, mich anzuketten, wie es dir gefällt, neuen Nagellack aufzutragen. Wenn ich mich nicht wenigstens ein paar Mal am Tag ankette, fühle ich mich nicht wohl in meiner Haut.

– Hör auf! Ich weiß, dass du Witze machst.
Jetzt lässt ihre Abwehrhaltung nach. – Brauchst du was?
– Nein, danke.
Sie dreht sich einmal um sich selbst, als wäre sie eine Ballerina mitten auf der Bühne. – Na, sag Bescheid. Ciao Ciao.

Noch ein paar Blitzbesuche von Neugierigen, dann kommen Crivelli und Delle Chiaie rein.
– Wie geht's, Corvino? Er gibt sich jovial.
– Okay.
– Gut, nicht aufgeben! Wir beide haben die Absperrung durchbrochen. Er lacht.
– Was für eine Absperrung?
– Du weißt es nicht?, fragt Delle Chiaie. – Deine Kameraden bewachen den Eingang, das Treppenhaus und den Fahrstuhl. Hast du mit so viel Solidarität gerechnet?
– Nein. Und das meine ich ehrlich.
– Reale koordiniert die Aufständischen, verkündet Crivelli. – Es gärt ganz schön. Auch an der Uni. Du hast dir einen guten Moment ausgesucht.
Er legt die Hände als Schalltrichter an den Mund: – Weg mit den Faschisten und der Polizei! Gut gelaunt fügt er hinzu: – Wie zu meiner Zeit.
– Was für eine Zeit?
– Siebenundsiebzig, Corvino. Das mythische Siebenundsiebzig.
Ein paar Sekunden lang streift ein Hauch von Wehmut seine Augen.
Die Philosophielehrerin schüttelt den Kopf. – Paolo, Paolo.

– Was ist?
Sie antwortet nicht, sieht mich liebevoll an. – Hör mal, wenn du reden willst ... egal, worüber.
Ich nicke, als wollte ich sagen ich weiß, ich weiß.
– Natürlich gibt's auch wieder die üblichen Opportunisten, sagt Crivelli. – Die unbedingt trotzdem Unterricht haben wollen, pah! Pflichtergeben, ohne irgendwelche Forderungen. Sie haben sich in der Turnhalle versammelt und diskutieren mit dem Direktor.
– Und der?
– Der ist mit seinem Latein am Ende.
– Unterricht zu bekommen ist jedenfalls ihr gutes Recht.
– Natürlich, Crivelli kommt näher, um mich genau zu betrachten, tust du das für die Partei?, fragt er mit einem konspirativen Flüstern. – Haben die dir dazu geraten?
– Nicht mal im Traum. Ich bin gegen Parteien. Und Ideen kommen mir von allein.
Er hockt sich hin, die Gelenke in seinen Beinen knacken.
– Autsch!, ruft er und mustert die Kette und das Schloss.
– Wirst du nicht zu sehr eingezwängt?
– Nein. Danke der Nachfrage.
– Hm.
Fast scheint es, als wollte er mir Mut zusprechen. Dann erkennt er, dass ich keine Ermutigung brauche, was auch immer mich zu dieser Aktion getrieben hat, ist von echter Überzeugung getragen. Mühsam erhebt er sich wieder.
Delle Chiaie verrät mir: – Die Sangueti bestürmt die Polizisten, damit sie raufgehen und dich losmachen.
– Die Sangueti ist eine Giftschlange.
Crivelli lacht. Seine Kollegin zieht eine Grimasse, um sich zu beherrschen. – Du weißt hoffentlich, sagt sie und zeigt

auf mich und das ganze Drumherum, dass das hier dich wieder mal ein Sitzenbleiben kosten wird, ja?
– Ja.
Sie blickt mich betrübt an, mütterlich.
– Das werden wir ja sehen!, ruft Crivelli aus. Wir werden ja sehen! Heutzutage darf ein junger Mensch nicht mal demonstrieren, um ein ...
– Ent-entschuldigung. Der Stotterer kommt ins Büro. – Sie ... sie sollten rausgehen. Au-aus der Schule, meine ich!
Crivelli reicht ihm eine Hand, die der Stotterer schüchtern ergreift. – Hart und rein bleiben! Crivelli macht mir ein Zeichen von der Sorte: »Halt durch!« Und geht. Ein erstaunlicher Mann. Und auch Delle Chiaie hat mich, auf ihre Art, überrascht.
– Corvino, sagt sie, bevor sie geht, bitte sorg dafür, dass niemand übertreibt.
Sie stützt sich einen Moment an den Türrahmen. Dann folgt sie Crivelli.
– Alles in Ordnung, Bet?
Der Stotterer (ach, Schluss jetzt mit diesem Stotterer!), Livio kratzt sich nervös an den Händen.
– Natürlich. Und danke. Sag allen danke.
Er nickt und will noch etwas sagen. Aber dann geht er.
Ich lehne den Kopf an die Heizung. Schließe die Augen. Also Sitzenbleiben garantiert. Selbst wenn es Hoffnung gegeben hätte, jetzt ist sie für den Arsch. Alles habe ich mir versaut mit dieser Heldentat. Und wo sie mich hinführen wird, weiß ich noch nicht genau. Aber sie wird ein Ende haben, wie alles. Und danach – was mache ich dann? Ich werde mir eine Arbeit suchen. Aber welche? Und das in dieser Scheißkrise ...

Und wer nimmt schon eine Verrückte wie mich?
Warum bin ich bloß so und nicht anders?
Auch wenn ich mich weigere, das zu glauben, muss es mit dem Tag zusammenhängen, an dem ich Martina getötet habe. Denn ich habe Martina getötet, daran lässt sich nicht rütteln.
Wenn ich sie nicht getötet hätte, wäre sie jetzt elf.
Und wie wäre sie? Vielleicht das Gegenteil von mir. Oder eine Bet in der Version letzte Kinderjahre. Fast ist mir, als sähe ich sie vor mir. Schon jetzt mit eisernem Willen, immer bereit, entschlossen und hartnäckig ihr NEIN zu zischen. Aber auch intelligent, mit einer wachen, praktischeren Intelligenz begabt als ich. Ja. Aber das habe ich ihr nicht erlaubt. Ich habe ihr nicht die Zeit gegeben, heranzuwachsen.

Okay, früher oder später muss ich diese Geschichte sowieso erzählen. Da kann ich sie ebenso gut gleich hier erzählen. Ich hab schon zu lange um den heißen Brei herumgeredet. Also kann ich es auch endlich sagen. Ich werde erzählen, was passiert ist, jedenfalls das, woran ich mich erinnern kann. Ich erzähle es so, wie es mir einfällt. Seither habe ich so oft darüber nachgegrübelt, dass ich mittlerweile nicht mehr weiß, was der angemessene Ton wäre, um diese Sache zu erzählen. Wahrscheinlich gibt es den nicht. Also werde ich versuchen, mich an die Fakten zu halten, wie es vor Gericht heißt. Die Wahrheit - oder meinen Teil der Wahrheit. Danach gibt es nichts mehr hinzuzufügen. Die Dinge laufen immer bloß auf eine bestimmte Weise, es ist zwecklos, sie auszuschmücken.
Sie war sechs Jahre alt, ich zwölf. Sie war das Abbild meiner Mutter, dunkle Haare, die sie immer zusammengebunden trug. Von meinem Vater hatte sie nur die Angewohnheit geerbt, ununterbrochen zu quasseln. Sie war ein Plappermaul, ja, Mann, wie viel sie redete. An manchen Abenden machte sie mich verrückt. In ihrem Bettchen

neben mir hörte sie nicht auf zu fragen: Warum, warum das, Bet? Warum so? Was bedeutet das? Und dann?
Ich höre noch immer ihre Stimme. Sie fehlt mir genau so sehr, wie ich sie damals hasste.
Und vorher, noch davor. Ich erinnere mich an meine Mutter mit dem dicken Bauch, an mich, die um sie herumsprang und versuchte, sich nützlich zu machen, denn »Deine kleine Schwester strampelt heute, sie ist unruhig«, und obwohl ich nicht begriff, wie zum Teufel eine kleine Schwester in den Bauch meiner Mutter geraten konnte, der an einem Tag noch flach und am nächsten riesig geworden war, half ich ihr, sich auf dem Sofa hinzulegen, und brachte ihr ein Glas Wasser, solche Sachen. Wenn sie dann eingeschlummert war, näherte ich mich manchmal mit dem Ohr meiner kleinen Schwester, versuchte zu hören, ob sie etwas sagte, und weil sie nie antwortete, erfand ich Dialoge, spielte mit meiner Stimme auch ihre Rolle, oder ich erzählte ihr Geschichten von Katzen und Mäusen, Geschichten von Dingen, die wir zusammen machen würden, wobei ich natürlich immer die Anführerin war. Kurz, die üblichen Dummheiten, wenn du klein bist und die Bescheidwisserin spielen willst. Ich sagte ihr, wir würden eine Hütte in einem Baum bauen, denn das hatte ich Kinder in einem Zeichentrickfilm tun sehen, obwohl ich nicht richtig kapiert hatte, wozu eine Hütte gut sein sollte, und warum wir lieber draußen sein wollten, wenn es zu Hause so schön war, mit Mama und Papa und den Spielsachen und dem Fernsehen und allem anderen. Außerdem, um die Wahrheit zu sagen, wohnten wir damals schon dort, wo wir jetzt wohnen, und Bäume hat es in dieser Gegend nie gegeben, nicht mal für alles Gold der Welt.

Dann sind wir eines Samstagsmorgens schnell ins Krankenhaus gefahren, in der Schrottkiste meines Vaters – dem klapprigsten Fiat Uno, den die Welt je gesehen hat, nur eine Tür ließ sich öffnen, alle Fenster klemmten, das Armaturenbrett wurde mit Klebeband festgehalten – denn meine Mutter hatte Wehen, wie mein Vater erklärte, aber ich hatte nur »Wehe!« verstanden. Und während mein Vater fuhr, überlegte ich besorgt, was meine Mutter falsch gemacht haben könnte, weil mein Vater ihr drohte. Sie krümmte sich auf dem Sitz, und ich dachte, dass diese Martina wirklich eine ganz bescheuerte Nerv-Schwester sein musste (damals kannte ich aber noch keine Schimpfworte), aber vielleicht blieb uns ja noch Zeit, sie gegen eine andere auszutauschen oder gegen einen kleinen Bruder zum Beispiel (dann kam mir allerdings der – natürlich vage – Gedanke, dass es mit einem Bruder seeehr viel schwieriger werden würde, meine Macht als ältere Schwester durchzusetzen). »Max, beeil dich, BEEIL DICH!« stöhnte meine Mutter, und er sagte, sie solle tief atmen, atme, mein Liebes, wir sind gleich da. Und dann waren wir wirklich da. Im Krankenhaus parkten sie mich, ich weiß nicht mehr wie viele Stunden, im Wartesaal, wo die Krankenpfleger meinen Vater immer wieder ermahnten, dass ich dort nicht bleiben könne, er solle jemanden holen, der auf mich aufpasst, und mein Vater erwiderte, es gebe niemanden, zu dem er mich schicken könnte, und das öffentliche Gesundheitswesen müsse auch in solchen Momenten öffentlich sein, also sollten sie uns in Ruhe lassen, weil ich doch ganz brav auf einem Stühlchen saß, mal ein bisschen schlief, mal ein bisschen mit den Leuten im Wartesaal plauderte, ohne zu übertreiben. Mein Vater kam oft, um sich neben mich zu setzen, und jedes Mal erschien er mir verschwitzter und erschöpfter, er nahm mich in den Arm und sagte immer wieder: »Martina kommt bald«, und ich sah mich im Saal um und fragte mich, ob er noch immer böse auf Mama war. Dann schlief ich ein Stündchen ein, glaube ich, bis mein Vater mich weckte, mich mit einem irren Gesichtsausdruck, der mir sogar Angst machte, fest an sich drückte und rief: »Sie ist geboren! Das Schwesterchen ist geboren!« Wie viel Zeit danach verging, weiß ich nicht mehr, aber ich erinnere mich noch, dass Papa und ich schließlich vor der Glasscheibe der Säuglingsstation standen und er mich auf den Arm nahm und mir ein Wesen mit einem riesigen glänzenden Kopf zeigte, das, in einen rosa Strampelanzug eingewickelt, selig schlief und nur manchmal die kleinen Füße bewegte, und mein Vater sagte: »Das ist Martina«. Ich musste lachen: »Was für ein großer Kopf! Warum hat sie keinen kleineren bekommen?«

Dann erinnere ich mich an Martinas Ankunft bei uns zu Hause, und wie viel sie weinte, und all die Aufmerksamkeit, die früher für mich bestimmt war, ging jetzt auf sie über, obwohl meine Mutter versuchte, mich teilhaben zu lassen, während sie stillte, sagte sie zu mir: »Siehst du, wie kräftig sie saugt? Du hast nur halb so kräftig gesaugt ...« und ich erinnere mich, dass ich nicht verstand, wovon sie redete, die Wohnung war erfüllt von Martinas Geschrei, nachts weckte es mich auf, ich war müde und wütend auf sie, sie sei böse, sagte ich, aber mein Vater und meine Mutter ermahnten mich: »Na, na, du bist doch jetzt groß, sie kann nichts dafür, sie ist noch klein«, unterdessen kam mir Martinas Kopf nicht mehr so groß vor, er war normal

geworden, darum fragte ich meinen Vater: »Wurde der ausgetauscht?«
Ich erinnere mich an einen Morgen, es war noch sehr früh, und ich war aufgewacht, neben dem Bett, wo meine Eltern schliefen, stand die Wiege, und ich ging hinein, um zu sehen, was Martina machte. Martina schlief nicht, aber sie schrie oder weinte auch nicht, wie sonst immer, wenn sie wach war, nein, sie lag einfach nur da, eingemummelt in ihrer Wiege, mit weit geöffneten Augen und betrachtete ihre Hände, die sie immer wieder öffnete und schloss, öffnete und schloss. Dann sah sie mich oder erkannte mich – egal, jedenfalls verstand sie, dass ich da war – und streckte mir ein Ärmchen entgegen, und als ich es sehr vorsichtig umfasste, gab sie eine Art zufriedenes Grunzen von sich, und ich weiß, dass ich ihre Gegenwart von dem Moment an akzeptiert habe, jetzt hatte ich eine kleine Schwester, eine Freundin, und ich würde sie immer gut behandeln, ich würde nicht den Anführer spielen, obwohl ich wusste, dass ich die Ältere war, die Hütte würden wir zusammen bauen und zusammen würden wir eine Menge Zeit verbringen ...
Und dann gibt es eine Lücke, wie ein Schwarz, das vom kurz aufblitzenden Weiß aus Wirklichkeitsfetzen unterbrochen wird, in denen Martina wuchs, auf allen Vieren zu krabbeln begann, dann laufen lernte, und ich mit ihr wuchs, mit ihr redete und noch immer Geschichten erfand, bis es nur noch das Weiß gibt, denn von da an erinnere ich mich an alles ganz genau, ich erinnere mich, dass ich sie manchmal nicht ausstehen konnte, ich erinnere mich an das Schimpfen und die Ohrfeigen meiner Mutter, an die langen Vorträge meines Vater darüber, dass ich

nicht ungezogen sein dürfe, dass ich erwachsen sei, ich war inzwischen acht Jahre alt, und der Mama helfen solle, statt ihr lästig zu fallen, wenn ich von der Ganztagsschule zurückkomme. An Martina, die zu sprechen angefangen hatte: »Immel« sagte sie, auf den Himmel zeigend, und bald darauf sagte sie »Himmel«, sagte: Haus, Mama, Papa, Brei, Wasser, Bet, Sonne, Mond, Dunkel, Bet, warum, wer, was, Bet, Kissen, Wolken, Katze, Hund, Bet, klein, groß, Bet, Fernsehen, Bet, Bet, Bet!

Zeit, noch mehr Zeit.

Es ist Weihnachten, Neujahr, Ostern, August. Dann wieder Weihnachten, Neujahr, Ostern, August. Ihr Geburtstag, mein Geburtstag. Die vereisten Straßen, die sonnenbeschienenen Innenhöfe, Sprünge ins Tyrrhenische Meer, Schneemänner im Garten hinterm Haus, neben den Garagen. Martina im Mantel mit den Ansteckmadeln von *Toy Story*, Martina im Röckchen mit aufgeschürften Knien (»Das war Bet!«), Martina, die mich fragt, als sie aufgewacht ist, durch welches Fenster der Weihnachtsmann hereingekommen ist, wenn doch die Rollläden alle geschlossen waren.

Wir waren eine Familie wie alle anderen, weder zu laut noch zu leise, weder arm noch reich, eine Arbeiterfamilie wie die anderen in unserem Haus und wie die in den Häusern daneben. Möglich, dass die Schrottkiste durch eine andere, neuere Schrottkiste ersetzt wurde, möglich, dass ich mehr Zeit mit Papa und seinen Filmen verbrachte, Martina dagegen mehr mit Mama und ihrer schlechten Laune. Möglich, dass wir einmal im Monat in die Pizzeria gingen und Martina eine Margherita wollte und ein anderes Mal keine Margherita, stattdessen wollte sie die mit

Schinken, die ich gerade aß, möglich, dass Sonntagabend war und mein Vater den Stromstreik gegen die Elektrizitätsgesellschaft organisierte, und wir alle vier den Kühlschrank abtauten und dabei flüsterten, als gehörte zum Stromstreik auch der Streik der Stimmen, dann standen Kerzen mitten auf dem Küchentisch und auch in jedem strategischen Winkel der Wohnung, wo sie Bögen und Kreise und Linien aus Licht formten, die einen Moment lang in unseren Augen leuchteten, bevor die Augen im Dunkel verschwanden. Dann kam Martina, um sich an mich zu klammern, weil sie Angst vor der Dunkelheit hatte, obwohl sie das niemand anderem als mir gesagt hätte (das war auch der eigentliche Grund, warum sie nachts unablässig redete und Fragen stellte, bis der Schlaf sie übermannte), und ich drückte sie sehr fest, und ein paar Mal (nur ein paar Mal) sagte ich zu ihr: »Ich hab dich lieb.«

Bis ich zwölf war, ging ich auf die Mittelschule und schwärmte für Stefano Coloncini, der nachmittags immer mit Gleichaltrigen auf dem Hof des Supermarkts herumhing und mich nicht mal ansah, Stefano, der hellblonde Haare hatte und einen Mund mit blutleeren, ein bisschen brutalen Lippen, Stefano, für den ich nicht existierte, vor allem weil ich Martina mitschleppen musste, wenn ich in den Supermarkt ging, und Martina im Kinderbereich am Eingang spielen wollte, sie wollte auf dem Pferdchen reiten, und ich musste aufpassen, dass sie nicht runterfiel, sie wollte ein Eis und sie wollte auf die Rutsche, und ich musste ihr sagen, wie mutig sie runtergerutscht war, dann musste ich sie noch einmal auf die Leiter stellen und wieder zuschauen, dann wollte sie dies und danach noch einmal das machen, und zuletzt musste ich sie auch noch mit in den Laden nehmen, sie kletterte in den Einkaufswagen und wollte alles kaufen, weil ihr die bunten Packungen gefielen, und durch die automatischen Eingangstüren sah ich manchmal Stefano auf der Bank im Hof, wo er immer im Mittelpunkt stand, und gelegentlich, aber selten, kreuzten sich unsere Blicke zwischen einem Auf- und Zugehen der Türen.

Und ich erinnere mich an einen Samstagnachmittag, eigentlich müsste ich sagen: DEN Samstagnachmittag, an dem meine Eltern auf die Betriebsfeier der Ameca gehen und Martina mitnehmen wollten, ich hatte gesagt, dass ich nicht mitkommen könne, weil ich lernen müsse, und als die drei rausgegangen waren, hatte ich mir eilig einen Rock angezogen, nie trug ich Röcke, und nachdem ich mir einen Hauch von dem Lipgloss meiner Mutter auf die Lippen gemalt und ein bisschen von ihrem Puder auf die Wangen gepinselt hatte, war ich auf den Hocker gestiegen, um mich ganz im Badezimmerspiegel sehen zu können, und genau in diesem Moment hatte es an der Tür geklingelt. Zitternd ging ich antworten, da verkündete die Stimme meiner Mutter: »Martina will nicht mit uns kommen, sie macht einen furchtbaren Rabatz, Papa bringt sie gerade mit dem Fahrstuhl hoch, setz sie einfach vor den Fernseher und schau manchmal nach ihr«, und noch bevor ich protestieren konnte, hatte mein Vater bereits die Tür geöffnet und Martina auf der Fußmatte abgesetzt, die schlagartig mit dem Weinen aufgehört hatte und nun ganz vergnügt war, und er rief durch die Tür, ohne mich überhaupt anzusehen: »Seid brav, wir gehen nur auf einen Sprung zu Ameca und sind bald wieder da«, während er

Martina in die Wohnung schob und die Tür hinter ihr schloss, und von drinnen hörte ich, wie er wieder in den Fahrstuhl stieg und nach unten fuhr.
Alles, was ich an diesem Nachmittag tun wollte – nämlich ohne Martina, diesen Klotz am Bein, zum Supermarkt gehen, in meiner ungewohnten Aufmachung Stefano Coloncinis Aufmerksamkeit erregen, vielleicht ein bisschen flirten und dann innerhalb einer Stunde wieder zu Hause sein, in den Schlafanzug schlüpfen, als hätte ich mich nie aus der Wohnung wegbewegt –, das konnte ich jetzt nicht mehr machen, jetzt musste ich mit dem Klotz am Bein zu Hause sitzen, stopp, Ende aller Pläne.
Martina betrachtete mich aufmerksam, fragte: »Was hast du da angezogen?«, wartete die Antwort aber nicht ab, sondern fügte sofort hinzu: »Bringst du mich in den Supi?«
Ich sagte Ja. Sofort. Mein erster Plan war zum Teufel gegangen, also konnte ich ebenso gut einen zweiten probieren, obwohl der einschloss, dass der Klotz am Bein erneut die Bühne betrat.
Fünf Minuten später waren wir schon unterwegs zum Supermarkt, und ich zog sie ungeduldig am Arm: »Beweg dich, wir können nicht lange bleiben, los, Marty!«
»Aua! Zieh mich nicht so!«
Aber sie hatte es auch eilig, sich auf dem Spielplatz zu amüsieren, und rannte fast, um mit mir Schritt zu halten.
Es war Anfang Oktober, der Sommer war urplötzlich verschwunden, die Sonne schien nicht, es war kühl. Und weil ich an Röcke nicht gewöhnt war, kam es mir doppelt so kalt vor.

»Wenn wir da sind«, sagte ich, »gehst du zur Rutsche und machst alles allein, denn ich muss kurz mit meinen Freundinnen reden. Versprochen?«
Sie nickte, ohne auf mich zu achten.
Kaum war der Supermarkt in Sicht, flitzte Martina zum Eingang, mir blieb keine Zeit, ihr noch etwas zu sagen.
Auf der Bank saß, wie gewohnt, ein Grüppchen, ich erkannte Stefanos blonden Schopf.
»Pass auf!«, schrie ich Martina hinterher, die schon durch die Tür war, um sich auf die Rutsche zu stürzen.
Obwohl ich das noch nie zuvor getan hatte, ging ich auf die Bank zu. Ich erinnere mich, dass ich eine Selbstsicherheit zur Schau stellte, die ich nicht besaß, ich erinnere mich, dass ich dachte: »Geh ganz normal, Bet.«
»Ciao«, grüßte ich, nachdem ich all meinen Mut zusammengenommen hatte.
Sie waren zu fünft, zwei Jungen, drei Mädchen. Alle drehten sich gleichzeitig nach mir um.
Unter den Mädchen war Sara Rossi, die Einzige, die mit mir in eine Klasse ging. Sie musterte mich, als hätte sie mich noch nie gesehen. Ihr Blick wanderte zweimal an mir auf und ab, sie durchleuchtete mich von Kopf bis Fuß.
»Bet?«
»Ciao, Sara.«
Stefano, der bis zu diesem Augenblick einen Fuß auf die Bank gestützt hatte, ließ ihn schwer neben den anderen fallen, blickte mich bestürzt an.
»Wahnsinn, ey!«, rief Teo aus, einer aus seiner Klasse, bei dem sich schon mit zwölf Jahren ein dichter Flaum unter der Nase und am Kinn zeigte. Er sah mich an und er sah Sara an. Als wollte er sie fragen, wer zum Teufel ich war.

Sara war weder böse noch dumm, aber wir waren uns immer völlig gleichgültig gewesen, also konnte ich schlecht vortäuschen, ich wäre bloß hergekommen, um sie zu begrüßen.

Die anderen beiden Mädchen aber, das waren wirklich strunzdumme, assige Zicken. Alessia Jacobbe, die Tochter einer Bügelfrau, hatte zwar schöne kastanienbraune Locken, aber mehr körperliche Vorzüge hatte Mutter Natur ihr nicht verliehen, abgesehen vielleicht von einem abnorm großen Busen, den sie mit ausgeschnittenen Pullis zur Schau stellte, so gut sie konnte. Aber sie war pummelig, die Jeans spannten an ihren fetten Oberschenkeln, ihr Gang war wenig weiblich. Eine Stimme, so heiser, dass man Angst kriegen konnte. Und wenn sie lachte, verwandelte sie sich in einen Lastwagenfahrer. Übrigens auch, wenn sie sprach, was sie jetzt tat, nachdem sie mich ausgiebig angestarrt hatte: »Leck mich, krass, ey, kommst du frisch aus dem Beauty-Center?«

Die Dritte, Nadia Bavato, lachte kreischend. Blond, hübsch, gab die Oberschlaue, war aber immer sehr schweigsam – aus gutem Grund, denn sie konnte nicht anders, als in einem peinlich derben Piemonteser Tonfall zu sprechen – sie lachte also und kaute dann wieder mit halboffenem Mund ihren Kaugummi, in Erwartung, dass die anderen beiden etwas sagten oder taten.

»Bist du dieselbe Bet wie immer oder eine hübschere Version, die ihr bloß ähnlich sieht?«, fragte Stefano, während er mich prüfend betrachtete.

Die drei Tussis fanden das gar nicht witzig. Teo verfolgte jede ihrer Regungen, indem er die Augen in alle Richtungen verdrehte.

»Ich bin die von immer«, sagte ich und fühlte, wie ich rot wurde.
Ein paar Sekunden, die eine Ewigkeit dauerten, sahen Stefano und ich uns in die Augen, ohne den Blick abzuwenden. Dann sagte Alessia – um mich herabzusetzen, logisch: »Hast du diesen Rock von deiner Großmutter geklaut? Oder von der Großmutter deiner Großmutter?«
Damals besaß ich noch nicht die spitze Zunge, die mir mit der Zeit gewachsen ist. Natürlich wusste ich, dass hinter ihren Worten pure Eifersucht steckte, aber sie verletzten mich trotzdem. Und ich tat das Dümmste, was ich tun konnte: Ich sah auf meinen Rock herunter, um zu überprüfen, was daran nicht stimmte.
»Suchst du das Etikett von 1915?«, setzte Alessia einen drauf.
So verflüchtigte sich der kleine Zauber. Einen Augenblick lang hatte ich ihn besessen, er hatte mich umgeben, und gleich darauf: puff! lag der Zauber auf jemand anderem irgendwo anders.
Denn alle fingen an zu lachen. Alessia ordinär, Sara hinter vorgehaltener Hand, Nadia spuckte vor Lachen den Kaugummi aus, Teo ließ sich röhrend gegen die Lehne der Bank fallen und Stefano lachte natürlich auch, allerdings erst nach einer Weile.
Ich versuchte, ernst zu bleiben, ohne zu übertreiben, suchte fieberhaft nach einer schlagenden Bemerkung, um den Angriff zu parieren (etwa: »Nein, deine Mutter kann Etiketten nicht bügeln, darum reißt sie sie ab und schluckt sie runter«), aber ich fand keine.
Obendrein drang ausgerechnet in diesem Moment durch die sich öffnenden Türen ein Schrei von Martina: »Auaaa!«

Ich drehte mich um und sah sie neben der Rutsche auf dem Boden liegen. »Beeeet!«
Ich blieb wie versteinert stehen.
»Was ist das? Blökt da ein Schaf?«, fragte Alessia.
Stefano fing an zu lachen, sein Gesicht war hochrot, die Züge vulgär.
Der Zauber war verflogen, wie ich schon sagte, und Stefano war ohne jeden Zweifel bloß ein dummer Sack.
Ich ging weg.
»Hol den Babysitter raus, der in dir steckt!«, rief Teo hinter mir her. Erneutes kakophonisches Gelächter.
Ich ging in den Supermarkt zu Martina, die noch immer am Boden saß und weinend an ihr Bein fasste. »Ich hab mir wehgetaaaan!«
Aus der Gruppe kam wiehernd die Stimme von Teo: »Ich hab mir wehgetaaaan!«
Ich bückte mich, zog Martina gewaltsam hoch und schrie sie fast an: »Jetzt gehen wir! Man kann dich wirklich nicht einen Moment allein lassen, verdammt!«
»Beeet!«, heulte sie, und während ich sie am Arm wegzerrte, humpelte sie und bat mich stehenzubleiben. »Es tut gar nicht mehr weh!«, schrie sie, denn es ist eine Sache, ein bisschen Krach zu schlagen, um Aufmerksamkeit zu erregen, und eine andere, die Folgen zu tragen. »Neiiin!«
»Hör auf! Wir gehen jetzt nach Hause!«
Wir kamen an der Bank vorbei, wo sie immer noch lachten, und ich schwor mir, dass ich nie wieder versuchen würde, jemandem unbedingt zu gefallen, vor allem einem Jungen nicht. Mit Mühe erreichten wir die Straße, aber wir erreichten sie. Ich zog Martina hinter mir her, manchmal verlor sie den Halt, fiel fast auf mich. Aber ich zog sie weiter.

»Ich will zurück zur Rutsche!«
»Halt die Klappe! Du blamierst mich nur.«
»Nein!«
»Doch!«
»Das stimmt nicht, Bet! Ich will spielen!«
Wir hatten etwa die Hälfte der Strecke zurückgelegt, gingen am Straßenrand entlang, als sie wieder heftig an mir zog, sie versuchte, sich zu befreien. In diesem Moment fühlte ich nur noch Zorn und Demütigung, und da ich nicht wusste, an wem ich meine Wut auslassen sollte, wenn nicht an diesem sechsjährigen Zwerg, ohrfeigte ich sie. Das hatte ich noch nie zuvor getan. Und, es ist widerlich, das zugeben zu müssen, es tat mir sogar gut, ich verspürte Erleichterung.
Ich packte sie wieder am Arm.
Nach der ersten kurzen Verblüffung brach sie in Tränen aus. »Mamaaa!«, schrie sie unter Tränen. »Mama!«
»Ich habe gesagt, du sollst aufhören! Sonst kriegst du noch eine, Marty!«
Sie sagte nur noch einmal: »Bet ...«, aber sie sagte es in einem ganz anderen Ton, und sie sah nicht mich an, sie starrte auf etwas vor uns.
Der Fahrer, ein zwanzigjähriger junger Mann, sagte später, er habe uns schon aus einem halben Kilometer Entfernung gesehen, aber er sei mit anderen Dingen beschäftigt gewesen, er hatte gerade mit seiner Freundin gestritten und war nervös, er habe einmal um den Block fahren wollen und dann sofort zu ihrem Haus zurück, klingeln und den Streit fortsetzen. Er nahm alle Schuld auf sich.
Wenigstens alle, die er auf sich nehmen konnte. Der Rest der Schuld liegt bei mir. Ganz allein bei mir.

Als ich erkannte, dass das Auto direkt auf uns zusteuerte und uns überfahren würde, schubste ich Martina weg, etwa anderthalb Meter weit weg von mir. Ihr gab ihr einen richtig starken Stoß, damit wenigstens sie heil davonkam. Es war das einzige Mal in meinem Leben, dass ich so etwas wie Mutterinstinkt verspürte. Ich schubste sie weg, um sie zu schützen. Ich stieß sie in den Graben neben der Straße.
Aber dem jungen Mann – Franco Nelli hieß er – fiel im letzten Moment doch auf, dass wir da waren.
Er wich aus, um uns nicht anzufahren.
Er wich in Richtung Graben aus.
Wenn ich sie an meiner Seite behalten hätte, wenn ich sie an mich gedrückt hätte, wäre es nicht passiert. Er wäre ausgewichen und sein Auto wäre von der Straße abgekommen. Er hätte sich ein paar Prellungen geholt, mehr nicht. Und wir alle wären mit einem schlimmen Schrecken davongekommen.
Aber ich schubste Martina in den Graben.
Genau dorthin, wo Franco Nelli sein Auto hinlenkte, um uns auszuweichen.
Und so habe ich meine Schwester getötet.

Andrea kommt rein, hier wechseln ständig die Schauspieler, wie auf einer Theaterbühne. Er hinkt, wegen der Schläge mit dem Gummiknüppel, die er vor ein paar Stunden einstecken musste. Eine kleine schmerzverzerrte Grimasse, als er sich mir gegenüber auf den Direktorensessel setzt. Er kontrolliert alles mit Blicken. – Unten ist ein Journalist von *Repubblica.it*, der dich interviewen will, Bet.

– *Repubblica.it*?

– Ja.

– Was will er denn von mir? Wer hat ihn benachrichtigt?

– Die Sache hat sich im Flug rumgesprochen. Er kommt aus Palazzo Nuovo, hat gerade die Studenten interviewt, die demonstrieren. Er will wissen, ob dein Streik auch gegen die Hochschulreform gerichtet ist.

– Damit habe ich doch überhaupt nichts zu tun!

Auf der Internetseite der *Repubblica*. Das fehlte gerade noch! – Ich weiß, aber er ist unten und fragt die Leute aus. Ich möchte nicht, dass dein Protest von dem Gequatsche irgendwelcher Kids lächerlich gemacht wird, die keinen

Durchblick haben. Er macht eine Pause. Obwohl ich, ehrlich gesagt, auch nicht richtig durchblicke bei dir. Er grinst.
– Ich hab's dir schon gesagt. Alles sehr komplex.
– Klar. Aber wenn jemand sich ankettet, muss er einen minimalen, wenigstens einen minimalen Grund dafür haben. Wozu nützt es sonst?
Er hat ja nicht unrecht. Aber in dieser Geschichte läuft eben nicht alles an einem Punkt zusammen. – Ich hab das eigentlich ohne eine konkrete Idee angefangen, Andre.
– Okay, verstehe. Aber du hast etwas zu sagen. Oder nicht?
– Ja. Mehr oder weniger.
Er forscht in meinem Gesicht. – Sonst stehst du bloß da wie eine Verrückte. Und ich weiß, dass es nicht so ist, aber die anderen?
Er steht auf, verschiebt den Sessel hinter dem Schreibtisch des Direktors. Hantiert am Computer herum. Ich sehe nur einen Lichtschein, der von einer Ecke des Bildschirms kommt. – Ich hab mir was überlegt ... Sein Telefon klingelt.
– Hey, Livio, was ist? Er hörte eine Weile zu. – Warte, sagt er. Zu mir: – Der Journalist lässt nicht locker, er will raufkommen.
Er sieht mich fragend an.
– Nein, schick ihn weg. Bitte.
– Bist du sicher?
– Ja.
Er sagt ins Telefon: – Nein, sie gibt keine Interviews oder Erklärungen. Er beendet das Gespräch.
– Du sagst, du hast dir was überlegt ...
– Hm, ja. Er überkreuzt die Beine, schaukelt auf dem

Stuhl. Ich dachte mir: – Wie wäre es, wenn ich dich interviewe?
– Wie bitte?
– Du sagst alles, was du sagen möchtest, ich schreibe es auf und dann setzen wir das auf die Homepage der Schule.
Ich spüre meinen Rücken und meinen Hintern nicht mehr. – Hm, ich weiß nicht.
– Bet, er beugt sich zu mir vor, sie werden uns bald rauswerfen. Mit oder ohne Gewalt. Sie lassen nicht zu, dass wir die Schule besetzen, nicht in diesen Tagen. Aber wir sind immerhin aktiv geworden, viele riskieren das Schuljahr für diese Geschichte. Du hast deins schon verspielt, das weißt du doch, oder?
Ich nicke.
– Du hast mit der Sache angefangen, und wir sind dir gefolgt. Aber du bist auch diejenige, die sie jetzt beenden muss. So was macht man nicht bloß, um irgendwo mal ein bisschen aufzumischen, das weißt du genau. Darum wird es jetzt Zeit, Bet, dass du mit dem rausrückst, was dich nervt. Bevor Novelli die Polizei bittet, mit einem Handwerker hochzukommen, um dich von der Heizung loszumachen. Du musst es jetzt tun, was auch immer es ist.
Stimmt. Es gibt keinen Kampf ohne Forderungen, das hat mein Vater immer zu mir gesagt, als wir noch zusammen auf meinem Planeten lebten. – Aber wer liest denn ein Interview, Andre? Egal, ob auf unserer Homepage oder auf der von *Repubblica*. Das kommt nicht so an, wie es müsste.
Dabei weiß ich nicht mal, was eigentlich ankommen müsste, aber das sage ich nicht.

Nachdenklich fährt er sich mit der Hand übers Gesicht. Dann dreht er sich mit dem Sessel um, tippt wieder auf der Computertastatur. – Du hast recht, in der Form kommt es nicht an. Aber so vielleicht doch. Er dreht den Monitor zu mir. Ich sehe die Homepage von YouTube. Er zeigt mir sein Mobiltelefon, ein hypertechnologisches Ding mit tausend Tasten. – Hier ist eine gute Kamera eingebaut. Die macht ausgezeichnete Videos.
Ich habe verstanden, was er meint, aber plötzlich kriege ich eine idiotische Angst, darum frage ich: – Und das heißt?
– Es heißt, dass ich dich aufnehmen werde. Ich mache kein Interview mit dir, nur du sprichst. Du sagst alles, was du sagen willst. Dann lade ich das Video auf den Computer, und wir schicken den Link an die, die ihn haben sollen.
– Aber mir fällt nichts ein ...
– Bet! Zum ersten Mal schlägt er einen gebieterischen Ton bei mir an: – Du musst dem Ganzen einen Sinn geben.
Ich zünde mir eine Zigarette an. Er hat recht. Angenommen, sie kommen rauf und reißen mich hier raus. Bevor ich diesen ganzen Aufstand begründet habe. Was für ein sinnloser Scheiß wäre das dann gewesen? Auch ich wäre dann enttäuscht. – Okay, sage ich. – Wir tun es.

Andrea hat Livio und Diego vor der Tür postiert, sie haben Befehl, niemanden reinzulassen, egal wen. Andere Jungs mussten Wache an der Treppe beziehen. Unten besetzt der Rest der Truppe den Eingang, den Schulhof und das Tor. Er hat Monica losgeschickt, damit sie den Lehrern mitteilt, dass wir die Besetzung in etwa zwei Stunden beenden werden.

Die Tür ist geschlossen, wir beiden sind jetzt allein.
– Bist du bereit, Bet?
Ich nicke. Atme tief ein, als müsste ich einen Berg besteigen. So blöd, wie ich dachte, fühle ich mich gar nicht.
Er hält das Telefon in meine Richtung. – Ich habe dich im Bild.
– Wie sehe ich aus?, frage ich mit einem Lächeln, das ihm bitter vorkommen muss.
– Du bist schön, Bet, sagt er, hinter dem Telefon versteckt. Einen Augenblick zittere ich. – Ein beschissenes Gefühl, dich an eine Heizung angekettet zu sehen. Aber jetzt zählt nur, dass du sagst, was du zu sagen hast. Er drückt auf eine Taste, ein metallisches Surren erfüllt den stillen Raum. Mit der anderen Hand macht er mir ein Zeichen, als wollte er sagen: »Los.«

Als er fertig ist und das Video gespeichert hat, betrachtet er mich noch eine Weile, die ewig zu dauern scheint. Auch er wirkt mitgenommen. Ich erwarte, dass er etwas sagt, aber vielleicht wartet er ja noch auf ein paar Worte von mir. Wir lächeln erschöpft.

Ich bitte ihn, den Schlüssel des Vorhängeschlosses zu holen, öffne es. Er hilft mir, die Kette aus der Heizung zu ziehen, ich komme mir vor wie ein Rollbraten. Je mehr Windungen der Kette sich von meiner Brust lösen, desto freier kann ich atmen, fast wird mir dabei schwindelig.

– Steh auf, mach ein paar Schritte, sagt Andrea und zieht mich langsam hoch. Ich bin ein einziges Gliederknacken, die Schulter tut mir saumäßig weh, an mir und auch an ihm klebt noch der scharfe Gestank des Tränengases.

– Da hab ich dir ja einen richtig denkwürdigen Tag geboten ..., sage ich und bin ein bisschen verlegen, aber nur ein bisschen.

Er lächelt, bleibt wachsam an meiner Seite, während ich ein paar Schritte versuche. Mir ist, als käme ich aus einer langen Gefangenschaft. Das Licht des frühen Nachmittags blendet mich. Ich brauche eine Weile, um mich an diese Helligkeit zu gewöhnen, dann spähe ich hinunter in den Hof. Der Polizeiwagen ist weg.

– Schaffst du es?, fragt er.

– Ja. Allerdings würde ich mich jetzt am liebsten in die Badewanne hauen.

– Wem sagst du das. Er setzt sich, hantiert wieder mit dem Computer. Er lädt den Film. – Willst du dich vorher noch mal sehen?

– Ich habe nicht die Absicht, mir das jemals wieder anzuschauen.

Aber jetzt, wo ich stehe, mich bewegen kann, bin ich erleichtert. Mann, war das ein Felsbrocken. Ich kann nicht leugnen, dass mir immer noch ein ziemlich dicker Stein auf der Seele liegt, aber das Gewicht hat sich entschieden verringert.

Vor allem dank dieses Typen, der da hinter dem Schreibtisch sitzt, die Augen gerötet, das Gesicht grau und eingefallen vor Müdigkeit. Und wenn sein Gesicht grau ist, wage ich nicht, mir vorzustellen, wie ich aussehe.

Er tippt. – Fertig, sagt er nach einer Weile. – Welchen Titel geben wir diesem Video?

– Ist das nötig?

– Möglicherweise ja.

Ich denke nach. – Die Frustrationen einer chaotischen Minderjährigen.

– Lass den Quatsch, sagt er sanft. – Du hast der Sache einen Sinn gegeben, und was du gesagt hast, stimmt. Ich bin in allem deiner Meinung.

Ich stütze mich auf den Schreibtisch. Auf dem Monitor das Bild einer an eine Heizung geketteten, hochgradig er-

regten Irren, die ich nicht sein möchte. In der Mitte das Symbol für PLAY.
– Sieh dir das jetzt nicht noch mal an, bitte.
– Komm schon, Bet. Bloß um zu kontrollieren, wie das Bild geworden ist. Und auch wegen dem Ton.
Plötzlich spucken die Lautsprecher des PC meine Stimme aus, die man – Pech für mich – sehr gut hört: »... die Geschichte der Frauen ist eine einfache Geschichte«, sage ich. »Die Männer nutzen sie aus, schicken sie vor, enttäuschen sie, und hinterher machen sie die Frauen schlecht, beschimpfen sie auf übelste Weise. Sie geben ihnen die Schuld an ihren eigenen Fehlern. Aber es gibt auch den Frauentyp Märtyrerin, die mit dem Sekretärinnenkomplex: Sie würden alles tun, um die Ehrbarkeit des männlichen Chefs zu retten. Lügen. Schweigen. Und was kriegen sie dafür? Nichts, einen Dreck.«
Verflucht, was rede ich da? Und bin ich das wirklich?
»... die Karrierefrauen, die allein bleiben, denn wenn Männer solche Frauen verführen können, hängen sie sie hinterher ab oder schaffen um sie herum ein Vakuum. Das zu erreichen, was manche Frauen erreichen wollen, ist unmöglich, wenn sie Familie, Kinder haben, und ...«
– Mach aus, Andrea.
– Nur noch eine Minute, Bet, sagt er, gebannt auf den Bildschirm starrend.
»... die Frauen in der Fabrik, bei der Nachtschicht. Dann schnell nach Hause, um Frühstück für alle zu machen. Die Frauen, für die das Fernsehen Seifenopern produziert, wo sie die Übeltaten anderer Frauen sehen, damit sie sie hassen können, Frauen, die andere Frauen im Fernsehen

beleidigen, Realityshows, in denen eine unter Fünfunddreißigjährige gewinnt, so schließt sich der Kreis und alle sind zufrieden. Frauen, die Bücher mit ein bisschen gewagtem Inhalt schreiben und sofort als Nutten abgestempelt werden. Wenn dagegen Männer genau die gleichen Bücher schreiben ...«

– Mach das aus!, schreie ich Andrea an.

– Lass mich doch, Bet, ich will nur noch das Ende sehen.

Mausklick.

»... die Schlankheitskuren, die Empfehlungen des Schönheitschirurgen im Fernsehen, mit Fotomodels oder was auch immer für Schlampen, die sich vor der Kamera betatschen lassen ... dieser Wahnsinn, wenn Frauen denken, dass Altern schon wie Sterben ist, dass all dein Talent, deine ganze Persönlichkeit in der straffen Haut über den Wangen, in der aufgehobenen Schwerkraft der Brüste, in der Aerodynamik zweier Arschbacken liegt. Irgendwann altern wir, meine Lieben. Das ist die ganze Wahrheit. Du bist ein menschliches Wesen, und wenn du die Dreißig hinter dir hast, fängst du unweigerlich an, einiges zu verlieren, aber inzwischen müsstest du auch noch etwas anderes erreicht haben, etwas, für das es sich lohnt, in dein Alter gekommen zu sein und Zipperlein zu haben. Und dieses Etwas ist Stil. Nicht der Stil, wie du dich aufbrezelst oder dich kleidest oder gehst, sondern der Stil der Dinge, die du gelernt hast, der Stil deiner Lebenserfahrung. Es ist eine prima Sache, in Form zu bleiben, wer will das leugnen? Aber sorg auch dafür, dass deine Würde in Form bleibt ... Und die, die sich mit Babybauch fürs Titelblatt fotografieren lassen? Glaubt ihr im Ernst, ihr brecht damit ein Tabu? Wie bescheuert seid ihr eigentlich? Wollt ihr

wirklich antikonformistisch sein? Wollt ihr? Gut, dann empört euch endlich mal, meine Lieben ...«
– Andre!
– Okay. Er schließt das Programm. – Es ist gut geworden. Zu Hause verschicke ich den Link überall hin.
– Lohnt sich das wirklich?
Er sieht mich an. Ernst. – Ja, Bet.
Er steht auf.
– Wie hast du den Film genannt?
– Bet empört sich.
– Wie?, frage ich hohnlachend. Aber so übel ist das nicht.
Wir gehen zur Tür.
Livio und Diego drehen sich zu uns um.
– Na?, fragt Diego.
– Es ist online, antwortet Andrea. – Danke, Jungs. Ich schicke euch eine Mail mit dem Link.
Ich humple ein bisschen, Livio stützt mich. – Das hat ja ewig gedauert, was hast du denn alles gesagt?
Ich zucke die Achseln.
Wir kommen an die Treppe. – Hey!, grüßen uns Schüler aus der Dritten.
Sie lassen mich vorbei, auch unten im Erdgeschoss. Dort stehen mindestens hundert Schüler, die sofort aufhören zu reden, als ich ankomme, und mir die Tür zum Schulhof öffnen. Keiner stellt Fragen. Andrea geht hinter mir und erklärt allen, dass sie das Video auf YouTube finden.
Monica sitzt rauchend auf der Treppe.
Vor der Turnhalle steht fast der gesamte Lehrkörper.
Novelli kommt mit verschränkten Armen auf mich zu:
– Dass mir so was nie wieder passiert!, versucht er mit seiner Murmelstimme zu schreien. Er sagt es zu mir und

allen anderen Schülern auf dem Hof. Wahnsinn, wir sind unglaublich viele.
- Danke für die Gastfreundschaft, sage ich.
Im Gegensatz zu ihm kann die Sangueti laut schreien:
- So leicht wirst du nicht davonkommen, Corvino, das weißt du. Wir haben deine Eltern benachrichtigt!
Ich beachte sie gar nicht.
Sie greift nach meinem Arm.
Aus der Menge ertönt Protest. - Lass sie los! - Hände weg, alte Hexe!, ruft einer aus seinem sicheren Versteck hinter den anderen.
- Lassen Sie mich los.
- Wenn es nach mir gegangen wäre, hätte ich das Büro stürmen lassen!
Ich gebe ihr einen Klaps auf die Hand, damit sie meinen Ellenbogen loslässt.
Jemand lacht. Crivelli sagt zur Sangueti: - Lass sie gehen!, und hebt die Faust zum Kommunistengruß. Dieser Mann wird mich noch in den Wahnsinn treiben, wenn er nicht bald wieder in seine Rolle des Mathelangweilers schlüpft.
Der Direktor fängt an, mit ihm zu diskutieren, die Sangueti nimmt ihr erregtes Gackern wieder auf, andere Lehrer kommen dazu. Es entspannen sich heftige Wortwechsel unter ihnen und zwischen Lehrern und Schülern.
- Wir streiken, wenn und wann es uns passt, sagt Diego.
- Hämmert euch das in den Schädel!
Im allgemeinen Durcheinander verschwinde ich in der Menge, suche und finde Andrea. Umgeben vom Lärm der anderen stehen wir uns gegenüber und sehen uns an.
Wer weiß, was passiert wäre, wenn Monica nicht ausgerechnet jetzt dazugekommen wäre und ihn eifersüchtig

am Arm gepackt hätte. Er wirft ihr einen genervten Blick zu, dann sieht er wieder mich an.
Aber der Augenblick ist vorbei.
– Danke, sage ich nur.
Und gehe.

Bevor ich mich unter die Dusche stelle, schaue ich mich im Spiegel an. An der Schulter habe ich einen zitronengelben Fleck, ich versuche ihn anzufassen und sehe Sterne. Der Bluterguss auf dem Unterarm vom Springerstiefel des Bullen ist violett, spielt schon ins Schwarz, ich wage nicht einmal, ihn zu berühren. Am Hals und an den Beinen habe ich Schürfwunden, mein Kinn ist voller Kratzer. Und auf Oberkörper und Rücken hat die Kette hier und da rote Spuren hinterlassen. Meine Haare sind schmutzig, ich stinke nach Staub, Schweiß und Tränengas. Gut zwanzig Minuten bleibe ich unter dem Wasserstrahl. Im Bademantel und mit nassen Haaren komme ich aus dem Bad und lege mich aufs Bett.
Ich bin völlig fertig und habe zu nichts Lust, nicht mal, mich anzuziehen. Ich denke an Andrea.
Schließe die Augen.
Andreas Lippen.
Ich halte inne.
Ich kann nicht behaupten, dass ich ein großer Fan vom Onanieren bin, gelegentlich tue ich es, doch nie, nachdem ich ein paar Stunden angekettet an eine Heizung verbracht habe.
Habe ich damit angefangen, um meinen Kopf von all den Gedanken zu befreien, die darin eingesperrt waren? Keine Ahnung. Vielleicht sollte ich eine Bilanz dieses Tages zie-

hen, vom gescheiterten Streik bis zu den Dingen, die ich gesagt habe und die jetzt im Netz stehen und auf wer weiß was warten. Ich bin nicht neugierig. Ich bin nicht wütend. Mir ist, als würde ich schwebend auf den Schlaf zutreiben. Ich spüre ihn, ich höre, wie er mir ins Ohr flüstert.
Dann wird sein Murmeln vom Geräusch der Türklingel unterbrochen, ich raffe mich auf, schaue auf die Uhr: vier. Wenn es einer ist, der Werbezettel verteilen will, kriegt er Ärger mit mir, versprochen.
Wieder dieser Lärm, jetzt bin ich ganz wach.
- Wer ist da?
- Viola. Verdammt, warum ist dein Telefon nie angestellt?
Ach du Scheiße. Und jetzt?
- Bet, kommst du runter oder lässt du mich rein? Ich kann nicht erkennen, ob sie noch immer stinkig ist. Vielleicht weniger. Oder sie hält sich noch zurück, um mir, sobald ich in Reichweite bin, ihren ganzen Zorn ins Gesicht zu schleudern.
- Dritter Stock, sage ich.
Dann gebe ich mir einen Ruck und ziehe die erstbesten Sachen an, die ich finde - Schlüpfer, ein T-Shirt, Latzhose -, denn die Türklingel macht schon kurz darauf Dingdong. Ich spähe durchs Guckloch: Eine Viola mit länglichen Konturen wartet draußen. Sie hat kein Gewehr bei sich. Offenbar auch kein Klappmesser.
Ich mache auf. - Hallo.
- Ciao. Sie mustert mich, bemerkt die Kratzer am Kinn. Und selbst wenn sie ein bisschen wütend war, jetzt scheint sie es nicht mehr zu sein. Die Macht eines zerbeulten Gesichts. - Was ist passiert?
- Komm rein.

Und sie kommt herein. Oder besser: Erst kommt ihr Riesenbauch durch die Tür, dann sie. Sie streift ihren Mantel ab, ich überlege, ob ich ihr helfen soll, aber ich tue es nicht. Ich hänge den Mantel für sie auf.
Im Licht des Wohnzimmers betrachtet sie mich noch einmal. Dann sagt sie schneidend: – Was auch immer dir zugestoßen ist, es steht dir gut.
– Ach, Scheiße, Viola, wenn du gekommen bist, um zu streiten, ist das heute wirklich nicht der richtige Tag!
– Ich habe doch wohl das Recht, immer noch sauer auf dich zu sein, oder?
– Du hast alles Recht der Welt, aber heute passt es schlecht.
Ich will mich setzen, aber dann bleibe ich stehen. Wieso will ich immer das eine machen und mache dann doch das andere?
– Komm schon, Bet. Ich bin hier diejenige, die pissig sein müsste, okay?
Sie blickt sich um. Wie klein dieses Mädchen ist und gleichzeitig wie gewaltig! – Hübsch hier.
– Hm.
– Sag schon, was hast du angestellt?
– Einen Streik ... ging ziemlich wild zu.
– In der Schule?
– In der Schule, überall, wo grad was los war.
– Warst du bei den Studenten?
– Allein. Eine individuelle Revolte.
Sie runzelt die Stirn. – Wollen wir reden oder wollen wir Krieg führen?, fragt sie und setzt sich. Sie will reden, so viel ist klar.
Naja, bei dem Chaos, das ich in ihrem Leben angerichtet

habe, muss ich wohl alles akzeptieren, was von ihr kommt, egal, wie sie mich behandelt und in welcher Stimmung sie ist. Und reden tötet ja nicht, wenigstens nicht immer.
– Paul hat mich immer wieder angerufen. Auch nachts.
Sie hält sich den Bauch, vielleicht sitzt sie unbequem. Ich werfe ihr ein Kissen zu. Sie stopft es sich hinter den Rücken. – Okay.
Ich setze mich auf die Lehne. – Was will er denn?
– Was würdest du an seiner Stelle wollen?
– Weiß nicht. Vielleicht fragen, warum du nicht die Pille genommen hast, solche Sachen.
– Er will wissen, ob er der Vater ist. Sie lacht bitter. – Ob ich Beweise habe.
– Was für ein Vollidiot ...
Sie überkreuzt die Füße. – Nein, Bet, er ist kein Vollidiot. Du bist einer.
Dagegen gibt es nichts einzuwenden. – Könnte ich doch bloß die Zeit zurückdrehen, sage ich.
– Kannst du aber nicht. Und ich auch nicht, flüstert sie. – Auch Paul nicht.
Ich hasse es, sie so zu sehen. Stinksauer ist sie mir lieber.
– Und wie ... wie seid ihr klargekommen?
Wie beschissen ich mich verhalte. Ich bringe sie in grässliche Schwierigkeiten, und dann erkundige ich mich beiläufig, wie es weitergegangen ist, als würde mich das alles kaum etwas angehen.
– Er wollte nach Turin kommen. Sich nach der Möglichkeit eines Vaterschaftstests erkundigen. Sie schüttelt den Kopf.
– Er ist wirklich ein Scheißtyp.
Sie wirft mir einen Blick zu, der jeden zu Eis erstarren las-

sen würde. – Es ist nicht seine Schuld. Das ist ein typisch männliches Denkmuster, willst du das nicht kapieren?
Sie stützt den Kopf auf eine Hand. Blickt ins Leere. – Er hat allen Grund dazu. Ich an seiner Stelle hätte auch meine Zweifel. Vor allem, wenn die Tussi, die ich angeblich geschwängert haben soll, sich im fraglichen Zeitraum noch mit anderen amüsiert hat.
Ich falle fast von der Lehne, hebe die Augen zum Himmel.
– Ach, du heilige Scheiße.
– Ja, Bet. Heilige Scheiße. Eine Zeitlang war ich, sagen wir ... unbekümmert und promisk, okay?
– Es gab also ... andere, und er weiß das.
– Ja. Begreifst du jetzt, wie hyperidiotisch es war, was du gemacht hast?
Eine Träne rollt ihr übers Gesicht.
– Aber du hattest mir gesagt, dass ...
– Hör auf!, explodiert sie. – Was zum Henker soll das noch ändern, was ich dir gesagt habe? Wir beide hatten uns gerade erst kennengelernt.
Ihre Stimme bricht, und auch in meinem Inneren bricht etwas entzwei. Wir sind kaputt. Kaputte Mädchen. – Was sollte ich dir denn deiner Meinung nach erzählen? Sie wechselt in einen frivolen Tonfall. – Weißt du, Bet, es gibt ein halbes Dutzend Typen, die Ansprüche auf die Vaterschaft für dieses Dingsda in meinem Bauch stellen können! Alle wollen es haben, sie stehen schon Schlange. Hilf mir, den richtigen Papa auszusuchen, Bet.
Sie zieht die Nase hoch, kehrt zur brüchigen Stimme von eben zurück. – Fickt euch doch alle ins Knie.
Ich stehe auf und gehe ein Küchentuch holen, reiche es ihr. Sie trocknet sich die Tränen und den Rotz.

Ich bin durcheinander. Als wären das nicht total normale Ereignisse in dieser Welt, über die ich mittlerweile Bescheid wissen müsste. – Wenn er dich wieder anruft, versuche ich, mit ihm zu sprechen. Ich sage ihm, dass alles meine Schuld ist.
Sie schnalzt mit der Zunge. – Er ruft nicht wieder an. Jedenfalls nicht so bald. Schließlich habe ich ihm erklären müssen, dass nur eine Wahrscheinlichkeit von eins zu sechs besteht, dass ihm die Ehre zufällt.
– Eins zu sechs? Ich versuche ein paar rasche Berechnungen. – Wie viel Prozent macht das? Bei eins zu fünf ... wäre das zwanzig von hundert. Aber bei sechs ..., ich zähle es an den Fingern ab.
Sie reißt die Augen auf.
Macht eine Art Pupsgeräusch mit dem Mund, aber dann erkenne ich, dass es der Beginn eines Lachanfalls ist.
Ihr Bauch zuckt unter ihren Händen, als würde sich auch der Untermieter dort drinnen an der Erheiterung beteiligen.
– Ich wollte mich bloß nützlich machen ..., versuche ich mich zu verteidigen, aber das war nun wirklich das Dümmste, was ich sagen konnte, ich merke es und fange auch an zu lachen.
– Du wolltest ... dich ... nützlich machen???

Wir können nicht mal mit dem Lachen aufhören, als meine Mutter keuchend ins Wohnzimmer kommt, die Jacke noch zugeknöpft, den Mund vor Staunen weit geöffnet. Zuletzt habe ich sie gesehen, wie sie mit gesenktem Kopf aufs Werksgelände ging. Jetzt begegnen wir uns wieder, nachdem sie diese Demütigung ertragen musste, zu der ich nicht wenig beigetragen habe, und sie findet mich zu Hause vor, wo ich mit einer Fremden auf dem Sofa sitze und Tränen lache.

Aber sie reagiert nicht böse. Natürlich macht sie keine Freudensprünge, doch sie lächelt fragend. Ihre Neugierde gilt vor allem dieser jungen Unbekannten, unleugbar hochschwanger, die versucht, sich wieder zu fassen und auf unserem Wohnzimmersofa anständig hinzusetzen.

– Ich bitte um Entschuldigung, sagt Viola schließlich, die Augen noch voller Tränen, während sie versucht, sich zu erheben.

– Nein, bleib ruhig sitzen.

Meine Mutter ist zwar ziemlich verdutzt, reicht ihr aber die Hand. – Elena.

– Viola. Freut mich. Bitte entschuldigen Sie.

– Wir sind Freundinnen, sage ich, sie hat einmal abends angerufen, erinnerst du dich?

– Ja ... Ist alles in Ordnung?

– Ja, Signora. Wir haben bloß gelacht, das ist alles.

Meine Mutter nickt. Dann sieht sie mich an. – Was ist heute in der Schule passiert, Bet?

– Och, nichts Besonderes. Warum?

Überzeugend klingt das allerdings nicht. Und sie weiß Bescheid. So habe ich zwei Augenpaare vor mir, die mich aufmerksam fixieren.

– Meine Güte, Bet, ich hatte eine hochgradig erregte Nachricht des Direktors auf meinem Anrufbeantworter. Er sagt, heute Vormittag hast du dich an die Heizung in seinem Büro gekettet.

Viola macht wieder dieses Pupsgeräusch, das ihr ungezügeltes Lachen einleitet.

Meine Mutter betrachtet sie.
– Nochmals ... ich bitte um Entschuldigung!
Dagegen ist kein Kraut gewachsen, Viola hat eine Art zu lachen, die auch den Hauptdarsteller einer Beerdigung anstecken würde. Tatsächlich kann meine Mutter ein Lächeln nur mühsam verbergen, indem sie sich auf die Unterlippe beißt. Dann wendet sie sich an mich und fragt in eher ironischem als verzweifeltem Ton: – Nun? Erklärst du mir, was da los war?
– Was soll ich sagen, Ma. Nachdem der Streik so übel ausgegangen ist, war ich natürlich ziemlich wütend. Und die Pläne, mit denen ich in der Schule angekommen bin, die waren, naja, ziemlich ... konfus.
– So konfus, dass du das Büro des Direktors mit einer Kette betreten hast?
Mist. So klingt das tatsächlich krass.
Viola verbirgt ihr Gesicht hinter den Händen.
– Ich habe dem Direktor nicht die geringste Gewalt angetan, Ma.
Einen Augenblick lang stelle ich mir vor, wie ich Das Gemurmel mit der Kette peitsche. Er versucht, den Schlägen auszuweichen und stammelt: »Corvino, was zum Donnerwetter ist in dich gefahren?! Aua! Corvino! So nimm doch Vernunft an!«
– Warst du auch dabei?, fragt meine Mutter Viola.
Sie zieht eine Wange ein, versucht alles Mögliche, um nicht wieder loszulachen. – Nein, Signora. Ich weiß gar nichts davon. Dann fragt sie mit einem Blick auf mich:
– Du hast dich beim Direktor ... angekettet, Bet?
– Mama, warum ziehst du nicht endlich deine Jacke aus?
Sie gehorcht mechanisch. Hängt die Jacke über den Stuhl.

Ihre Jeans sind an den Knien zerrissen, das Sweatshirt schmutzig am Bauch. Wer weiß, mit welchem Waschmittel sie versucht hat, es sauberzukriegen, denn die Flecken haben sich zu feuchten Ringen ausgebreitet. Jetzt sieht zur Abwechslung mal sie aus wie eine, die von zu Hause weggelaufen ist.
– Vielleicht sollte ich ... Bet, ich will nicht länger stören, sagt Viola und wendet den Blick vom Sweatshirt meiner Mutter ab.
– Nein, sage ich. Sie macht es sich zu leicht, wenn sie jetzt geht. Möglich, dass meine Mutter mich nur deshalb nicht besinnungslos schlägt, weil Viola hier bei uns ist.
– Nein, sagt auch meine Mutter, setzt sich an den Tisch.
Ich kehre auf meine Armlehne zurück.
Und fasse die Ereignisse für unseren Gast zusammen. – Heute Morgen haben wir vor der Fabrik gestreikt, wo sie arbeitet, ich zeige auf meine Mutter, aber dann hat sich die Lage zugespitzt, die Bullen haben uns angegriffen ...
– Diese Schweine!, ruft Viola aus. Und hält sich sofort die Hand vor den Mund.
– Genau, sagt meine Mutter, Schweine.
Damit ist das Wort amtlich beglaubigt, und Viola kann sich entspannen.
– Als du dann reingegangen bist, hatte ich, wie schon gesagt, eine Stinkwut im Bauch und bin zur Schule ... nein, vorher hab ich noch in einer Eisenwarenhandlung eine Kette gekauft ... in der Schule bin ich rauf zum Direktor, hab ihn mit irgendwelchem erfundenen Quatsch dazu gebracht, sein Büro zu verlassen ... und dann hab ich mich an die Heizung gekettet. Die anderen Schüler, darunter auch Andrea, haben mich unterstützt und die ganze Schule

besetzt ... aber ohne Scheiß zu bauen, echt, es wurde bloß diskutiert. Gegen zwei hab ich mich dann losgemacht und alles, der ganze Streik war vorbei ... also bin ich nach Hause gefahren. So war das.
Ich habe versucht, während des kümmerlichen Berichts einen möglichst neutralen Tonfall beizubehalten.
– Warum hast du dich denn eigentlich angekettet?, fragt Viola. Inzwischen kaut sie auf dem Inneren beider Wangen herum, scheint mir. Aber ihre Augen lächeln in meine Richtung.
– Weiß ich selbst nicht genau.
– Bet, manchmal machst du Sachen mit komplett ausgeschaltetem Hirn, habe ich bemerkt.
Schweigen.
Das von einem leisen Laut meiner Mutter unterbrochen wird, anfangs hört es sich an wie Brummen, dann wie Jammern. Was auch immer es vorher war, zuletzt wird daraus ohne jeden Zweifel ein Gelächter. Sie lacht aus vollem Hals, an die Stuhllehne gelehnt, die Hände auf den zerrissenen Jeans. – Oh Gott, vielleicht sollte ich dir lieber eins über den Schädel ziehen ...
– Sie haben ja so recht, Signora, höhnt Viola. – Absolut recht.
– Hey, einmal hab ich doch nachgedacht, nämlich den Temperaturregler der Heizung auf null gestellt, verbrennen konnte ich mich wenigstens nicht.

Nachdem meine Mutter ein paar Informationen aus Viola herausgeholt hat (»Zweiundzwanzig, Signora – Ich arbeite als Kassiererin – Ich wohne im Viertel Porta Palazzo – Dreißigste Woche – Das wollte ich nicht wissen, Signora,

Mädchen oder Junge ist doch egal, ich möchte lieber überrascht werden, wie in alten Zeiten – Er ... wohnt nicht in Turin, aber er ruft mich oft an, zu oft sogar. Nein, wir sind nicht richtig zusammen – Die ist Kostümbildnerin am Theater, ist gerade auf Tournee, aber sie kommt in ein paar Tagen, um ... mir beizustehen«) und ich die ganze Zeit total angespannt dabeigesessen habe, vor allem bei den heikelsten Fragen, und von Zeit zu Zeit böse Seitenblicke meiner Freundin einstecken musste, hat Viola die Prüfung mit einem, sagen wir, knappen Genügend bestanden. Der Beweis ist, dass meine Mutter sie umarmt und ihr sogar einen Kuss auf die Wange gibt, als ich ihr die Tür öffne, um sie nach unten zu begleiten. Meine Mutter will ihr sogar ein Taxi rufen, es sei kalt, meint sie. Aber Viola entgegnet, sie müsse nur vier Stationen mit der Straßenbahn fahren, es sei ein Katzensprung, Guten Abend und vielen Dank, Signora.
Auf dem Treppenabsatz, wo ich rasch einen Blick auf die Tür des Spanners werfe und mich frage, ob er dahinter steht oder ein normales Leben als Nicht-Spanner begonnen hat, erklärt Viola: – Also komplett und restlos verziehen habe ich dir noch nicht, Bet. Damit du's weißt.
– Ich weiß. Aber wir haben geredet. Auch beim nächsten Mal werden wir reden. Und eines Tages, ich streiche mir theatralisch mit der Hand über die Stirn, eines Tages wirst du mir vielleicht verzeihen können!
– Alberne Gans.
Die Straßenbahn kommt fast sofort. Wir umarmen uns einen Augenblick lang. – Stell dein blödes Telefon an, sagt sie als Abschiedsgruß und steigt ein. Ich winke ihr hinterher.

Auf der Treppe begegne ich Leonardo. Sein Hals ist im Mantel versunken, er trägt seine lederne Aktentasche in der Hand.
– Ciao, sage ich und drücke ihm, keine Ahnung warum, einen Kuss hinters Ohr.
Er reagiert überrascht, es muss Jahre her sein, seit ich ihm zum letzten Mal einen Hauch Zuneigung demonstriert habe. – Der Streik lief so ... lala, hat mir Elena erzählt.
– Stimmt.
– Sie haben euch sogar angegriffen! Er ist empört. Kommt nicht mit dummem Gerede von der Art: »Ich hab's euch ja gleich gesagt ...« Er ist auf unserer Seite.
Aber mich unterstützt er nicht, als meine Mutter ihm später beim Essen von der Ankettungsaktion erzählt.
– Das darf doch nicht wahr sein, sagt er und lässt die Gabel fallen. – Was fällt dir bloß ein? Sie werden dich garantiert wieder sitzenlassen. Und wenn die Carabinieri dich noch mal eingesperrt hätten? Sich anzuketten! Warum das denn bloß, Bet?
– Sie hat niemandem geschadet, wie es scheint, kommt meine Mutter mir zu Hilfe. Allerdings sieht sie mich dabei nicht an.
In den Fernsehnachrichten zeigen sie Bilder von den Demonstranten in Rom. Die Studenten, die gegen die Hochschulreform demonstrieren, haben versucht, die Absperrung zu durchbrechen und bis zum Senat zu gelangen. Es kam zu Handgreiflichkeiten. Ein paar Verhaftungen. Schnellverfahren werden angekündigt. Ein Politiker von der Linken bezeichnet die Studenten als »Vandalen«.
Aber auf *TG24* von *Sky*, den einzigen Fernsehnachrichten,

die ich bis zum Ende anschauen kann, ohne zu kotzen, bringen sie ein Amateurvideo, das einer der Studenten gedreht und auf *YouReporter.it* gepostet hat. Man sieht, wie ein paar Bullen erbarmungslos mit Gummiknüppeln auf junge Männer und Frauen einschlagen. Die gehen mit blutüberströmtem Gesicht in die Knie. Als sie gewaltsam hochgezogen werden, ruft einer von ihnen: »Großartig, eure Demokratie!«

Wahr ist aber auch, dass einige Studenten und die berüchtigten Typen vom Schwarzen Block ein gepanzertes Fahrzeug der Polizei angegriffen, Scheiben zerschlagen und Bankautomaten geknackt haben.

Dann kommen andere Nachrichten.

– Und was haben sie erreicht?, fragt Leonardo kauend. Dann an mich gewandt: – Was hast du erreicht?

– Du hast recht, sagt meine Mutter. – Nichts hat sie erreicht. Auch die jungen Leute im Fernsehen nicht. Und auch, wer heute Morgen von der Ameca gestreikt hat, hat nichts erreicht.

Sie schiebt ihren Teller weg. – Wenn aber überall so viel Unmut herrscht, wird es wohl einen Grund geben.

Er antwortet nicht. Doch er hört auf zu essen.

Im Bett kontrolliere ich noch einmal den Bluterguss an der Schulter, die Spuren der Kette am Oberkörper. Ich nehme mein Telefon und stelle es an.

Mehrere Nachrichten, die mich über Anrufe informieren. Von Viola, bevor wir uns getroffen haben. Von meiner Mutter, bevor sie nach Hause gekommen ist. Und von meinem Vater, vor ein paar Stunden.

Dann eine SMS von Andrea, ich lese sie mit angehaltenem

Atem, aber es sind nur fünf Worte: »Hast du das Video gesehen?« Nein, und ich habe auch keine Lust dazu.
Ich höre die Mailbox ab. Mein Vater: »Bet, da kam ein Anruf aus deiner Schule! Was hast du gemacht? Geht es dir gut?« Seine Stimme klingt traurig, erschöpft. »Ruf mich an, sobald du ... kannst. Ciao.«
Ich bin versucht, das Ding wieder abzustellen, doch dann fällt mir ein, dass Viola mich gebeten hat, es anzulassen. Ich lege es auf den Nachttisch.
Dann stehe ich auf, um mich im Zimmer auf den Boden zu setzen. Ich bin gespannt, ob die leuchtenden Kugeln mir meine Taten heute vergeben oder mich verurteilen werden.
Doch da öffnet sich meine Zimmertür einen Spaltbreit.
- Schläfst du?
Ich lege mich wieder hin und mache die Nachttischlampe an. - Nein, Ma.
Sie kommt herein, schließt die Tür, setzt sich aufs Bett. - Rück mal ein bisschen. Sie legt sich neben mich. - Was für ein Tag.
- Ja.
Ich betrachte ihr Profil, muss wieder an Martina denken. Ich schließe die Augen.
- Sympathisch, diese Viola.
- Sie ist schwer in Ordnung, ja.
- Obwohl sie nicht die ganze Wahrheit sagt.
Da erzähle ich ihr, was ich in Rom angerichtet habe. Ich verrate ihr auch, dass Viola nicht weiß, wer der Vater ihres Kindes ist, und dass sie es gar nicht wissen will.
- Heilige Madonna, sagt meine Mutter, als ich fertig bin.
- Auf dich aufzupassen ist verdammt schwierig, Bet. Ich

glaube fast, ich kapituliere und lasse dich machen, was du willst.
Als sie das sagt, kriege ich eine höllische Angst. – Nein, Ma, ich bitte ich, tu das nicht.
Sie dreht sich zu mir, legt sich auf die Seite. – Das werde ich niemals tun, Bet. Niemals.
Ich betrachte die Wand zu meiner Rechten. Man sieht unsere Schatten, die jetzt zu einem einzigen Schatten geworden sind. Mir gefällt, dass es so ist.
– Von der nächsten Woche an bin ich arbeitslos.
Ich nehme ihre Hand.

Am nächsten Morgen weckt mich das Klingeln des Festnetztelefons. Meine Mutter hebt fast sofort ab, woran ich sehe, dass sie schon eine ganze Weile auf den Beinen ist. Ich habe keine Ahnung, wann sie mein Zimmer verlassen hat, denn ich bin eingeschlafen, als sie noch bei mir war. Ich sitze auf dem Bett, als sie zu mir hereinkommt. Auch Leonardo ist an der Tür, frisch rasiert, auf Strümpfen und mit noch nicht ganz zugeknöpftem Hemd.

– Das war dein Vater, Bet. Er sagt, in der *Repubblica* steht auf der ersten Seite etwas über dich.

Er macht sich Sorgen, klar.

Ich auch ein bisschen. – Wie? Was steht da?

– Er sagt auch, dass es auf einem Haufen Internetseiten ein Video gibt, wo man sieht, wie du angekettet in der Schule sitzt.

Heilige Scheiße. – War er sauer?

– Nein. Eigentlich nicht.

Leonardo stopft sich das Hemd in die Hose: – Ich gehe die Zeitung kaufen. Er läuft in höchster Eile aus der Wohnung.

Wir sehen uns an.
– Was für ein Film ist das, Bet?
Verdammte Axt, das ist doch das Letzte, mit solchen Nachrichten geweckt zu werden! Mein Name in der Zeitung, mein Gesicht im Netz. – Andrea hat mich mit dem Smartphone aufgenommen, während ich ... so Sachen gesagt habe. Und wir haben beschlossen, das Video ins Netz zu stellen.
Ein greller Pfeifton lässt uns zusammenzucken. Dann erkennen wir das Pfeifen der Espressokanne.
Wir gehen in die Küche, ich nehme mein Telefon mit, es gibt acht Nachrichten.
Sie macht die Herdplatte aus. – Erklär mir das: Was ist das für eine Art Video?
– Ach, nichts Besonderes.
– Bet! Versetz dich mal in meine Lage! Meine Tochter steht in der Zeitung, und nicht, weil sie eine Medaille gewonnen hat. Zusätzlich sehen alle sie im Internet, wie sie ... so Sachen sagt. Was für ein Video ist das, rede!
Ich erkläre es ihr in groben Zügen. Sie setzt sich, verschränkt die Arme, schließt entsetzt die Augen und fast warte ich darauf, dass sie jetzt »Om om« macht wie ein meditierender Mönch, der versucht, sich von allen Gedanken zu lösen. Aber sie macht nicht Om, sie sagt: – Und warum, verdammt noch mal, hast du mir das nicht erzählt?
– Ich dachte ... ist doch egal, das haben sich bestimmt nur drei Hansel angeguckt. Vielleicht lasse ich es löschen ...
Unterdessen schiele ich zerstreut auf das Telefon. Öffne eine SMS von Andrea. Da steht: »Über 44.000 Besucher! Du bist überall verlinkt!«

So eine gottverdammte Scheiße! Haben die Leute an Dezemberabenden wirklich nichts anderes zu tun? Es ist besser, ich bereite meine Mutter auf die Nachricht vor, bevor man es ihr auf traumatische Weise erzählt. Ich räuspere mich. - Ähm ... es scheint, als hätten doch schon eine ganze Menge Leute das Video gesehen ...
Sie reißt die Augen auf. - Eine Menge? Wie viele?
- Ein paar ... zehntausend.
- Oh Gott!
- Das ist ganz normal, weißt du. Wirklich.
Sie will noch etwas sagen, aber da öffnet Leonardo die Tür, kommt in die Küche geschossen.
Meine Mutter und ich springen von unseren Stühlen auf. Er breitet die Zeitung auf dem Tisch aus. Schlagzeilen über die Demonstration, über die Straßenschlachten zwischen Polizei und Studenten, das Foto eines blutenden Jungen, der von zwei Bullen in Einsatzuniform brutal zu einem gepanzerten Fahrzeug gestoßen wird.
Daneben, in der rechten oberen Ecke, der Leitartikel mit der Überschrift: *Die Schule, das Recht und Bet*, und der Verfasser ist ein berühmter altgedienter Journalist.
Wir lesen jeder für sich:

Ich weiß nicht mehr, wo ich diesen Satz einmal gelesen habe: Worte sind Steine, aber es muss jemanden geben, der sie wirft. Vielleicht habe ich ihn gar nicht irgendwo gelesen, vielleicht ist mir dieser Gedanke selbst einmal gekommen und jetzt verwechsele ich ihn mit einem Zitat. Gestern wurden in diesem Land viele Worte geworfen. Das haben in vielen verschiedenen Städten vor allem junge Menschen getan. Einige haben sich freilich nicht mit

Worten begnügt, sie sind in die Steinzeit zurückgekehrt. Diese Aktionen mancher Demonstranten – vor allem in der Hauptstadt –, über die meine Kollegen in dieser Zeitung ausführlich berichten und über die wahrscheinlich auf die eine oder andere Weise auch in allen Zeitungen des Landes berichtet wird, sind bedauerlich. Die schwerwiegenden Mängel einer Hochschulreform, welche (nach zahlreichen Auseinandersetzungen auch innerhalb der Regierungsmehrheit) die parlamentarische Hürde genommen hat, haben eine ganze Generation in Aufruhr versetzt – unsere Kinder und Enkelkinder. In gewisser Weise haben sie diese jungen Leute aufgeweckt, wie der Wind, der ein erlöschendes Feuer wieder anfacht. Unsere Kinder fordern vor allem den Dialog, sie wollen angehört, als Gesprächspartner ernst genommen werden – wenn sie nicht sogar die wichtigsten Gesprächspartner sind – dort, wo es um eine Reform geht, die nicht überzeugt, die Ungleichheit schafft und autoritär ist. Dieser Dialog wurde ihnen von den Institutionen systematisch verweigert. Dabei hat man vergessen, dass jede Bildungsreform zuallererst von denen am eigenen Leib erfahren wird, die die Schulen besuchen, die mit Hilfe der Schule sowohl ihre beruflichen als auch ihre persönlichen Ambitionen verwirklichen möchten (wenn beides überhaupt getrennt werden kann) und die ihre verbliebenen Hoffnungen auf diese Institution setzen. Die Mauer des Schweigens, die das Ministerium errichtete, hat die Zündschnur für die Revolte gelegt, und die Regierenden sollten sich nicht wundern, wenn sich innerhalb der Protestgruppen Untergruppen bilden, denen es nicht um Dialog, sondern um Gewalt geht. Hass entsteht jedoch wie von selbst im Vakuum der Gleichgültigkeit, mit dem die Re-

gierung den größten Teil der friedlichen Forderungen einer ganzen Generation beantwortet hat. Hass und Gewalt, die entschieden verurteilt und verhindert werden müssen, die aber einem unbefriedigten Bedürfnis entspringen, dem Mangel an etwas, was in einer Demokratie niemals verurteilt und verhindert werden darf: der Austausch von Ideen, das öffentliche Streitgespräch.
An den Demonstrationen haben auch die nordafrikanischen Arbeiter teilgenommen, die mehr als zehn Tage lang bei Brescia unter freiem Himmel in fünfunddreißig Meter Höhe auf einem Kran demonstriert hatten, um als Arbeitsimmigranten ohne Aufenthaltsgenehmigung – und als neue Bürger Italiens – eine rechtlich geregelte Stellung zu erhalten, und die sich gezwungen sahen, ihren Protest, obwohl er mit friedlichen Aktionen vorgetragen wurde, mit einem erbärmlichen Ergebnis abzubrechen, das faktisch gleich null ist. Auch sie waren gestern dabei, um zusammen mit den Studenten ihren Ruf nach Freiheit ertönen zu lassen.
Außerdem, und meiner Meinung nach ist dieses Ereignis im Vergleich zu den hier beschriebenen besonders symptomatisch, ist gestern in Turin ein siebzehnjähriges Mädchen mit Namen Bet ins Büro des Direktors ihrer Schule eingedrungen und hat sich dort mehrere Stunden lang an eine Heizung gekettet. Der spontane Protest des Mädchens wurde sofort von der Mehrheit der Schüler des Gymnasiums mitgetragen, sie haben die Schule besetzt, indem sie den Direktor und den Lehrkörper in die Turnhalle verbannten. Ein Freund des Mädchens hat die Aktion sogar aufgenommen und das Video ins Netz gestellt. Dieses Video hat bei einem alten Hasen des Journalismus wie mir, der im

Laufe seiner jahrzehntelangen Arbeit alles Menschenmögliche gesehen und gehört zu haben meint, beim Anschauen und Zuhören ein schmerzhaftes Gefühl der Ratlosigkeit hervorgerufen. Denn Bet spricht - mit allen typischen Übertreibungen und Inkonsequenzen ihres Alters, die ihr eher zum Verdienst als zum Nachteil gereichen - aus ihrer Sicht über die Situation Italiens. Und sie hat zu allem etwas zu sagen: zur Politik und Schule, zu befristeten Arbeitsverhältnissen, zum Fernsehen, den Zeitungen und sogar zu ihren Altersgenossen, ihrer Generation. Vor allem aber attackiert die junge Bet die Art und Weise, wie Frauen in unserem Land behandelt werden, und nicht nur in unserem. Die heutige Lage der Frau steht im Zentrum ihrer »Empörung«, ihres spontanen Protestes, während sie mit einer Kette an einen Heizkörper gefesselt ist. Einige Dinge, die sie sagt, mögen falsch sein, andere unbequem und unangenehm erscheinen, wieder andere sind jedoch von einer bestürzenden Aufrichtigkeit und Hellsichtigkeit. Ihr Wutausbruch ist eine Art Zusammenfassung aller Probleme, die am gestrigen Tag von Studenten, Arbeitern und gewöhnlichen Bürgern aufgezeigt wurden. Mehr noch als in den harten Worten, die sie während ihres Monologs ausspricht, liest man in den Augen dieses Mädchens Bet eine Verbitterung und einen Mut, die sehr viel, die alles sagen über die Welt gescheiterter Hoffnungen und geächteter Intelligenz, die unsere »erwachsene« Generation ihr und all ihren Altersgenossen überlässt.

– Tja, brummt Leonardo, man kann jedenfalls nicht sagen, dass er sie kritisiert. Im Gegenteil.

Er blickt zu meiner Mutter hin. Ich lese den letzten Teil

noch einmal. Dann suche ich auch weiter oben nach meinem Namen. Bet steht da viermal. Diese Bet, von der der Berühmte Altgediente Journalist spricht, soll ich sein? Das ist alles so unwirklich.
- Ich will sofort dieses Video sehen, sagt meine Mutter. Aber sie wirkt jetzt ruhiger. Offenbar habe ich nichts Böses getan.
Aber ich wusste sowieso schon, dass ich nichts Böses getan habe!
Ich rufe Andrea an, seine SMS wurde vor zwanzig Minuten abgeschickt.
- Hallo, antwortet er, was für ein Wahnsinn, und er lacht:
- Wie geht es dir?
- Erzähl mir, was abgeht.
- Hast du dir dein Video angeguckt? Hast gesehen, was da los ist?
- Ich habe gerade die *Repubblica* gelesen. Aber mehr weiß ich nicht. Mein Computer ist schon ziemlich lange tot.
- Gut, wollen wir uns dann um neun im Internetcafé in der Via Cimarosa, Ecke Via Bologna treffen? Ich glaube, ich muss dir eine ganze Menge zeigen.
- Und die Schule?
- Du willst heute nicht etwa hingehen?
- Doch.
- Ich glaube, du hast einen Schulverweis ... jedenfalls waren das gestern die letzten Nachrichten.
Scheiße. - Okay, dann treffen wir uns da um neun.
Wir beenden das Gespräch.
Meine Mutter steht vor mir und liest immer wieder den Artikel. Leonardo hat sich fertig angezogen.
- Nun?, fragt sie.

– Ich kann dir nichts sagen. Gleich gehe ich mit Andrea in ein Internetcafé.
Leonardo nimmt ihr die Zeitung aus der Hand. – Wir müssen los, Elena.
Sie blickt auf die Uhr. – Hör zu, Bet. Bist du sicher, dass ich mich nicht schämen muss oder wütend werden muss oder dir eine knallen, wenn wir uns wiedersehen?
Jetzt möchte ich plötzlich nicht mehr, dass sie mich in diesem Film sieht. Ich weiß, ich hätte eher daran denken sollen, doch im Strudel der Ereignisse konnte ich wirklich nicht lange überlegen.
Leonardo antwortet an meiner Stelle, ganz gelassen: – Das glaube ich wirklich nicht. Beeil dich, du musst dich noch anziehen.
– Zurzeit brennen sie im Büro nicht gerade darauf, dass ich pünktlich ankomme, sagt sie bitter.
– Genau da irrst du. Du darfst ihnen keine Chance geben, dir gegenüber recht zu behalten, Elena. Du bist noch gar nicht offiziell entlassen. Du beziehst Lohnausgleich, das ist etwas anderes.
– Das weiß ich, Leo, hör jetzt auf.
Ich sehe ihr in die Augen. – Mach dir keine Sorgen. Ich habe nur ein paar Dinge gesagt.
– Eben. Und bist in den Schlagzeilen gelandet.
– Nur wissen wir noch nicht, ob das gut oder schlecht ist, konstatiert Leonardo, um das Gespräch zu beenden. Allerdings hat er die ganze Zeit über vermieden, direkt mit mir zu sprechen.

Um zehn vor neun bin ich an der Ecke Via Cimarosa vor dem Internetcafé.

Mein Telefon klingelt, es ist Viola, ich muss antworten. – Ich kenne eine Berühmtheit, sagt sie sofort. Und lacht.
– Nerv du nicht auch noch.
– Also hattest du dich doch nicht bloß angekettet?
– Hast du es gesehen?
– Ich und ..., sie macht eine Pause, im Moment weitere 48.632 Personen.
Ich will das eigentlich nicht fragen, aber ich kann mich nicht beherrschen:
– Wie komme ich rüber?
– Hast du dich denn nicht gesehen?
– Mein Computer ist kaputt!, rufe ich erbittert aus. – Ist das etwa eine Schande? Kann ich mich gleich begraben lassen?
– Ganz ruhig. Dann komm zu mir und guck es dir hier an.
– Nein. Ich gehe gleich mit Andrea in ein Internetcafé.
– Wer ist Andrea?
– Ein Freund!
– Was für eine Art Freund?
– Leck mich doch!
– Aha, macht sie, diese Art Freund.
Es kotzt mich an, wie sie das sagt.
– Hör zu, ich rufe später zurück.
– Okay, Süße. Aber denk an mich, wenn du Kommentatorin vom *Dschungelcamp* wirst.
Ich drücke sie weg, am liebsten würde ich das Telefon gegen die Mauer schmettern. Und irgendwas Nützliches hat sie mir auch nicht sagen können. Bisher kenne ich bloß die Meinung des Berühmten Altgedienten Journalisten, und ich habe ehrlich nicht verstanden, ob ich einen guten Eindruck auf ihn gemacht habe oder nur Mitleid errege.
Da sehe ich Andrea, der um die Ecke der Via Bologna biegt

und auf mich zukommt. Eine Winterjacke mit Kapuze und ein – fast – widerliches Lächeln im Gesicht. Er hinkt noch ein bisschen. Gestern um diese Zeit wurden wir von den Bullen auf den Asphalt geschickt.
Er nimmt meine Hand, zieht mich zu sich heran und küsst mich auf die Wange. Seine Barthaare kratzen mir leicht übers Gesicht. – Bist du okay?
– Ja, Andre. Lass uns reingehen. Und sag mir, was los ist.
Die Tür des Internetcafés bimmelt. Eine Tussi mit Kartoffelnase begrüßt Andrea winkend, frisst ihn mit den Augen auf. – Nimm dir den Computer, den du möchtest, säuselt sie und lächelt mit Schmachtaugen. Für mich hat sie nur einen leeren Blick übrig.
Wir setzen uns an einen Platz an der Wand. Das Lokal ist völlig leer.
– Es ist unglaublich. Er steckt die Zahlkarte für den Internetzugang in einen Plastikwürfel neben dem Bildschirm.
– Wenn man bedenkt, dass ich das Video nur auf YouTube geladen und den Link an Leute aus der Schule und an den Journalisten von *Repubblica.it* geschickt habe.
Er drückt ein paar Tasten, wir sind online. Er gibt *youtube.com* ein. In das Suchfeld tippt er BET EMPÖRT SICH.
– Ich will mich aber nicht noch mal sehen, sage ich sofort, mir stockt der Atem.
Er sieht mich fragend an. – Echt?
– Ich weiß, was ich gesagt habe.
Mit dem Cursorpfeil zeigt er mir die Anzahl der Aufrufe: 48.645. – Du hast schon ein paar Videos von Shakira überrundet, die seit sechs Monaten online sind.
Neben dem Zeichen für GEFÄLLT MIR steht noch eine Zahl: 22.561.

– Lies die Kommentare.
Und ich lese:

britney92: Total cool die Frau! Und sooo dermaßen geniaaaal was die sagt!
Musicogirl: Ich erkenn mich in den meisten Sachen wieder die Bet sagt. Ich find diese abgefuckte Macho-Welt, wo assige Schlampen Ministerinnen werden, auch so was von beschissen.
Pietrooo: Hammergeil die Stelle wo sie sagt: »Wenn du in diesem Scheißland nicht mindestens sechzig bist, bist du nicht maßgebend, als würde nur das Alter dir Autorität verleihen oder die Allgegenwart in Preisjurys und in Zeitungskolumnen, der Stempel eines Politikers auf deinem Arsch, der Handkuss und die Kniebeuge für Kardinäle, Komplimente für die treusorgenden Mütter ...«. Ich hab mir das alles aufgeschrieben, wie ihr seht. Einigen werden heute Nacht die Ohren klingeln bis sie taub werden!
AbbeyRode: Die hat garantiert was waaahnsinnig Derbes geraucht! Aber ne Menge Sachen stimmen, die sie sagt.
Lorna70: Dieses Mädchen ist so alt wie meine Tochter ... was für eine Wut ... ich würde sie gerne ganz fest umarmen!
LuiginoStep: Intelligent und scharf. Was kein Nachteil ist. Hat jemand ihre Telefonnummer? ;) Ich möchte ihr zeigen, dass nicht alle Macker so sind, wie sie uns beschreibt. Aber was die Lage der Jugendlichen betrifft, kann man ihr nur Recht geben.
Anema: Worüber beklagst du dich, Schätzchen? Fällst du wirklich erst heute aus allen Wolken? Hast du noch nicht bemerkt, dass uns nur noch Zeitverträge erwarten, miese Jobs, völlig nutzlose Diplome, und dass wir uns von un-

serer Pension verabschieden können? Du hättest dich bloß mal bei Zeitarbeitsfirmen umhören müssen!
Susann@: Auf Facebook haben wir einen Club Bet eröffnet: Natürlich nur für Frauen, damit das klar ist!

Und weiter in dem Ton. Ich kratze mich am Kopf. Vielleicht gucke ich mir das Video später doch mal an, allein.
– Davon gibt es eine ganze Seite, sagt Andrea, scrollt darüber. Ich nehme seinen Geruch wahr. Und tue so, als wollte ich genauer hinschauen, um mit der Nase näher an seinen Hals heranzukommen.
– Mm, mache ich.
– Mm?, fragt er. Bloß »Mm«?
Es war wirklich eine Art Seufzen.
Er macht einen neuen Tab auf, geht auf die Homepage von *Repubblica*. – Du bist auch auf den Internetseiten von anderen Tageszeitungen. Sogar auf *Vanity*.
Auch die *Repubblica* kündigt das Video unter dem Titel »Bet empört sich« an. Darunter: »17 Jahre, kettet sich an den Heizkörper des Schuldirektors und brüllt ihre Wut heraus.« Weiter unten der Link zum Artikel des Berühmten Altgedienten Journalisten.
– Und guck mal hier.
Er gibt *facebook.com* ein, geht auf seinen Account, das Video ist auf seinem Profil zu sehen. Er klickt daneben. Eine neue Seite öffnet sich: FANSEITE VON BET. 32.616 haben sich eingeschrieben, es gibt eine Flut von Kommentaren. – Praktisch jeder hat es mit anderen geteilt. Er lehnt sich zurück. Lächelt mich an: – Jetzt lässt es sich nicht mehr aufhalten.

Ein Schauder der Freude und Angst läuft mir über den Rücken. - Und wie geht es weiter?, frage ich.
- Jetzt hängt alles von dir ab.
- Was soll das heißen?
- Es heißt, dass man nicht wissen kann, wie lange es dauert. Einen Monat vielleicht, vielleicht weniger. Das musst du entscheiden.
- Was soll ich denn entscheiden, Andre?! Ich schreie ihn fast an.
Er nimmt es mir nicht übel. - Wie du dich verhältst. Sie werden dich haben wollen. Die Zeitungen. Das Fernsehen, vielleicht.
- Aber die interessieren mich nicht.
- Ich weiß, sagt er. Aber du interessierst sie.
- Das ist mir scheißegal. Ich wollte keine Jahrmarktsattraktion werden. Ich hatte nur ein paar Dinge zu sagen, das weißt du. Er nickt. - Für mich ist die Sache hiermit erledigt. Ich zeige auf den Bildschirm. - *Repubblica*, *Facebook*, *YouTube*, die Blogs. Ich weiß nicht mal, warum es sich so schnell verbreitet hat. Damit will ich sagen, ich stehe auf, den Leuten scheint es echt dreckig zu gehen, dass sie auf eine wie mich hören.
Er loggt sich aus, zieht die Chipkarte heraus. - Es geht nicht darum, auf dich zu hören oder nicht, Bet, oder wie viele Leute auf deiner Seite sind oder nicht. Auf Facebook gibt es auch eine Seite von Leuten, die Bet hassen. Ein paar Vereine gegen die Todesstrafe sind dir sehr böse wegen dem Satz über Sakineh. Trotzdem. Ich würde einfach sagen, du hast an einen Nerv gerührt. Denk drüber nach.
Wir gehen zum Ausgang, enttäuschter Seufzer der Tussi

mit der Kartoffelnase nach Andreas flüchtigem Abschiedsgruß.
– Worüber soll ich nachdenken?
– Das hängt allein von dir ab.
Wir gehen dicht nebeneinander her, es ist sehr viel kälter als vorhin. Oder ich friere stärker.
– Was soll ich denn tun? Ins Fernsehen gehen? Mich interviewen lassen? Worüber?
Er bleibt stehen. – Hör zu, ich weiß, wie du gestrickt bist, ich kenne dich ein bisschen. Und ich werde zu dir stehen, wie auch immer du dich entscheidest. Aber ich werde nicht dulden, er richtet einen Finger auf mich, dass du mit einem Fuß in eine Richtung gehst und mit dem anderen in eine andere. Du hast nur eine Wahl: Entweder du beteiligst dich an der Diskussion, die du ausgelöst hast, oder du beteiligst dich nicht.
– Welche Diskussion denn?
Mein Telefon klingelt schon wieder. Unbekannter Teilnehmer. Genervt antworte ich: – Ja?
– Guten Tag, sagt eine Frauenstimme mit ausgeprägt römischem Akzent. – Spreche ich mit Elisabetta Corvino?
– Ich heiße Bet. Wer sind Sie?
– Guten Tag, Bet. Ich bin Serena Masini. Ich rufe aus der Redaktion von *Porta a Porta* an.
– *Porta a Porta*?, schreie ich. Diese reißerische Talkshow?
Andrea sieht mich unverwandt an und nickt fast unmerklich. – Verstehst du jetzt, was ich dir sagen wollte?
Die Frau am Telefon: – Zunächst möchte ich Ihnen mitteilen, dass ich nahezu alles, was Sie in dem Video gesagt haben, außerordentlich zu schätzen wusste. Und Dottore Vespa auch.

Aber wieso, ich habe doch kein gutes Haar an ihm und seinen Kumpanen vom Fernsehen gelassen! Sie redet weiter:
– Darum rufe ich Sie an, um Sie in die Sendung morgen Abend einzuladen. Sie wird einen Großteil der Themen behandeln, die Sie in Ihrem ... Wutausbruch angesprochen haben. Es gibt nur ein Problem, Ihr Alter. Wie Sie sicherlich wissen, verbietet das Gesetz Minderjährigen, nach Mitternacht in Livesendungen des Fernsehens aufzutreten. Aber wir werden dieses Hindernis ... sagen wir, umgehen, und zwar mit Hilfe eines einstündigen Slots in der morgigen Nachmittagsausgabe von *La vita in diretta* ...
– *La vita in diretta*?, schreie ich. Dieser Promi-Mist ? Andrea unterdrückt mühsam ein Lächeln.
Die Tante fährt unbeirrt fort: – ... den man uns freundlicherweise zur Verfügung stellen würde. Das Material können wir dann in der Abendausgabe verwenden, wo auch andere Gäste dabei sind wie Paolo Crepet, Alba Parietti, das Popduo Paola & Chiara ...
Ich drücke heftig auf die rote Taste des Telefons. Dann schalte ich es ganz ab, stecke es mir in die Tasche.
Jetzt bricht Andrea in lautes Gelächter aus. – Was für ein Gesicht du machst!
– Alles deine Schuld, du Arsch.
– Du willst wohl sagen, es ist *auch* meine Schuld.
– Ja, okay, auch. Aber ein Arsch bleibst du trotzdem.

Wir kommen vor dem Schultor an.
– Ich bin doch von der Schule verwiesen, oder?
– Aber du hast noch keine offizielle Mitteilung bekommen.
– Nein, was ändert das denn?

Vor dem Tor sitzen ein paar von denen, die schon mal eigenmächtig die geplanten Unterrichtskürzungen durchsetzen – manche schaffen es einfach nicht, morgens früh aufzustehen. Viele blättern in der *Repubblica*. Sie hocken auf den Treppenstufen, ich erkenne Diego.
Als er uns sieht, springt er auf und kommt uns entgegen.
– Hey, Leute, ruft er, Titelseite! Er und Andrea begrüßen sich mit doppeltem Handschlag über Kreuz, voll Rap. Bei mir macht er es auch so, aber das mit dem Überkreuzen geht schief, ich verheddere mich. – Du bist berühmt!
– Naja ...
– Meine Schwester, die ist fünfundzwanzig, sagt, dass du cool bist. Ich soll dir Komplimente von ihr ausrichten.
Ich fürchte, ich werde rot. – Sag ihr danke.
Die Jungs auf den Stufen tuscheln untereinander. Ich stehe im Mittelpunkt der Aufmerksamkeit. Verflucht, wie lange soll das noch dauern? Viele von ihnen sind Erstklässler, darum haben sie zum Glück nicht den Mut, sich mir zu nähern.
– Ich geh mal nachschauen, wie die Stimmung in den oberen Stockwerken ist, sage ich zu Andrea. Dann kann ich vielleicht nach Hause zurück und mich schlafen legen.
– Mach dir keine Sorgen, sagt er. Und wir blicken uns wieder so in die Augen wie gestern, nachdem wir auf den Schulhof runtergegangen sind. Mist, konnte er mich nicht anschmachten, als wir noch allein waren? Wie blöd ist das denn? Egal, ich hab sowieso keine Zeit für gewisse Dinge.
Ich gehe die Treppe hoch, die Unterrichtskürzer machen mir schweigend Platz, während sie mich angaffen, als wäre ich ein Mittelding zwischen der Jungfrau Maria und Madonna.

Ich stoße auf einen der Hausmeister. Er erstarrt beim Fegen, blickt mich grimmig an, den Besen in der Luft. Also muss ich mich über die Treppe in den dritten Stock hinaufquälen, denn der Lehrerfahrstuhl ist out, solange der diensteifrige Schuldiener in der Nähe ist.
Kaum bin ich im Stockwerk der Schulleitung angekommen, laufe ich schon dem Gemurmel Novelli und der Delle Chiaie in die Arme.
– Corvino!, ruft sie aus. In ihrem Gesicht kann ich nichts Bestimmtes lesen.
Novelli dagegen steht ein Ausdruck wie O-Gott-da-ist-die-harte-Nuss-die-ich-noch-knacken-muss, ins Gesicht geschrieben.
Er räuspert sich, aber ich komme ihm zuvor: – Ich wollte fragen, ob ich von der Schule verwiesen bin, und ab wann.
– Ist das die Uhrzeit, zu der man in der Schule ankommt?
– Ich wusste nicht, wie ich mich verhalten sollte ... bitte entschuldigen Sie.
Ich setze die Miene des kreuzbraven, traurigen Mädchens auf.
Novelli sieht die Philosophielehrerin an. Von der bis jetzt noch keines ihrer berüchtigten Atemwölkchen gekommen ist. – Wir haben noch nicht entschieden, welche disziplinarischen Maßnahmen wir ergreifen, Corvino, sagt er streng. – Darum geh jetzt in deine Klasse.
– Okay.
Ich wende mich zum Gehen. Hinter mir ruft Delle Chiaie: – Fahr mit mir nach unten, und geht auf den Fahrstuhl zu. Sie wechselt einen Blick des Einverständnisses mit dem Direktor, der wohl noch gerne etwas hinzugefügt hätte, etwa: Du hast gegen die Regeln verstoßen usw., un-

geschoren kommst du mir nicht davon usw., das hier ist eine Schule und kein usw.
Ich muss mit Pesthauch des Dschungels in den Fahrstuhl steigen, also ziehe ich mir schon mal nonchalant den Schal bis zur Nase hoch.
Wir sind drinnen. Sie seufzt. Ich halte den Atem an.
– Der Direktor steckt in einer Zwickmühle, Corvino. Wenn er dir einen Schulverweis erteilt, tut er das Richtige, aber es könnte Einwände geben, wegen des Aufsehens, das du erregt hast. Wenn er dich nicht verweist, begeht er einen Fehler, dann würden ihn vielleicht sogar alle Schulleiter Italiens kritisieren, weil er das Problem nicht anders gelöst und zugelassen hat, dass es von nun an einen Präzedenzfall gibt.
Wir kommen unten an. Ich stürze aus dem Fahrstuhl, atme gierig ein und aus.
Zwei Mädchen schlendern vorbei, ich kenne sie nicht. Aber sie scheinen mich zu kennen, denn eine sagt zur anderen: – Das ist sie!
Beide gehen weiter und renken sich fast den Hals aus, um mich weiter anzustarren.
Delle Chiaie ist die Szene nicht entgangen. – Ich habe dich in dem Video gesehen.
– Ach ja?
– Und ich bin einverstanden mit dem, was du allgemein über die Schule sagst. Es stimmt, dass wir zu wenig Mittel haben. Es stimmt, dass das Problem darin liegt, wie das Ministerium von oben herab über alles entscheidet: die Kürzungen, die befristeten Verträge.
Sie verschränkt die Arme vor der Brust, drückt die Klassenbücher an sich. Der Moment der Abrechnung zwischen

uns beiden ist gekommen. – Aber als du über Einzelfälle gesprochen hast ... tja, da hast du mich wirklich enttäuscht. Glaubst du, mir macht es Spaß, in eine Klasse zu kommen und nicht wenigstens mit einem Hauch von Aufmerksamkeit für meine Mühe entschädigt zu werden? Wie kann ich Leuten Platon und Aristoteles erklären, die nichts anderes tun, als sich SMS von einer Bank zur anderen zu schicken oder mit dem Smartphone im Internet zu surfen? Wie kann ich damit konkurrieren?
– Es geht aber nicht um Konkurrenz, Signora Delle Chiaie.
– Gestern bin ich fast die ganze Zeit auf deiner Seite gewesen. Dann habe ich das Video gesehen und mich dabei gefühlt, als wärst du mir in den Rücken gefallen.
– Tut mir leid, dass Sie es so auffassen. Und immerhin habe ich ja nicht nur über die Schule gesprochen.
Sie schüttelt den Kopf mit den frisch dauergewellten grauen Haaren. – Du hast einen Fehler gemacht, sagt sie und rauscht mit betrübter Miene ab, ihre Klassenbücher im Arm.
Ich komme an die Tür meiner Klasse, klopfe und gehe rein.
Crivelli sitzt am Lehrerpult. Ob er auch enttäuscht ist?
Nein. Er lacht. Sagt: – Da ist ja unsere Revolutionärin!
Er will sich erheben, doch dann scheint ihm klarzuwerden, dass das eine zu ungewöhnliche Geste wäre. – Wie geht's, Corvino?
– Gut, danke.
Das Tuscheln um mich herum, während ich an meinen Platz gehe, ist ohrenbetäubend, als würden sie nicht flüstern, sondern schreien.
Die Tussis von der Zickentruppe drehen sich abwechselnd

nach mir um und werfen mir böse Blicke zu. Deutlich höre ich, wie Carmela zu Durchbohrtes Ohrläppchen sagt: – Jetzt kommt sie sich natürlich wie was ganz Besonderes vor.
Crivelli wartet darauf, dass ich etwas Rebellisches oder Außergewöhnliches tue oder sage. Ich schlage nur das Mathebuch auf. Da nichts Besonderes passiert, sieht er sich nach einer Weile gezwungen, seine Arbeit wieder aufzunehmen.

Alles ist wie vorher. Nichts ist mehr wie vorher.
In der Pause kommt die Sangueti auf mich zu, eine Hand in die Seite gestützt. Alle beobachten uns. – Zufrieden, Corvino?, zischt sie. Ich antworte nicht. – Das sind deine letzten Monate hier, und sie umfasst mit einer ausholenden Armbewegung das Schulgebäude, die Vorhalle und den Schulhof. – Fang schon mal an, dich von deinem Publikum zu verabschieden.
Sie verzieht sich.
Ich sehe Andrea, der mit Monica spricht, aber zu mir herüberschaut.
Unterdessen höre ich mir sämtliche Nachrichten auf meiner Mailbox an.
Die vom Fernsehen lassen nicht locker, sie wollen mich unbedingt in alle möglichen Unterhaltungsshows einladen, zu *Porta a Porta*, *La Vita in diretta*, den *Invasioni barbariche*, einem Programm von Radio Uno, einer Sendung auf RAI4, von der ich noch nie gehört habe, und die Saluzzi persönlich möchte mich in ihrer Fernsehnachrichtenshow auf Sky am Nachmittag.
Ich schaue zu Andrea hinüber.

Außerdem wollen mich interviewen: die Zeitungen *Repubblica*, *La Stampa*, der *Corriere della Sera*, *Il Messaggero*, die Magazine *l'Espresso*, *Panorama*, *Vanity Fair* und ein Haufen Teenie-Zeitschriften mit den verrücktesten Namen.
Etwa dreißig Internetseiten, darunter die von *YouDem.tv*, dieser Fernsehkanal der Demokraten, und *beppegrillo.it*.
Ich schaue zu Andrea hinüber.
Mein Vater fragt mich, wie es mir geht, ich soll zurückrufen.
Meine Mutter sagt, dass sie das Video gesehen hat, wir reden zu Hause darüber.
Leonardo sagt nur: »Alles in Ordnung. Jetzt bist du beruhigt, ja?«
Ich schaue zu Andrea hinüber.
Ein Verlag aus Rom mit einem englischen Doppelnamen fragt an, ob ich ein Buch schreiben möchte, sie würden mir natürlich beim Schreiben helfen und wollen das Ganze in einem, spätestens anderthalb Monaten in den Druck geben.
Viola fragt: »Kommst du heute Abend zum Essen zu mir?«
Ich schaue zu Andrea hinüber.
Eine Schauspieleragentur teilt mit, dass sie jemanden (aus Rom) schicken werden, der einen Vertrag mit mir machen möchte, es geht um eine Real-Life-Fernsehserie nach dem Vorbild dieser Schülerserie *I liceali*, ich wäre perfekt für eine Rolle, die noch unbesetzt ist.
Ich schaue zu Andrea hinüber.
Dann gehe ich in meine Klasse zurück, stopfe die Bücher in den Rucksack, ziehe meine Jacke an.
Ich gehe nach draußen, überhole Livio und Diego und stoße einen Typen zurück, der auf mich zukommt.

Ich schaue zu Andrea hinüber.
Ich weiche allem aus: Armen, Händen, Beinen, Jeans, Pullovern, Hemden, Kleidchen, Haarschnitten, Düften, Gestank, Stiefelchen mit Absatz, Turnschuhen, Geschrei, Rufen mit meinem Namen darin, Gelächter, Grinsen, dem Neid, der Angst, den Komplimenten, der Eifersucht, der vorgetäuschten Gleichgültigkeit, dem Mitleid, den nostalgischen Gefühlen einiger Lehrer, den BlackBerrys, iPhones, iPods, und schubse Monica beiseite.
Ich packe Andrea am Kopf, er hat keine Zeit, etwas zu sagen oder zu tun, ich zwinge ihn, sich zu mir herunterzubeugen.
Ich küsse ihn, fahre mit den Fingern durch seine Haare und küsse ihn. Sanft. Fünf endlose Sekunden lang.
Dann renne ich weg.

Ich sitze auf der Schaukel eines Kinderspielplatzes, der ein Dutzend Häuserblocks von unserer Wohnung entfernt liegt.
Eben habe ich die SIM-Karte aus meinem Telefon genommen und in der Feuerzeugflamme verbrannt. Das Telefon habe ich dreimal gegen einen Müllcontainer geschlagen und dann das, was davon übrig war, hineingeworfen.
Ich schaukele.
Es ist ein kalter Dezembermorgen, bald ist Weihnachten, ich schaukele sacht und denke, dass ich ein Mädchen von heute bin und dass ich es nicht bin. Dass ich in der Welt lebe und die Welt mir nicht gefällt und ich mich ihr nicht gewachsen fühle. In ein paar Monaten werde ich achtzehn, dann kann ich endlich eine Menge Dinge tun, zu denen ich im Moment überhaupt keine Lust habe. Aber ich hoffe,

ich habe dann Lust, sie zu tun, ich hoffe, mir geht es an dem Tag besser und ich werde wieder Wünsche haben.
Ich zünde mir eine Zigarette an.
Fast alles, was ich in letzter Zeit angefangen habe, hat mir und anderen nur Ärger gebracht. Doch selbst wenn ich alles wieder von vorne anfangen und das Gegenteil von dem tun würde, was ich getan habe, wären die Ergebnisse wahrscheinlich dieselben. Denn es hängt nicht nur von mir ab, von dem, was ich aus Wut oder aus einer Laune heraus tun will. Ich bin nicht das Zentrum der Welt. Ich bin ein Stückchen, das mit anderen Stückchen zusammenhängt, und alle zusammen sind wir ein einziger Körper.
Das ist eine ziemlich dürftige Philosophie, ich weiß, Philosophie für den Hausgebrauch.
Ich rauche, schaukele hin und her, und denke daran, dass ich Andrea geküsst habe. Ich weiß nicht, ob es schön war und ob diese Geste etwas einleitet oder beendet.
Ich weiß nicht, ob ich in die Schule zurückgehe. Sicher ist aber, dass ich nicht in diese zurückgehe.
Ich weiß nicht, ob ich mir eine Arbeit suchen werde und – falls ich es tue – welche. Schon bei der Vorstellung, einen Anruf zu beantworten, bei dem am anderen Ende ein möglicher Kunde sitzt, wird mir übel. Mir wird übel beim Gedanken an ein Schuh- oder Bekleidungsgeschäft, wo ich die richtige Größe für eine Kundin raussuche, die so alt ist wie ich und mehr Kohle hat. Bei der Vorstellung, befristet angestellt zu sein und mir anhören zu müssen, dass der Markt heute eben so ist, aber morgen sehen wir weiter. Bei den Erklärungen eines Politikers, der tiefbetrübt von den jungen Menschen in diesem schwierigen

Moment der wirtschaftlichen Entwicklung spricht, und davon, was er und andere für uns, für mich tun müssen, obwohl dieser Politiker in diesem schwierigen Moment der wirtschaftlichen Geschichte nicht das Geringste mit mir zu tun hat und niemals haben wird.
Das Einzige, was mich in der endlosen Reihe von Tagen, die vor mir liegen, lebendig, interessiert und wach halten kann, ist nicht irgendeine Hoffnung, sondern bloß Neugierde, zu erfahren, wie es weitergeht, ob ich mein Leben irgendwie hinkriege, ohne die wenigen Prinzipien, die ich mir bis jetzt angeeignet habe, mit Füßen zu treten. Was, recht bedacht, vielleicht eine andere – allerdings bescheidenere – Art von Hoffnung ist.

Ich gehe eine Straße entlang, die bewusste Straße, und betrachte die Stelle, wo der junge Mann das Steuer herumriss, um uns nicht zu überfahren, und die Stelle im Graben. Dort bleibe ich eine Weile stehen und denke noch mal, dass es meine Schuld war und dass es vielleicht nicht meine Schuld war, und dass ich mit diesem Zweifel den Rest meiner Tage verbringen werde. Anfangs brachten wir Blumen hierher. Am nächsten Tag. In der folgenden Woche. Im folgenden Monat. Im folgenden Jahr. So ging das eine Zeitlang, jeder für sich allein oder alle drei zusammen. Dann haben wir damit aufgehört. Wir mussten es tun, sonst hätte der Schmerz nie nachgelassen, wir wären wahnsinnig geworden. Aber dann ist in unserem Leben trotzdem der Wahnsinn ausgebrochen.
Ich gehe weiter, einen Kilometer geradeaus, dann biege ich um die Ecke. Betrete die *Bright Bar*.
– Hey, Matti, sage ich.

Er trägt eine Schürze. – Hab dich schon länger nicht mehr gesehen, Bet.
Ich versuche herauszufinden, ob er es schon weiß. Aber er hantiert weiter hinter der Theke. Er stellt ein Glas Orangensaft auf ein Tablett, zwinkert mir zu, und bringt es an einen Tisch. Tablett und Glas. Das moslemische Mädchen dankt ihm. Sie ist in eine lange, schwarze Jacke gehüllt, verschiebt den Schleier ein wenig, nimmt das Glas. Da sieht sie mich.
Matteo bleibt mit fragender Miene neben mir stehen.
Ich gehe zu dem Mädchen, zeige auf den Stuhl ihr gegenüber. – Darf ich?
Sie hebt eine Augenbraue, was ich als ein Ja deute. Alles in ihrem Gesicht ist dunkel, die Augenbrauen, die Augen, der Ausdruck.
Ich setze mich.
Matteo fragt von hinten: – Was darf ich dir bringen, Bet?
– Einen Kaffee. Ich verstaue den Rucksack. – Wie geht's?, frage ich sie.
Ihre Stimme ist ein Flüstern, ich höre sie zum ersten Mal sprechen. – Gut. Danke. Und dir?
– Gut. Ich schaue mich um. – Dein Bruder?
– Ist in der Schule.
– Und was machst du?
– Wann? Jetzt? Sie zeigt auf den Orangensaft, ihre Fingernägel sind strahlend weiß. – Ich trinke einen Saft.
Sie lächelt, weil es so offensichtlich ist.
Matteo stellt den Kaffee auf das Tischchen. – Noch etwas?, fragt er.
– Nein, antworten das Mädchen und ich gleichzeitig.

Er zögert, vielleicht ist er neugierig geworden, aber er fragt nicht, sondern kehrt zur Theke zurück.
Das moslemische Mädchen sieht auf die Uhr an der Wand.
– Musst du schon gehen?, frage ich.
– Ich habe viel zu tun. Sie nickt, trinkt den letzten Schluck.
– Die überwachen dich, was?
Sie zieht die Augenbrauen zusammen, die ein bisschen ausgedünnt werden müssten. – Wer?
– Warum läufst du nicht weg?, frage ich unvermittelt und beuge mich zu ihr hinüber.
– Warum sollte ich? Sie wundert sich. Und wenn sie mir gegenüber für kurze Zeit weniger vorsichtig gewesen war, wird sie jetzt wieder misstrauisch. – Was meinst du?
– Ich meine, dass ich an deiner Stelle weglaufen würde.
Ich würde zum Abschluss dieses Gedankens gerne ihren Namen sagen, aber ich kenne ihn nicht.
Sie schüttelt leicht den Kopf. – Glaubst du wirklich, ich wäre im Gefängnis? Ich bin nicht im Gefängnis. Ich lebe bei meiner Familie ...
– Komm schon, ich habe gesehen, wie sie dich behandeln.
– Sie behandeln mich normal. Wie sollten sie mich behandeln?
– Andauernd machst du die Dienerin für deinen Bruder und deinen Vater, versuche ich, unsicher geworden.
– Weil du das so sehen willst. Ich komme damit gut zurecht, weißt du? Auch wenn sie so sind, wie sie sind. Ich lebe mit ihnen zusammen und warte auf das, was danach kommt.
Ihr Tonfall ist fast melodisch. Traurig und melodisch.
– Und was kommt danach?

– Ich bin geduldig. Ich warte. Ihre Augen leuchten einen Moment lang auf.
– Aber worauf wartest du denn?
Sie antwortet gelassen, als spräche sie über etwas Selbstverständliches und als wäre es undenkbar, dass ich nicht weiß, was sie meint. – Einen Mann, der mich mit in sein Haus nimmt.
Ich lächele verächtlich. – Einen Moslem, natürlich ...
– Sicher.
– Du wartest auf einen Mann, um vor Männern zu fliehen?
– Er wird hoffentlich besser sein als sie, räumt sie ein, aber in herausforderndem Ton. – Denk nicht, dass sie alle so sind wie die meiner Familie. Alles, was ich möchte, ist Respekt erweisen und Respekt bekommen. Ich möchte einen Mann, den ich respektieren kann.
– Aber ... sollte es nicht um Liebe gehen statt um Respekt?
– Respekt ist Liebe.
– Wie bitte?, frage ich verblüfft. – Du bist eine Buddhistin, von wegen Moslemin.
– Immer müsst ihr die Religion ins Spiel bringen! Denk anders. Denk, dass es das Leben ist, nicht Gott und Allah.
– Jetzt kommst du mir vor wie eine Philosophin.
– Du dagegen kommst mir sehr einsam vor. Sie steht auf.
Es ist, als hätte sie mir in die Brust geschossen. – Ich ... ich bin kein bisschen einsam!, protestiere ich.
– So sehe ich dich.
– Dann siehst du mich falsch!
– Na gut, ich täusche mich. Aber du kannst dich auch täuschen, oder? Zum Beispiel über mich.
– Ja, gebe ich zu.
– Immer bist du so wütend. Du läufst mit einem finsteren

Gesicht herum. Du bist nicht böse und dumm auch nicht, das sieht man. Aber du bist nicht geduldig.
– Was hat das damit zu tun?
Sie schließt einen Moment lang die Augen. Als müsste sie mir demonstrieren, was Geduld und Nachgiebigkeit sind.
– Ich werde für dich beten.
Damit lässt sie mich allein, bezahlt, verabschiedet sich von Matteo. Ich beobachte durch das Schaufenster, wie sie ihren Schleier zurechtrückt. Sie geht vorbei, ohne mich anzusehen. Ich bleibe sitzen, als hätte man mich betäubt, und starre auf den Kaffee, der langsam abkühlt.
– Bet?, fragt Matteo nach einer Minute.
Gerade habe ich noch eine Lektion gelernt, denke ich.
– Alles in Ordnung?
– Ja, alles okay, antworte ich. Ich trinke nur die halbe Tasse, gehe zu ihm.
Er mustert mich. – Hast du das von Alberto und Claudio gehört?
– Was?
– Neulich Abend waren sie irgendwo in der Umgebung von Druento, da haben sie ein Wildschwein angefahren. Das Auto ist total kaputt. Dem Wildschwein ist offenbar nichts passiert. Er grinst. – Die beiden mussten ins Krankenhaus.
– Werden sie sterben?, frage ich lachend.
– Nein, aber Albertos Vater sagt, sie hätten beschlossen, das Wildschwein zu töten. Sobald sie wieder auf den Beinen sind, werden sie mit Gewehren dorthin zurückgehen und das Tier über die Felder jagen.
Ich lege ihm einen Euro in die Hand. – Sollen sie es doch versuchen, daran ist nichts Besonderes, sage ich.

– Stimmt, Bet.
– Aber das Wildschwein hat es echt drauf.
Er legt die Münze in die Kasse, grinst. – Ja, bis sie es umlegen.
– Ich glaube, die bringen nichts Besseres zuwege, als sich gegenseitig zu treffen.

Ich gehe nach Hause. Das Moslemmädchen – wieder habe ich sie nicht nach ihrem Namen gefragt – scheint sich in Luft aufgelöst zu haben. Nicht verschwunden ist aber das Gefühl der Unsicherheit, das unser Gespräch in mir hinterlassen hat. Bin ich selbst ein Opfer von Vorurteilen, die ich so sehr hasse, wenn ich sie mir gegenüber bei anderen spüre? Bin ich wie alle anderen? Nein. Der Gedanke, Teil einer arroganten Mehrheit zu sein, gefällt mir nicht.
Ich komme zur Eingangstür unseres Hauses. Als ich aufschließen will, hälte ich plötzlich inne, stecke die Schlüssel zurück in die Tasche.
Ich drücke auf den Klingelknopf des Spanners.
– Ja?, ertönt es nach einer Weile. – Wer ist da?
– Ich bin's, Bet.
Stille. Metallisches Knistern.
– Hör zu, sage ich, an die Hauswand gelehnt. – Neulich ... also, ich weiß nicht. Ich meine: Vielleicht habe ich mich geirrt. Vielleicht hast du mir diese Mail gar nicht geschrieben. Vielleicht doch, keine Ahnung. Die Sache ist die, dass ich, eben weil ich mir nicht sicher war, losgelegt habe, ohne nachzudenken, und dann all diese Sachen durch die Gegensprechanlage geschrien habe. Verdammt, ich weiß nicht mal, wer du bist, und vielleicht weißt du nicht mal,

dass es mich gibt. Darum ... Schwamm drüber. Als wäre nichts passiert, okay?
Ich bin einen Moment still. Warum sagt er nichts? – Hör mal, ich kenne dich nicht, wie gesagt. Ich hatte aber den Eindruck, dass du mir manchmal nachspionierst, andauernd stehst du versteckt hinter der Gardine am Fenster, vielleicht hast du ja irgendein ... was weiß ich, körperliches oder geistiges Problem und so, darum hab ich sofort an dich gedacht, als ich eine ziemlich kranke, anonyme Mail bekommen habe. Ich hab sofort gedacht, du hast sie geschrieben. Aber, ich sag's noch mal, es kann sein, dass ich mich irre.
– Äh ..., macht er nur, mehr sagt er nicht.
Und wenn es doch niemand anderes als er war, der mir geschrieben hat? Dann ist es besser, die Sache jetzt ein für alle Mal abzuklären. – Wenn du es wirklich warst, trotzdem Schwamm drüber. Es passiert gar nichts, wir werden jetzt nicht Freunde und du erzählst mir nicht demnächst dein Leben, von deinen traumatischen Erfahrungen, und dass du, sagen wir, fürchterlich entstellt bist, weil du ein Kind in seiner Wiege aus den Flammen gerettet hast, dass du ein Held bist, der sich vor allen verstecken muss. Es wird nicht passieren, dass ich hinter deine abstoßende Maske blicke und erkenne, dass du ein großartiger Mensch bist und voll edler Absichten. Ich werde mich nicht in dich verlieben, und wir werden den Rest unseres Lebens nicht als eine reale, ein bisschen eklige Version von *Die Schöne und das Biest* verbringen. Ist das klar? Solche Sachen passieren hier nicht. Verstanden?
– Äh ..., macht er wieder.
Was für ein flottes Mundwerk. – Solltest du die Mail aber

nicht geschrieben haben, vergiss es. Einverstanden? Willst du mir was sagen?
Er scheint einen Augenblick nachzudenken. – Nein ...
– Okay. Dann ciao.
– Ciao, sagt er schließlich tonlos.
Ich gehe rein, eile an seiner Tür vorbei, laufe die erste Treppe hinauf. Und halte den Atem an.

Gerade habe ich ihr gesagt, dass ich nicht mehr in die Schule zurückkehre. Es ist halb sechs, und wir sitzen in der Küche.
– Nach dem, was passiert ist ... nach dem, was ich gestern getan habe, hätten sie mich auf jeden Fall wieder sitzenbleiben lassen.
– Bist du wirklich überzeugt von all den Sachen, die du gesagt hast, Bet?
Sie hat mein Video gesehen.
– Vielleicht habe ich übertrieben. Trotzdem, ja, ich bin davon überzeugt.
– Es hat mir einen Stich ins Herz gegeben, dich dort angekettet zu sehen. Wie einen Hund. Ich habe überlegt, ob es auch meine Schuld ist, und wahrscheinlich ist es das.
– Nein, es ist nicht deine Schuld, Mama. Ich weiß nicht mal, wessen Schuld es ist.
– Vielleicht sollte ich mich einfach nur aufregen, dich schlagen, dich bestrafen, ich weiß es nicht. Gewisse Dinge haben bei dir nie funktioniert, Bet.
– Nein.
– Denn seitdem es passiert ist ... das, was passiert ist, habe ich das Gefühl, dass du immer viel zu gut darin gewesen

bist, dich selbst zu bestrafen. Sie streicht mit einem Finger über die Tischplatte. – Vielleicht hätten dein Vater und ich anders eingreifen sollen. Aber wir waren nervlich am Ende. Spricht er denn nie mit dir über diese Zeit?

– Nie.

Sie seufzt.

– Ich frage mich allerdings, ob es genügt, wenn ich die progressive Mama spiele, die ihre Tochter versteht und alles rechtfertigt. Wahrscheinlich müsste ich mehr tun.

Ihre Stimme klingt wie das Flügelschwirren eines Spatzes.

– Und du? Was wirst du jetzt tun?

Wir sehen uns in die Augen. – Ich weiß es nicht.

– Aber nichts kannst du auch nicht tun. Und ich müsste dir sagen können, was du tun kannst.

Sie denkt an Montag. An die Arbeitslosigkeit. Und an all die Montage, die kommen werden.

– Ich werde bestimmt nicht untätig herumsitzen, das verspreche ich dir. Ich muss mir nur ein wenig Zeit nehmen, um herauszufinden, was ich tun will und kann.

– Du bist sehr schnell erwachsen geworden, das ist das Problem. Sie unterdrückt ein Schluchzen. – Sehr schnell und das mit Eltern, die bewiesen haben, dass sie dir nicht gerecht werden können.

– Du bist doch hier.

– Aber ich weiß nicht, wie ich dir helfen kann, wie ich mit dir schimpfen soll, wie ich dich lenken soll.

– Glaubst du denn, Papa wäre dazu imstande?

Sie schaut nach draußen in die Dunkelheit, wo nur ein paar Straßenlaternen leuchten.

– Wir waren zu zweit. Dann waren wir zu dritt. Dann zu viert. Dann wieder zu dritt. Pfff! Sie macht eine Hand-

bewegung, als hätte sie einen Zauberstaub und der Zaubertrick wäre ihr nicht besonders gut gelungen.
– Aber jetzt sind wir wieder zu zweit. Zu dritt, wenn wir Leonardo dazuzählen. Ich lächele.
– Das hat er verdient, oder?, fragt sie, als müsste sie ihn verteidigen.
Doch ich hatte keinen Witz gemacht. – Glaub mir, ich halte ihn für einen wunderbaren Menschen.
Sie zieht eine Braue hoch. – Wunderbar? Nein, wunderbar ist er nicht.
Dieses Adjektiv würde sie wahrscheinlich nur für die ersten Jahren mit meinem Vater gebrauchen, im Grunde weiß ich das genau. – Aber er ist zuverlässig, er ist aufrichtig und würde uns nie verraten. Er hat ... sich zwei schwierige Mädchen eingehandelt. Und hat sich nie vor etwas gedrückt.
– Das ist mir klar, Ma.
Sie nimmt meine Hände vom Tisch, drückt sie. – Wir müssen immer im Gespräch bleiben, Bet. Versprich mir das.
Sie braucht mich genauso sehr, wie ich sie brauche. – Mein heiliges Ehrenwort, sage ich.
Der Schlüssel dreht sich im Schloss. Leonardo sagt: – Ich bin zurück.
Wir stehen auf. Gehen ihm entgegen. Er bleibt wie versteinert im Mantel stehen, starrt uns an, die Aktentasche in der Hand. – Warum diese Gesichter? Noch mehr Ärger?
Wir antworten nicht. Ich streiche ihm über den Ärmel, mehr schaffe ich nicht. Aber meine Mutter umarmt ihn.

Um fünf nach acht klingele ich an ihrer Haustür. Ich habe Kuchen mitgebracht, und Leonardo hat mir eine Flasche

Wein mitgegeben, »bei deren Genuss nicht übertrieben werden sollte«, so seine Worte.
Sie öffnet mir mit ihrem Lächeln aus lauter Ecken und Kanten. – O Gott, ist das aufregend!, ruft sie aus. – Eine VIP zum Abendessen in meiner bescheidenen Hütte!
– Wenn du so drauf bist, gehe ich sofort, ich warne dich.
– Doch wir umarmen uns.
Ein ziemlich guter Geruch erfüllt die Wohnung.
Ich komme rein, ziehe mir die Jacke aus.
Auf dem Tisch liegt eine rosa Tischdecke. – Schon in Festtagsstimmung?
– Ja, und du bist der Weihnachtsgeist der geborenen Pechvögel. Sie bückt sich langsam, um in den Ofen zu spähen, die Hände auf den Knien, der Riesenbauch dazwischen. – Ich habe dir eine fantastische pikante Torte gemacht.
– Pikante Torte?
– Ein Familienrezept.
Auf dem Tisch liegt neben Tellern, Besteck, Gläsern, Grissini und Brot der Laptop. Eingeloggt bei Facebook.
Ich schiele auf die Seite. Sie heißt »Bet Club«.
– Was bedeutet das?
– Hast du es noch nicht gesehen? Du wirst immer berühmter.
Natürlich ist mein Video auf der Seite. Und oben die Erklärung: »Die Bet Clubs wollen friedliche (aber nicht allzu friedliche) Fight Clubs für Frauen im Netz sein. Der Unterschied ist, dass wir hier gewaltlos diskutieren. Der Club ist nur geöffnet für Frauen und Mädchen, für uns eben. Hier können wir über uns sprechen und über unsere Gefühle, indem wir uns an der mittlerweile legendären Empörung von Bet orientieren.«

– So ein Mist, sage ich.
– Als der Club aufmachte, habe ich mich als eine der Ersten eingeschrieben. Sie setzt sich, beobachtet mich mit diesem listigen Ausdruck. – Ich habe sofort erklärt, dass ich dich persönlich kenne. Da haben sie mich zu einer Art Administratorin gemacht. Meine Mailbox ist verstopft mit Mails von Tussis, die wissen wollen, wie du privat bist, welches Aftershave du benutzt und so weiter ... Ich fürchte, hier haben sich auch ein paar Typen eingeschlichen. Und ein Haufen Lesben.
– Viola, mach das Ding sofort aus.
– Ach, hab dich nicht so. Sie grinst spöttisch. – Möchtest du nicht zu deinen Fans sprechen, live über die Webcam, oder wie zum Henker das heißt?
Ich schließe einfach die Seite.
– Hey, und was hab ich dann von der ganzen Geschichte?, murrt sie mit einem Verarsche-Grinsen, das ich ihr aus dem Gesicht schlagen werde, wenn sie so weitermacht. – Ich möchte so was wie die Hofdame der Königin sein! Sie wirft die Arme in die Luft und singt: – *Voglio andare da Maria*! *Voglio andare da Maria*!
– Gleich schmeiß ich dich in die Dora.
Ich setze mich ebenfalls, damit ein Tisch mich von dieser schauspielernden Verrückten trennt.
Sie kapiert den Wink und wird wieder ernst. – Wie geht's dir? Natürlich ist dein Telefon ausgeschaltet.
Ich erzähle ihr, was ich damit gemacht habe und warum.
Sie fällt in den Tonfall von eben zurück. – Ich fass es nicht, *Porta a Porta*! Ist dir klar, was du da wegschmeißt? Auf Du und Du mit der Moderatorin, der sexy Bignardi, du erzählst aus deinem Leben und antwortest auf ihre super-

intelligenten und extrem gerissenen Fangfragen? Sie schlägt sich auf den Oberschenkel. – Ich würde dafür zahlen, wenn ich jetzt die Bignardi an deiner Stelle vor mir hätte!
– Hör auf.
Wir lachen.
– Ich hab die Schule geschmissen.
– Das war nun wirklich total bescheuert, Bet.
Sie spannt den Kiefer an, knirscht mit den Zähnen.
– Diese Schule jedenfalls.
– Willst du mit dreißig dein Abi machen und das Studium beenden, wenn du in der Menopause bist? Sie ist verärgert.
– Willst du als Kassiererin arbeiten, Bet?
– Ich brauche nur ein bisschen Zeit, um ...
– Bullshit!
Sie steht auf. Nimmt den Korkenzieher, öffnet die Flasche ohne überflüssiges Knallen.
– Nicht mal meine Mutter ist da sauer geworden, aber du ...
– Das war ein Fehler!
Sie gießt etwas Wein nur in ein Glas, ihres. Trinkt es mit einem Schluck leer. – Wenn ich diesen Hemmklotz hier nicht hätte, sie fasst sich an den Bauch, würde ich dich ... so was von ... verprügeln.
Ich seufze. – Eine gute Idee, fürchte ich.
– Warte, bis dieses Ding hier aus mir rauskommt, dann wirst du schon sehen. Ich werde dich nerven wie eine ältere Schwester. Das ist es, was du brauchst. Eine ältere Schwester vom Typ Alptraum-Stressmacher. Sie ist todernst. – Für den Rest deines Lebens.
– Willst du damit sagen, dass ich die Tante dieses Dings werde?

– Ja. Eine fantastische Tante.
– Ich werde nie fantastisch sein.
– Na, dann krieg jetzt schon mal deinen Hintern hoch.
Sie droht mir mit dem Finger.
– Können wir nicht einfach friedlich zusammen essen und den Anschiss auf einen anderen Tag verschieben? Ich bin total fertig, Viola.
Sie senkt halb die Lider, mustert mich prüfend wie ein Mexikaner den Gringo im Western. Dann dreht sie sich um, wirft wieder einen Kontrollblick in den Ofen. Sie öffnet den Kühlschrank und holt ein Tablett mit Wurst- und Käseaufschnitt heraus. Ich mache Platz auf dem Tisch – und wo ich gerade dabei bin, schiebe ich den Laptop in eine Ecke. Sie stellt das Tablett mitten auf den Tisch.
– Heute Morgen habe ich Andrea geküsst.
– Wie, was? Sie setzt sich, neigt den Kopf vor, um mich besser im Blick zu haben. – Den Andrea, der bloß ein Freund ist?
– Ja, den. Ich glühe vor Verlegenheit, als steckte ich statt der pikanten Torte im Ofen.
– Was soll das heißen, du hast ihn geküsst? Hat er dich geküsst? Habt ihr euch geküsst?
Jetzt könnte das hier von außen wie eine Folge von *Gossip Girl* aussehen. Aber wir sind mittendrin in der Handlung, nicht draußen, und ich erzähle ihr, wie es gelaufen ist – mit unzähligem Stocken.
– Alle Achtung, sagt sie, als ich fertig bin. Sie scheint mich plötzlich in einem anderen Licht zu sehen. – Das ist echt sexy. Und er?
Tja: und er? – Ich weiß nicht, wie er es aufgenommen hat. Weil ich weggerannt bin. Mein Telefon ist tot und be-

graben, wie gesagt. Und natürlich ist er nicht gekommen, um vor meinem Haus ein Ständchen zu spielen.
Sie fixiert mich eine Weile. – Er wird sich bei dir melden, glaub mir. Sie nickt. – So wahr, wie ich Viola heiße und das Geschlecht des Wesens in meinem Bauch nicht kenne.
– Meinst du?
– Meine ich. Du hast etwas gemacht, was Männer um den Verstand bringt.
Ein Schauder überläuft mich. Ich nehme die Gabel, spieße einen Käsewürfel auf.
– Darf ich dir eine indiskrete Frage stellen, Bet?
– Okay.
– Bist du etwa noch Jungfrau?
– Scheiß auf deine indiskrete Frage!
– Stell dich nicht so an!
– Lass das, Viola. Hast du schon die Rolle der älteren Schwester übernommen?
– Nein, noch bin ich die Herzensfreundin. Plötzlich verändert sich ihr Gesichtsausdruck. Sie senkt den Blick, starrt auf den Tisch. Wahrscheinlich tut sie das, damit ich nicht verlegen werde.
– Weißt du, die Sache ist wirklich ein bisschen kompliziert. Wie soll ich dir das erklären? Nicht, dass ich nicht gewollt hätte oder nicht gekonnt hätte ...
– Bet ...
– Nein, lass mich ausreden, oder du hörst von mir nie wieder was zu dem Thema. Gelegenheiten gab es durchaus. Vor allem am Meer, du weißt schon, wenn alles einfacher scheint, sogar dieses Gesülze und Körpersäfte auszutauschen, um dann ...

– Bet ...
– Moment, ey. Erst fragst du mich, und dann ... Ich will nicht, dass du von mir denkst, ich sei irgendwie frigide oder zu stinkig auf die Männer, um an gewisse Dinge zu denken. Natürlich denke auch ich daran. Es ist bloß, ich meine ...
– Bei mir ist die Fruchtblase geplatzt, Bet!
– ... wie heißt es im Film, und das trifft auf mich zu, ich habe noch keinen gefunden, der ... was hast du gesagt, was ist los? Ich springe auf.
– Die Fruchtblase ist geplatzt!
– Heilige Scheiße!
Sie stößt sich vom Tisch ab, zwischen ihren Beinen tropft es.
Ich schreie: – Was machen wir? Was machen wir? Was soll ich tun? Was tu ich? Sag mir, was ich tun soll!
– Bet!, schreit sie noch lauter. – Ruhig!
Sie ist blass geworden, hat die Situation aber unter Kontrolle. – Ganz ruhig. Sie steht auf. – Ich geh ins Bad, mich waschen.
Drei Tropfen in rascher Folge auf dem Fußboden. – Du machst den Ofen aus und holst die Torte raus. Und ruf ein Taxi.
– Viola.
Gleich mache ich mir auch in die Hose. – Viola ...
Sie streichelt mich. – Tu, was ich dir sage. Ich bin ganz ruhig, okay?
Ich bleibe stehen und beobachte sie, wie sie ins Bad geht. Mir zittern die Knie. Ich beiße an meinem Daumennagel herum, das tue ich seit Jahrzehnten nicht mehr.
Hey, reiß dich zusammen. Beruhige dich. Tu, was sie ge-

sagt hat. Ich tue es, verbrenne mich aber am Backblech, als ich es aus dem Ofen ziehe, fast hätte ich es in die Spüle geworfen. Wo ist Violas Telefon? Ah da, auf dem Tisch.

– Alles in Ordnung?

Sie antwortet mit Wassergurgeln.

Welche Nummer hat noch mal der Taxiruf? Da war doch diese Werbung ... mit einem Reim auf Sieben. 5737. Ja. – Hallo, Hier Taxizentrale.

– Piazza della Repubblica 8, schreie ich. – So schnell Sie können!

– Vier Minuten.

Ich lege auf. Gehe an die Badezimmertür klopfen. – Vier Minuten! Vier Minuten!

Sie macht auf. Ist fertig. Zieht gerade die Jacke eines Trainingsanzugs über. Sie reicht mir einen kleinen Rucksack. – So, Bet. Keine hysterischen Anfälle. Okay? Sie zuckt zusammen. – Eine We-he, sagt sie. Wir haben aber noch genug Zeit für die Fahrt ins Kran-kenhaus. Ich möch-te, dass du bei mir bleibst, aber ich brauche dich ruhig und gelas-sen. Okay?

– Ja.

Sie braucht mich. Ja. Ich nehme ihren Mantel, helfe ihr, in die Ärmel zu schlüpfen. Als ich ihn zuknöpfen will, sagt sie: – Ist nicht nötig.

Ich ziehe meine Jacke über.

– Das Tele-fon.

Ich zeige es ihr. – Okay, okay, okay, okay, wiederhole ich wie ein Mantra. Ich öffne die Haustür, ziehe den Schlüssel ab. Dann biete ich ihr meinen Arm.

– Hol den Fahr-stuhl. Sie tritt aus der Tür. – Ich kann alleine gehen. Bleib ganz ruhig.

Ich drücke auf den Knopf. Das Ding braucht eine Ewigkeit. – Sag mir alles, was ich tun muss, Viola.
Sie küsst mich auf die Wange. – Bleib bei mir, das ist genug.
Der Fahrstuhl kommt mit einem hässlichen Knirschen auf unserem Stockwerk zum Stehen.
Erst geht sie hinein, dann ich. Sie drückt den Knopf fürs Erdgeschoss.
– Taxi, Krankenhaus, sagt sie. – Und in ein paar Stunden ..., sie fasst an ihren Bauch. – Oder auch schon frü... – Wehe. ...er ...
Der Fahrstuhl bleibt stehen. – Unglaublich, sage ich, endlich hat er sich mal beeilt.
Aber ich sehe, wie sie erbleicht.
Und drehe mich zur Tür um. Der Fahrstuhl hängt zwischen zwei Stockwerken.
Er steht still.
– Wir sind steckengeblieben!, ruft Viola. Sie drückt auf den Knopf, der die Türen öffnet. Nichts passiert. Sie versucht die Alarmklingel, der gelbe Knopf. Nichts. – Bet ..., sie sieht mich an, jetzt ist sie wirklich erschrocken.
Wir fangen an zu schreien, um Hilfe zu rufen.

Also, ich bin nicht geboren, um mich entmutigen zu lassen. Wie alle Menschen bekomme ich es in schlimmen Momenten mit der Angst zu tun. Ich kann weinen. Ich kann schreien. Aber wenn ich drinhänge, hänge ich drin. Und ich weiß, dass ich mir in anscheinend ausweglosen Situationen zuallererst einen Überblick verschaffen muss.
Darum ziehe ich Viola von der Schalttafel weg, wo sie im-

mer noch nervös auf den Knöpfen herumdrückt, ohne etwas zu bewirken.
Ich halte ihre Hand in meinen Händen. – Hey, Viola. Erstens: Wir stecken fest. Zweitens: Noch haben sie uns nicht gehört. Drittens: Ich rufe jetzt die Feuerwehr, die Carabinieri, alle. Viertens: Lass uns ruhig bleiben.
– Bet, sie krümmt sich. Wieder hat sie eine Wehe. – Sie kom-men zu oft. Ich spüre, dass es herauswill.
Scheiße. – Herauswill?
– Hilf mir, mich hinzulegen. Oder nein, zieh mir erst den Mantel aus.
Mit einer Hand helfe ich ihr, mit der anderen tippe ich die Nummer vom Notruf ins Telefon. Ich schreie nach draußen: – Hiiiilfe, und meine Stimme hallt durch den Treppenschacht. – Hiiilfe! Ich bemühe mich, nicht durchzudrehen.
– Hilfe, macht Viola, aber es kommt erstickt heraus.
Ein paarmal ertönt das Freizeichen.
– Bet?
Endlich antwortet eine Männerstimme. – Eins eins acht, Guten Abend.
– Hallo, hören Sie mich?
– Ich höre Sie. Sprechen Sie.
– Hören Sie mir gut zu, okay? Ich bin hier mit einer Freundin, die kurz davor ist, ein Kind zu kriegen. Ihre Wehen kommen ungefähr alle zehn Sekunden.
– Ich schicke Ihnen sofort einen ...
– Nein, hören Sie! Hören Sie zu: Wir stecken in einem Fahrstuhl fest. Haben Sie das verstanden? Piazza della Repubblica 8.
– Bet!

Sie klammert sich an mich, zerkratzt mir die Arme. Der Schmerz in der Schulter, der fast verschwunden war, kehrt plötzlich zurück, weil sie so heftig an mir zerrt.
Ich schreie ins Telefon: Hören Sie mich?
Mein Gesprächspartner ist methodisch, rational, geradezu unmenschlich. - Ein Notarztwagen ist bereits zu Ihnen unterwegs. Ich habe den Sanitätern die Situation beschrieben. Sie werden in fünf, höchstens zehn Minuten vor Ort sein. Ich rufe auch die Feuerwehr, in Ordnung? Vorerst verbinde ich Sie mit der diensthabenden Hebamme. Warten Sie.
Musik. Ungelogen.
- Hören Sie? Man hat die diensthabende Hebamme ans Telefon gerufen, ich verbinde, der Notarztwagen ist unterwegs.
- Bet ... ich ... schaffe ... es ... nicht. Sie hat eine Art Schluckauf. Und lässt sich zu Boden sinken, ich kann sie nicht festhalten, weil ich nur eine Hand frei habe, in der anderen ist das Telefon. Und ich muss es an mein Ohr halten.
- Guten Abend. Die Hebamme.
- Hallo!
- Bet!, schreit Viola.
- Hören Sie mich?, schreie ich.
- Ich höre Sie. Man hat mich über alles informiert. In welcher Woche ist die Gebärende?
- Dreißigste.
- Alter?
- Zweiundzwanzig.
- Wann ist die Fruchtblase geplatzt?
- Vor weniger als einer Viertelstunde.
Mit der freien Hand schiebe ich den Mantel unter Violas

Hintern, streife mühsam meine Jacke ab und stopfe sie ihr in den Rücken. – Was sollen wir tun? Wir stecken hier fest.
– Meinem Eindruck nach handelt es sich um eine Sturzgeburt. Hören Sie mir gut zu und tun Sie alles, was ich Ihnen sage. Ist die junge Frau bei Bewusstsein?
– Ja, ist sie.
– Verdammte Scheiße!, brüllt Viola.
– Bleibt ruhig, ihr beiden. Es ist weniger kompliziert, als man denkt.
– Aber kommt der Notarzt denn auch?
– Ja, ja. Sie soll sich hinsetzen. Und ziehen Sie ihr die Sachen aus, die sie anhat. Dann setzen Sie sich hinter sie. Wie viel Platz habt ihr?
– Platz haben wir genug. Einen Moment.
– Ich spüre es, Bet.
Ich lege das Telefon auf den Boden. Ziehe ihr die Schuhe aus, dann die Trainingshose. Zuletzt, verdammt, auch die Unterhose. Ich versuche, nicht zwischen ihre Beine zu blicken. Aber ich schaffe es nicht. Zwischen den Schamhaaren sehe ich die geweitete Vagina und dahinter etwas Hartes.
– Rutsch ein bisschen vor, Viola, ich muss mich hinter dich setzen.
– Das kann ich nicht!
– Doch, du kannst! Los, mach. Ich drücke sie weg, quetsche mich hinter sie, dann ziehe ich sie wieder zu mir heran, lehne sie gegen mich.
– Aaaah!
– Ganz ruhig, Schatz. Sie sind im Anmarsch.
– Er auch!, jammert sie mit schmerzerstickter Stimme.
Ich greife nach dem Telefon. – Hören Sie mich?

– Ja. Wie ist die Situation?
– Wir sitzen, ich sitze hinter ihr, und ich habe gesehen, dass ihre Vagina sich gedehnt hat, es sind mehrere Zentimeter. Ich glaube, das Kind kommt gleich raus.
Und ich fange an, mit Viola zu zittern. Mir ist, als fühlte ich dasselbe wie sie. Wir sind zwei, aber wir sind eins. – Ich bin da, flüstere ich ihr ins Ohr. Ich bin hier.
– Hilf mir, Bet.
– Was ist da los?, fragt eine Männerstimme auf der Treppe.
– Wir stecken fest. Tun Sie was, meine Freundin kriegt gerade ein Kind!
– Soll das ein Witz sein?
– Verfickte Scheiße, das ist kein Witz! Beweg deinen Arsch! Tu was, damit der Fahrstuhl wieder losgeht! Sofort! Und ins Telefon: – Hören Sie mich?
– Ruhe bewahren, Mädchen, sagt die Hebamme. – Eine Geburt ist das natürlichste Ereignis der Welt, und seit Jahrtausenden kommen Kinder ...
– In einem Fahrstuhl? Ich bin kurz davor, sie zum Teufel zu jagen. Viola wirft sich nach hinten, drückt mich gegen die Wand.
– Bet! Es kommt raus!
– Sie sagt, dass es rauskommt!
– Sagen Sie ihr, sie soll regelmäßig atmen und das Kind bei jedem Pressen begleiten.
– Atmen, Viola, atmen. Hast du denn keinen Vorbereitungskurs gemacht?
– Nein!
– Atme und press zusammen mit ihm ... press mit ihm zusammen.
Verdammt, wenn dies eine Folge von *Emergency Room*

wäre, würde jetzt der Werbeblock starten, und die Schauspieler könnten Luft holen.
– Ich spüre ihn! Aaaaah!
– Stehen Sie auf, gehen Sie nachschauen ... und sagen Sie mir, was Sie sehen.
Ich stehe auf, indem ich mein Gewicht auf die Beine verlagere und versuche, Viola nicht zu abrupten Bewegungen zu zwingen. – Viola, ich muss nachschauen ... Ringsherum schwimmt alles in Urin, ich rutsche fast aus. Ich hocke mich vor sie hin.
– Bet!
– Ich bin hier, ich bin bei dir.
Ich knie im Urin, im Blut, ein Fingerbreit schmierige Flüssigkeiten bedecken den Boden. – Spreiz die Beine.
Aber sie muss die Beine gar nicht spreizen, denn ich sehe ihn: Ich sehe den Kopf.
– Ich sehe den Kopf, rufe ich ins Telefon. – Der Kopf ist da.
Von draußen hört man ein aufgeregtes Stimmengewirr. Ich kann die Worte »Gebärende« und »Taxifahrer« unterscheiden. Die Stimme des Mannes von eben: – Die Schlüssel für oben habe ich nicht. Ich weiß nicht, wie ich da reinkommen soll.
– Es wird nur noch ein paar Sekunden dauern, sagt die Hebamme. – Ist die Mama noch immer bei Bewusstsein?
– Wir sind beide bei Bewusstsein, Signora.
– Aaaah.
Wieder ein paar Zentimeter des Kopfes. Eine harte, glänzende Kugel, sie scheint gleich zu explodieren.
– Pressen, Viola, der Kopf ist fast ganz draußen.
Ist das seine Nase?

Im nächsten Moment geht das Licht im Fahrstuhl aus, und wir sitzen fast völlig im Dunkeln.
– Es ist stockdunkel!, schreie ich Viola an, ins Telefon, zu denen da draußen.
– Jemand ist in den Keller gegangen, er muss eine Sicherung rausgedreht haben.
– Beeeet!
Das darf nicht wahr sein. Das darf nicht wahr sein.
– Ich kann nichts mehr sehen, Signora.
Im Dunkeln suche ich Violas Hand und finde sie.
– Hört zu, sagt die Hebamme. Wir müssten es fast geschafft haben …
– Was heißt fast? Wie lange noch?
– Bet, es ist dunkel.
– Ihr habt kein Licht mehr?, fragen sie von draußen.
– Jaaaa!, schreien wir gleichzeitig.
Ich sehe nichts. Und wenn ich nichts sehe, weiß ich nicht, was passiert. Ich weiß ja sowieso nicht, was ich tun soll, verfluchte Scheiße.
Man hört die Sirene des Notarztwagens. – Sie sind da, sage ich.
– Bet, er presst.
– Dann press du auch, los!
Ich verschränke meine Hand mit ihrer, unsere Handflächen reiben aneinander.
Da kommt etwas.
Nicht das Kind.
Nein, eine von ihnen: Zwischen unseren Händen steigt eine leuchtende Kugel auf.
Ich erstarre, mir stockt der Atem, als ich sie sehe. – Was ist …

Und da ist schon die nächste. Sie steigen nicht zur Decke auf, um zu verschwinden, nein, sie schweben auf Augenhöhe vor mir in der Luft, beide nebeneinander.
Nein, drei.
Vier.
Der Kopf ist ganz draußen.
- Bet, was ist los?
- Siehst du sie auch?
- Was denn?, schreit sie. - Was soll ich sehen?
Ich spreche ins Telefon: - Das Licht ... ist wieder da.
- Was sehen Sie?
- Der Kopf ist raus.
Ich sehe die geschlossenen Augen. Er ist schmutzig. Macht eine Grimasse.
- Aaaah!
- Sehen Sie die Schulter?
- Ja.
- Dann halten Sie sich bereit. Noch zwei Presswehen, und es ist ganz heraus.
- Pressen, Viola, bloß noch zweimal pressen.
Und es passiert wirklich: die Schulter, ein Arm, der andere Arm, die Brust und der Rücken, die Beine und die Füße, während Viola schreit, wie ich noch nie jemanden habe schreien hören - in einem einzigen Augenblick schlüpft es vollständig heraus wie ein kleiner Fisch aus einer Muschel. Ich ergreife es, ich halte es sicher unterm Rücken.
Dann fällt mir die Nabelschnur ein.
- Hört ihr mich? Wir sind die vom Notruf, schreit eine Frauenstimme von unten, von weit weg. - Die Feuerwehrleute sind schon oben mit dem Techniker, sie werden den Fahrstuhl wieder in Gang setzen. Hört ihr mich?

Wie lang mag so eine Nabelschnur sein?
Ich lege das schmierige Wesen auf Violas Bauch, sie hat aufgehört zu schreien, sie zittert.
Das Wesen bewegt sich. Jetzt zittert es auch.
Und gibt einen Laut von sich.
Es weint.
Das Köpfchen auf dem Bauch der Mutter, strampelt es mit den Beinen.
– Es ist geboren, sage ich.
– Bet ... Viola streckt die Arme aus, will es an sich ziehen, doch die Nabelschnur hindert sie daran, sie ist zu kurz. – Bet. Sie weint. Streichelt das Kind. Wieder macht es einen Laut, es weint auch. – Bet?
– Ich bin hier.
Der Fahrstuhl setzt sich in Bewegung, er fährt abwärts. Unwillkürlich hebe ich die Augen zu den leuchtenden Kugeln. Sie verflüchtigen sich eine nach der anderen an der Decke, wie ein Tröpfeln in umgekehrter Richtung. Die letzte verschwindet in einem so intensiven, ockergelb glühenden Licht, dass es wie ein Abschied erscheint.
– Ich kann nicht rauskriegen, ob es ein Junge oder ein Mädchen ist, Bet.
Ich habe keine Stimme mehr. Dabei würde ich ihr gerne sagen: »Was macht das für einen Unterschied?«

Dank

Ich danke Dalia Oggero, die mir gute Vorschläge gemacht und mir genug Zeit, Gelegenheit und Freiheit gegeben hat, um diese Geschichte zu schreiben. Auf ihr eigentliches Zentrum hat mich Angela Rastelli hingewiesen, der ich dafür danke.

Ich danke den Schülerinnen und Schülern des Istituto Giulio und des Liceo Gioberti in Turin, die das Manuskript vorab gelesen und sich die Zeit genommen haben, mich in ihren Klassen zu empfangen, um mir mit gründlicher Kritik und wichtigen Ratschlägen weiterzuhelfen. Dort, wo das schulische Milieu im Roman wahrheitsgetreu geschildert ist, verdanke ich ihnen alles; für Stellen, die die Wirklichkeit des Schulalltags nicht widerspiegeln, übernimmt der Autor die volle Verantwortung.

Ich danke den Lehrerinnen Enrica Bricchetto und Eliana De Biasi, die alles daran gesetzt haben, dieses Experiment möglich zu machen und ihm zu einem glücklichen Ausgang zu verhelfen.

Ich danke Elvira für die freundliche Beratung.

Und wie immer danke ich Carlotta.